ジョージ・エリオットと出版文化

George Eliot

冨田成子
Shigeko Tomita

南雲堂

ジョージ・エリオットと出版文化　目次

ジョージ・エリオットと出版文化

序章

ジョージ・エリオットと執筆活動

『ケンブリッジ版イギリス文学書誌』（第三巻）によると、十九世紀イギリスには約四千人の女流作家がいたようだ。[1] 当時、著述業は家庭教師と並んで女性の数少ない職業だったため、前世紀半ば以降の読者層の激増を背景に、多くの女流作家が輩出している。だが、芸術家として大成し歴史に名を残したのは、ジェイン・オースティン、ブロンテ姉妹、ギャスケル夫人、ジョージ・エリオット等、ごく僅かしかいない。もちろん、大多数の女流作家が自滅したのは、評論「女性作家の愚劣な小説」でのエリオットの辛らつな指摘からも容易に推察できるように、彼女たちの作品レベルの低さが主因である。しかし、優れた才能・資質・不断の努力にもかかわらず、劣悪な環境に阻まれ、埋もれてしまった作家も多くいた。才能ある男性作家でも出版業界の複雑な機構に押しつぶされ、開花することなく無名のうちに多くが消えている。ましてや、執筆料のひどい男女差、驚くほど安い版権料で搾取する出版業者等、女流作家を取り巻く環境は厳しく、貧困に追われ、生活苦のあまり濫作によって能力を消耗し、文壇から消えていった数々の例は、ナイジェル・クロスの『大英帝国の三文作家たち』第五章に詳しい。

夥しい数の作家が落後していった悲惨な現実の中で、イギリス中部の片田舎に生まれ、およそ文壇とは無縁の環境に育ったエリオットが、デイヴィッド・F・シュトラウスやルートヴィヒ・フォイエルバッハによる当時最新の思想書をイギリス人として初めて翻訳したり、伝統ある季刊誌『ウェストミンスター・レヴュー』（以下『ウェストミンスター』と略記）の事実上の編集長を務めた後、活発な評論活動を経て、優れた小説を次々と世に出し、当時の文壇の最高峰に達することが出来たのは、奇跡と言ってもよいだろう。あの制約の多い時代に、ごく一握りの例外として生き残り、英国小説の伝統の要に位置する作家となり得たのは何故だろうか。

多くの女性作家が芸術家として大成できなかった原因は、教育・機会・地位や財産などの欠如による文学的視野の狭さにある、とクロスは指摘している。[2] しかし、エリオットの場合、それらの点については比較的恵まれている。中でも、機会――文壇登場へのチャンスを作り、さらに創作と出版を支援した人脈――における幸運を特筆すべきだろう。

彼女の生涯を辿っていく時、自己実現を求めて道を模索する過程の要所要所で、まるで偶然のように巡り合い、より広い世界へと導いてくれた人脈に恵まれた僥倖を感じざるを得ない。文学好きの少女を時代の先端を行く最新の自由思想へと導いたチャールズ・ブレイたちのサークル、彼らとの交流の中から生まれたシュトラウス著『イエスの生涯』の翻訳の仕事、その翻訳の出版者、ジョン・チャップマンとの縁によって拓かれた『ウェストミンスター』の編集業と活躍、ジョージ・ヘンリー・ルイス（以下ルイスと略記）との出会いによって表舞台から一時退場するが、匿名という鉄の仮面のもとで、これまで培った教養と博識をもとに展開していく旺盛な評論活動。そしてルイスによる力強い後押しを得て、創作活動に入ると、誠実で思慮深い出版業者ジョン・ブラックウッドとスクラムを組んで旺盛に作品を発表していく。[3]

このようにエリオットが殆どの女性作家と異なるのは、出版メディアで活躍する友人・知己に恵まれたため、ジャーナリズムと文壇への道が比較的スムースに開かれたことである。それでもなお、当時の文壇には、性差・階級差に於いて平等とはほど遠い男性優位の特権社会が支配的であり、女性作家には極めて不利であった。とりわけ、急進的な宗教書の翻訳を出版したり、ルイスとの非合法結婚による異端的立場にあるエリオットは、どのようにして男性社会の牙城である文壇に参入し、競合の上受容されたのだろうか。

本書は、翻訳――評論――創作へと発展する大きな流れの中で、エリオットの執筆活動について論じたものである。小説作品論を主体とするが、創作の前段階で行われた翻訳と編集活動、続く評論活動についても注目し考察する。

第一章は修業時代と題し、㈠ブレイ・サークルで受けた表現と思想のオリエンテーション、その中から生まれたシュトラウスの翻訳、(二)『ウェストミンスター』の編集者時代(一八五二―五四)について論じる。

エリオットは季刊誌『ウェストミンスター』の事実上の編集長として、計九号の出版に腕を揮っている。『ウェストミンスター』の社権を買い取り、伝統ある『ウェストミンスター』の復刊という大事業に乗り出したジョン・チャップマン(以下チャップマンと略記)は、彼女の才能を見込んで編集業務を依頼した。翻訳の業績が、ジャーナリズムへの立派なパスポートとなったのである。執筆者とテーマの選択への提言から、校正、印刷工程の監督、その他の雑務を含め、編集業を一手に引き受けたが、当時の慣習で名前を公表せず裏方に徹している。定期刊行物の黄金時代に四大季刊誌の一角を守るため、彼女たちは知識人層をターゲットに、多彩な分野に於ける啓蒙と知の追求という高い目標を掲げて、情熱的に取り組んだ。実際、ぎっしりと文字の詰まったA5判三五〇頁にも及ぶずっしりと重い復刻版の『ウェストミンスター』を前にすると、由緒ある季刊誌の復刊にかけた熱い思いが頁から立ち上ってきて圧倒される。具体例として、一八五二年一月号を取り上げ、彼女たちが特に力を入れた「現代イギリス文学」を精査することによって、エネルギッシュな仕事振りに触れ、同時に当時の読者の関心の所在や時代背景を垣間見る。また、二年半に及ぶジャーナリストとしての体験が彼女に及ぼした影響について考察した。

二章では、エリオットの評論活動について検討する。一八四六年、ブレイ主宰のコヴェントリー『ヘラルド・アンド・オブザーバー』に発表した習作から、一八六八年の評論「フィーリクス・ホルトによる労働者への演説」まで、彼女は生涯で七十二編の評論・書評を発表した。文学のみならず、美術・音楽等の諸芸術から哲学・宗教・歴史・政治まで広く射程にとらえて、当時の思潮を紹介・解説している。質量ともに優れた旺盛な業績にもかかわらず、彼女の評論は、難解な文章で綴られた高レベルの内容、当時の文化と芸術を対象とする時代的限定の点などから敬遠され、創作との関連において取り上げられる以外は、わが国では日の目を見る機会が少ない。ヴィクトリア朝で最も知的な評論家と称賛されながら、小説家としての偉大な存在感に圧倒され、エリオットの評論家としての側面は極めて影が薄いのが現状だろう。このいわば未踏の領域にささやかながら光を当てることが本書の目標の一つである。活動の実態と代表的な作品を概観し、特に彼女の評論活動の「奇跡の年」と言われる一八五五年と五六年の業績に着目した。特に、彼女の文学信条の宝庫とも言える評論、「女性作家の愚劣な小説」について、具体的に検証した。

本書の主体となる作品論（第四章から第十一章）では、エリオットの作品を執筆年代順に論じている。

「いつも同じ素材を磨《す》り潰し、同じような織物を紡ぐ機械になりたくない」（『書簡集』四巻四九）。エリオットは『ロモラ』制作にあたって、人気も読者も大幅に減ることを承知の上で、それまで小説の舞台としてきた十九世紀前半の英国中部の田園世界から離れ、十五世紀末フィレンツェを舞台とする歴史小説に挑戦した。このように新たな境地を開拓すべく心血を注ぐ努力が、『ロモラ』だけではなく、新作に臨む彼女の姿勢に一貫して強く感じられる。彼女が度々創作の泥沼に陥り、深い抑鬱状態に苦しんだのは周知の事実だが、特に後期作品の創作に当たってはその傾向が強い。例えば、あのように完成度の高い『ミドルマーチ』でさえ、執筆に取り組む段階では、「自分には『フィーリクス・ホルト』のような作品をもう二度と書けないのではないか」(『書簡集』五巻二二四)と悩んでいる。『ミドルマーチ』が「当代で最も優れた小説」として書評で絶賛され、商業的にも空前の成功を収めると、「読者は『ミドルマーチ』を最高傑作と考えているから、今後どんな作品を書いても、きっと満足してもらえないでしょう」(『書簡集』五巻四五四)と、今度はその成功が『ダニエル・デロンダ』を構想する彼女を悩ませる。エリオットにとっては、成功した自著でさえ、目の前に立ち聳えるライバルのような存在なのだ。このように前作を凌ぐものを書きたいという熱意は、乗り越えねばならない壁であると同時に、新たな主題と技法を希求する原動力となったのではないだろうか。

四章から十一章では、このように一作ごとに効果的と思われる取り組みを試み、独自の境地を展開していく歩みについて考察した。その際、作品を取り巻く執筆事情や出版事情にも注目している。

ヴィクトリア朝中期は、ステロ版など印刷技術の発展、流通システムの進化、紙や広告への税の撤廃などにより、本の低価格化が進んだため、小説出版が全盛となる。小説の売り上げが飛躍的に増大し、小説の出版ビジネスは繁栄に沸き立つメジャー産業となった。当時君臨した八つの出版業社(ロングマン、ブラックウッド、スミス・エルダー、チャップマン・&・ホール、ベントリー、マクミラン、ブラッドベリー・&・エヴァンズ、ティンズリー)のうち、十八世紀より存続したのはロングマン社のみで、大半が一八三〇年~五〇年代に業界参入の新しい出版社であった。積極的な若手経営者たちは、エネルギッシュに企業精神を発揮している。彼らは読者の希望に応える小説を書くよう、人気作家を励まし、時にはプロットや人物造型について提案や指示を与え創作にまで干渉し、売れる作品を目指した。当時の作家の多くが出版業者を創作のパートナーとして、公私共に極めて密接な関係にあったが、この点に関して、エリオットの場合も例外ではない。

緊密な連携を持つ作家と出版業者に、更に販売過程で貸本屋が加わって、利益と人気獲得のためのさまざまの戦略が実施され、鎬《しのぎ》を削る熾烈な競争の中から、三巻本、分冊、雑誌連載、廉価版など、種々の出版形態が生まれた。その結果、短期間のうちに作品が種々の形態で何度も重版される人気作家は、常に読者の身近に存在することになり、読者にとって仮想とはいえ親密な間柄となり、作家と読者の間には一種の擬似「個人的関係」――ディケンズ流に言えば「愛情のこもった特殊な関係」——が生まれることとなる。特に連載ものは、読者の反応や感想によって、人物・プロットの修正が行われることも多かったようだ。[4] ディケンズほどではないが、読者の共感拡大を創作の主たる目的とするエリオットにとっても、読者は常に彼女の脳裏を占める大きな存在だった筈である。

このように、一般読者にとって、小説が主要な娯楽と教養源として身近で大きな存在であったヴィクトリア朝中期、小説創作は作者一人の単独作業ではなく、思想的にも心情的にも断絶がなく、同一の文化的背景を共有する、読者・出版者・貸本屋の存在とその相互関係を無視することは出来ない。実際、エリオットの場合も、読者や貸本屋の要望と市場の動向に配慮しつつ、プロットや人物、ストーリーや各巻の長さ、エピソードの配置などに関して、ブラックウッドと検討を重ね、初版出版に漕ぎ着けていることが『書簡集』から窺われる。

こういったイギリス文化史上でもユニークな活気溢れる出版メディアを背景に、[5] ビジネス優先で市場で売れる小説こそ優れた作品と評価される風潮の中で、芸術として完成度が高く、同時に読者に受ける作品の創造という課題を、彼女はどのように解決していったか。文学的センスはもとよりビジネス感覚にも鋭敏なルイスと、ベテラン出版業者としての体験と誠実な人柄に恵まれたブラックウッドによる強力な支援のもとで、創作レベルのみならず、出版市場対策に関しても、どのような戦略を練り、ハンディキャップを乗り越えていったのだろうか。

エリオットたちが特に検討したのは、初版本の出版形態である。創作する時点で、読者の好み、出版界の流行、時代の動きといった流動的な状況を見据え、どの形態が最も効果的で有利か、を討議している。その結果、初版の際、『牧師生活の諸景』での『ブラックウッズ・エディンバラ・マガジン』を皮切りに、『アダム・ビード』と『フロス河の水車場』では三巻本、『サイラス・マーナー』では一巻本、『ロモラ』では一シリング月刊誌、『フィーリクス・ホルト』では三巻本、『ミドルマーチ』と『ダニエル・デロンダ』では分冊方式、とさまざまの形態を試みている。注目すべきは、いずれの場合も原稿が完成した時点ではなく、まだ作品を脱稿していない段階で、真剣に議論の上、出版形態が決められていることである。六十頁しか書きあがっていない段階で『コーンヒル・マガジン』に連載を決めた『ロモラ』をはじめ、殆どの作品が脱稿のかなり前に形態を先ず決めている。ということは、その形態に照準を合わせ、最も効果的でふさわしい創作プランが練られ実行されたことが考えられる。それぞれの出版形態の特性が、作品の成立に何がしかの影響を与えたことは想像に難くない。十九世紀の小説は作品と作家を取り巻くこのような出版界の事情によって少なからず決定されている。本論では、出版形態のみならず、夫々の状況の中で最も効果的な方策を求めて、時には決裂する危機を体験しながらも議論を重ね、熟慮をめぐらすプロセスについて、『書簡集』等を参考の上、論じた。

如何にすれば、完成度の高い作品によって多くの読者に深い感動を与えるか、芸術と市場のバランスを配慮しつつ、作品が完成するまでの過程は興味深い。読者の共感拡大を目的とするエリオットには、芸術至上を求めて孤高を貫くといった読者無視の姿勢はない。しかし、やみ雲に読者大衆に迎合することはそれ以上に出来なかった。エリオットはルイスとブラックウッドの提案や意見を吟味するが、意見の合わない時、最終的には大抵の場合、自説を曲げず、売り上げや人気よりも芸術的完成度の高さを優先している。

「可能な限り、より良いものを成し遂げる」(achieve some possible better)[6]。人生におけるエリオットの信条であるこの文言は、同時に創作における彼女のモットーと言ってもよいだろう。本書はエリオットの全執筆活動を貫くその姿勢を追及したものである。

第一章

ジャーナリズムへの道　修業時代

この章では、本格的な執筆活動を開始する前の、言わば彼女の修業時代を概観する。特に㈠一八四一年から一八五四年におけるチャールズ・ブレイとジョン・チャップマンの功績、㈡『ウェストミンスター』での編集者時代（一八五二―五四年）、の二点に焦点を当て、この時期の修業が彼女を如何に育て上げたかを考察したい。

一　ブレイ・サークルと翻訳『イエスの生涯』

エリオットは一八一九年、ウォーリックシャー、ナニートンの名家、ニューディゲイト家の土地差配人をしていたロバート・エヴァンズとクリスティアナ夫妻の第三子として生まれた。教育熱心な両親の方針で、当時としては可能な限りの教育を受けている。既に三歳より近隣の私塾で読み書きの基礎を学び始め、五歳以降は親元を離れ、姉のクリスティアナと共に三つの寄宿学校で学んでいる。八歳の時、入学した寄宿学校では、教師のマライア・ルイスから厳しい福音主義の指導を受け、十二歳で入学したコヴェントリーの寄宿学校では教養人でさえ標準語を話せない者が多かった当時に、正しく美しい発音を教えられた。母の病いのため、十六歳の時やむなく実家に帰るが、読書好きの彼女のために父は極力本を買い与えている。とはいえ、当時、書物は高価だったため、個人の購買には限界があったし、貸本屋にあるのは新刊書が主で、古典は殆どなかった。幸い、父親の勤務するアービュリー・ホールのライブラリーをはじめ、チルヴァーズ・コトンのコールドウェル・ホールのライブラリーを近隣の名士たちの好意により利用させてもらい、詩や小説、宗教書のみならず、数学・天文学・地質学といった分野の書物まで読みあさっている。さらに、ドイツ語、フランス語、イタリア語の個人指導を受けるなど、環境を最大限に活用し、知識と教養を修得した。当時の中産階級以下の女性は教育から見放されており、女流作家たちですら、何らかの正規の学校教育を受けた者は二十パーセント、高等教育を受けた者は五パーセント未満という実態[1]を考えると、彼女のように古典から最新の科学の分野まで幅広く勉強出来たのは、かなり恵まれた状況にあったと言えよう。

エリオットの場合、女流作家大成のためにクロスの挙げた諸条件の中でも、機会——文壇登場へのチャンスを作った人脈――における幸運を特筆すべきだろう。彼女の生涯の中でも、文学的視野の拡大にとって画期的に寄与したのは、一八四一年から始まるチャールズ・ブレイ（以下ブレイと略記）との交流である。彼との出会いがなければ、おそらく文筆活動への道は開かれなかったし、才能も日の目を見なかったのではないだろうか。

ジョージ・エリオットに関してのブレイの功績として、先ず、広大な世界の紹介を挙げたい。知的教化だけでなく、文字通り広大な世界の開眼へと導くメンター（指導者）的役割である。彼との交流により、メアリ・アン・エヴァンズ（ジョージ・エリオットの本名）の前にナニートンでの家族中心の狭い共同体から飛躍的に広い世界が開かれることになる。家督を兄に譲った父と共に、コヴェントリーに転居したメアリ・アンは、隣人の紹介によりブレイを中心とする急進的自由思想家グループと知り合い、近代科学の見地より聖書や宗教の原点を客観的に解釈する高等批評に触れて、強く感化される。急進的なコヴェントリー『ヘラルド・アンド・オブザーバー』を主宰し、ロバート・オーエンの主張する「平等と利益の共有」に賛同して、労働者のクラブや幼児学校の設立など革新的な発想を次々実行するブレイには一種のカリスマ的魅力があったのではないだろうか。

ハーバート・スペンサー、ハリエット・マーティノウ、ジェームズ・A・フルード、ジョージ・クーム、ラルフ・W・エマスン等、多くの開明的な知己が彼のもとを訪れ、談論の場を創っ

チャールズ・ブレイの私邸（ローズヒル）と庭

ていた。晴れた日には、彼の私邸の庭でアカシアの木の下に熊の毛皮を敷き、議論の花を咲かせたという。そこに集うのは、ブレイの言う「少し風変わりな仲間たち[2]」。その中には後年彼女が編集に携わる『ウェストミンスター』の常連寄稿者も多く、サークルの一員となることで、メアリ・アンはごく自然にジャーナリストや文人たちに触発されていったと思われる。教育熱心な両親のもとで可能な限りの教育を受け、知識と教養を積み重ねてはいるものの、まだ発展途上にある二十二歳という時期に、最新の思想にエネルギッシュに取り組み、既成概念を打破するような刺激的で自由な雰囲気のブレイのサークルの中で、哲学の基礎や思考の様式を含めたオリエンテーションを受けたことは意義深い。

特にブレイとヘネルの血脈が彼女に与えた影響

は公私ともに大きい。ブレイとその妻カーラ、カーラの姉セアラ、兄チャールズ・ヘネル、彼の妻ルーファは、メアリ・アンと同世代であり、たちまち意気投合し、強い友情で結ばれる。信仰への懐疑を表明すると社会的に追放されかねなかった当時に、彼らは聖書の矛盾を攻撃して伝統宗教を放棄し、キリスト教の本質を追求した懐疑主義者だった。リボン製造業を営みながら独学で『必然の哲理』（一八四一）など三冊の著書を書いたブレイ、十五歳で実業界に入りながら独学で『キリスト教の起源に関する研究』（一八三八）を書き上げたヘネル、二十歳から家庭教師として働きつつ研究に打ち込み神学関連の三冊の著作のあるセアラ、ドイツ高等批評に造詣の深いルーファ。特に、前記のヘネルの著書はメアリ・アンの宗教観を決定的に変えてしまう。熱烈で鋭い知的探求者の彼らは、メアリ・アンにとって師というより互いに切磋琢磨する良き仲間だったのではないだろうか。ブレイ、カーラ、セアラとの親しい交際は、旅行・舞踏会・観劇・観光等、私生活にも及ぶ。ウェールズへの旅、シュトラウス翻訳終了後のウィンダミア湖への旅、父が亡くなった直後の欧州への旅など、一緒に出かけた旅は枚挙に暇がなく、その経験は彼女の視野を拡げたに違いない。

だが、彼らとの交流がもたらした最も特筆すべき恩恵は、降って湧いたようにメアリ・アンのもとに舞い込んだD・F・シュトラウス著『イエスの生涯』（一八四〇）の翻訳の仕事であろう。英語版を切望した急進派の政治家、ジョゼフ・パークスが先ず白羽の矢を立てたのはヘネルだった。しかし、彼は妹セアラにその仕事を任せる。ところが、大部で難解すぎるとの理由で辞退され、次いで、ミス・ブラバント（後のヘネルの妻、ルーファ）が取り組むが、結婚のため、二五七頁まで訳したところで挫折。メアリ・アンなら立派に完成させるだろう、と確信する友人たちから引き継いだという経緯がある。原著は一五〇〇頁にも及ぶ大著で、ヘブライ語、ギリシア語、ラテン語の引用が頻出し、内容的にも密度の高いものだった。『ジョージ・エリオット書簡集』（以下、『書簡集』と略記）によれば、翻訳開始が一八四四年一月、一日六頁をノルマに、一頁に一〜二時間をかけて、早朝から深夜まで作業に没頭している。入り組んだ複雑な構文、冗長でうんざりするような内容——迷路のように難解なシュトラウスの世界との格闘は二年に及ぶ。訳業にあたってメアリ・アンが第一に心がけたのは正確さであり、用語一つに至るまで熟慮し推敲を重ねている。こうして、「もう二度と翻訳はごめんだわ」（『書簡集』一巻一七六）、「最後の百頁には全く興味を持てなかった」（『書簡集』一巻二〇七）と、悲鳴を挙げつつも忍耐を貫き、一八四六年四月、完成させている。周囲の友人全てが断念した難業を全うしたその執念は並ではない。ブレイのグループに入って五年目、才を競う仲間たちの中でメアリ・アンはいち早く頭角を現している。完成後直ちに、シュトラウスに原稿の一部を送り、出版の正式認可を求める。翻訳の正確さを高く評価した彼からは、ラテン語による序文を贈られ、依頼者パークスから提供された三百ポンドをもとに、同年六月十五日、『イエスの生涯』は翻訳者名を記さぬまま三巻本として出版され、概ね好評を博した。翻訳開始当初、ドイツ語はさほど堪能ではなかったが、作業を通して飛躍的に上達したらしい。ひたむきな努力と高い教養がこの快挙の原動力であることには違いないが、文壇とは無縁の彼女が歴史に残る名著の翻訳という大きな仕事に遭遇したのは、ブレイとの交流の賜物以外の何ものでもない。

この翻訳の好評から自由主義的な季刊誌、『ウェストミンスター』への道が開かれる。『イエスの生涯』の出版者がチャップマンであったという縁で、一八五〇年、ロバート・ウイリアム・マッカイの『知性の進歩』の書評を依頼され『ウェストミンスター』に発表。一八五一年、チャップマンが『ウェストミンスター』の社権を買い経営に乗り出すと、メアリアン（この頃、改名している）は彼からの依頼を受け、ロンドンに移住し、編集者として本格的にジャーナリズムの世界に入ることになる。もちろん基本的には、彼女の手になる翻訳・評論が高く評価され、才能を認められたからだが、当時女性にとって容易ではなかったジャーナリズムへの道が極めてスムーズに開かれたのは、ブレイとチャップマンという人脈の連鎖によることは明らかであろう。このように、エリオットが殆どの女流作家に比べて非常に幸運だったのは、人生の門出という節目でブレイとめぐり合い、自由な機運に満ちた彼のサークルで思想と表現の訓練を受けたことである。

さらに、女性が地方から上京しロンドンで働くこと自体、至難であった時代に、メアリアンには現代女性にも匹敵するような身軽さで活動できる自由があった点も無視できない。彼女のような階級の女性が地方から生活の拠点を移し、仕事に成功した稀有な例として、バーバラ・オンスロウは、メアリアンとエライザ・L・リントンの名を挙げている。[3] 既に父は亡く、遺産として二千ポンドの信託財産と伯母からの遺産贈与を合わせると年百二十ポンドの確実な収入が彼女にはあった。[4] 編集者時代は無給だったが、賄い付の下宿屋（boarding house）を経営していたチャップマンから部屋と食事は提供されている。十九世紀半ば、中産階級の平均年収は百五十〜千ポンドの幅があるが、中でも聖職者・弁護士といったいわゆる「中流中産階級」の年収が三百〜八百ポンドであったことを考えると、[5] 年百二十ポンドの定収入は、食住を保証された女一人が生きていくには、贅沢をしなければ何とか自活可能な額と思われる。多くの女流作家が一家の稼ぎ手として乱作し、才能を消耗して自滅していったのに対し、彼女の場合は、これによって生活の心配なく仕事に専心出来たのではないだろうか。両親が死亡していたため、就職を反対したり邪魔する者もなく、自立可能な経済力を糧に、メアリアンは今や世界の教養文化の中心に身を置くことになったのである。エリオットの後期小説には、ドロシアを筆頭に、家父長の欠落と自由になる資産の所有という当時としては破格に束縛の少ない状況のもとでアスピレーションを追求するヒロインが登場するが、自分の意思で自由に道を選択できた若き日のメアリアンの投影が感じられる。

当時は活字メディアの拡大と印刷・製本・製紙技術の発達によって、出版業界は繁栄し熾烈な競争にあった。定期刊行物の黄金時代と言われ、季刊誌・月刊誌・週刊誌が読者獲得に向けてしのぎを削っている。[6] 季刊誌は、『エディンバラ』、『クォータリー』、『アシニーアム』、『ウェストミンスター』が主要四誌で、各誌ともそれぞれの特色を生かし、魅力的な編集方針のため創意を尽くしているが、その生き馬の目を抜くような世界へずぶの素人である彼女が飛び込んだのだった。こうして、メアリアンは一気に当時のイギリスの知の最先端に立つことになる。チャップマンとメアリアンの作戦は、知的レベルの高い知識人層に照準を当て、ヨーロッパ（ドイツ・フランス）での重要な思想・最新の出来事を網羅して、立ち遅れた感のあるイギリスに紹介するという啓蒙的方針であった。一八五二年一月発行の『ウェストミンスター』新シリーズ第一巻に復刊趣意書（Prospectus）を掲げ、真理の普及のためには何ものも恐れず、真摯な思想の発展と指導に向けて力を尽くし、『ウェストミンスター』を時代の最も有能かつ独立した精神の機関とすべく努める、という高い目標を宣言している。

男性優位のこの業界に入るに際して、編集者として彼女の名前を公表しない方が良いと提案したのは、メアリアン自身であった。当時の因習を考慮してのことだろうが、そのような条件でもなお、創立一八二四年の伝統を誇る『ウェストミンスター』の復刊という大事業に自身が主力となって参与することにメアリアンは強い誇りを感じたに違いない。

「女ゆえに善い行いもできないので、せめてそれに近いものを絶えず求めるのです」

エリオットは『ミドルマーチ』の一章のモットーで、『乙女の悲劇』の文句を引用し、社会に役立ちたいとの熱望を抱きながら、対象が見つからず葛藤する結婚前のドロシアの心境を暗示している。父の死後、スイスでの約九ヶ月間の海外体験を経て帰国した三十二歳のメアリアンは、家庭の天使を理想とする当時の女性の枠から明らかに逸脱している。フレデリック・R・カールは『ジョージ・エリオット伝』第五章のタイトルを「地獄の辺土」（Limbo）と称して当時の彼女の胸中を表現しているが、家庭という安住の場もなく、打ち込める対象もない彼女は、不安と焦りに燻《くすぶ》っていたに違いない。チャップマンを取り巻く複雑な人間関係、無名の只働きに近い労働条件など、問題山積だったにもかかわらず、まるで水を得た魚のような彼女の仕事振りが、就任当初は毎日のように、ブレイたちに書簡で嬉々として報告されており、遂に天職にめぐり合えたかのような充実感さえ感じられる。

二　『ウェストミンスター・レヴュー』編集

チャップマンは、知性や文学的センスの欠如のみならず経営方針もずさんで、編集のパートナーとして負の存在だったという見方が大方だが、私は、逆説的だが負の存在ゆえの彼の意義を考えたい。もし彼が有能な編集者で、あらゆる業務に関して有無を言わせぬ采配を揮い、メアリアンは単なる従属的な雑用係にすぎなかったなら、どうだったろうか。頼りない彼に代わって、止むなく編集の殆どの業務を一手に引き受けることもなかっただろう。逆に言えば、彼女の才能と誠実さを高く評価するチャップマンの信頼のもとで、ある程度自由に『ウェストミンスター』を創り上げる喜びを享受出来たのではないだろうか。当時ジャーナリズムで働く女性は結構多かったが、その殆どが夫であるジャーナリストの補助的役割に甘んじるのが通例であった。[7] そのような中で、裏方とはいえ由緒ある季刊誌の復刊に主力として参与し、編集の殆どに実力を発揮出来たのは、一面、編集長としてのチャップマンの非才ゆえではないだろうか。

さて、メアリアンが実質上の編集長として腕を揮ったのは、『ウェストミンスター』新シリーズの一八五二年一月号から一八五四年一月号までの計九号である。一、四、七、十月に出版する季刊誌として、形態はA5判サイズ、毎号大体三五〇頁内外の大部のものである。構成は、内外の歴史・科学・哲学・海外事情・宗教・政治・現代文学（新刊書評）を扱う十二〜十三の論説より成る。

一例として、一八五二年一月号の内容を具体的に見てみると、

（一）　改革（W・J・フォックス）

（二）　貝――その行動と働き（E・フォーブズ）
（三）　労使関係（W・R・グレッグ）
（四）　メアリー・スチュアート（J・A・フルード）
（五）　欧州に於ける最新の法律理論（F・W・ニューマン）
（六）　神秘なる艶麗――ジュリア・フォン・クルーデナー（G・H・ルイス）
（七）　キリスト教界の道徳原理（J・マーティノウ）
（八）　フランスの政治問題と政党
（九）　現代イギリス文学
（十）　現代アメリカ文学
（十一）　現代ドイツ文学
（十二）　現代フランス文学

といったライン・アップである。（カッコ内は執筆者、ただしすべて無記名で発表）

中でもイギリスを主に、アメリカ・ドイツ・フランスの新刊書を紹介する「現代文学」欄は、『ウェストミンスター』新シリーズの「新しい呼び物」としてメアリアンたちが特に力を入れた分野である。先ず冒頭に、旧号までの路線に代わる新たな目標を掲げており、新号にかけた意気込みが感じられる。「現代文学」欄をこれまでの「添えもの的な文学短評」という副次的な存在ではなく、季刊誌として価値ある記事にすべく強化する決意が明記されている。具体的には、(1)最近四半期に出版された文芸主要作品を広範に扱うこと、(2)海外（アメリカ・フランス・ドイツ）の文芸紹介にも同様に力を入れること、と内外ともに充実・拡大の方針を打ち出している。この傾向は新シリーズ、第五号以降一段と進み、より多数の出版物を網羅すべく、(1)活字を小さくし、(2)国別ではなく、六つの対象ジャンル（㈠神学・哲学・政治　㈡科学　㈢古典・文献学　㈣歴史・伝記・旅行記　㈤文学　㈥芸術）に分けることで、イギリス・アメリカ・ヨーロッパの知の動向の体系的紹介を目指すが、その結果、対象書籍数は飛躍的に増えている。

このように、『ウェストミンスター』の最大の目標は、多彩な分野における広範な啓蒙だった。当時の知識人の最も著しい特色は関心の広さであり、特に六つの学問——文学・歴史・文献学・哲学・神学・その他の人文学——に精通していたと言われているが、[8]まさしくその知識人層の向学心に的を絞っている。また、新刊案内は書籍販売業も手がけていたチャップマンにとって、売り上げ促進の有効な宣伝になったのではないだろうか。

編集者としてのメアリアンの役割は、[9](1)テーマと執筆者の選択への提言　(2)校正　(3)必要に応じて原稿の削除・加筆　(4)印刷工程の監督であり、執筆には基本的に参加していない。しかし、複数の担当者が執筆したと推定される「現代文学」欄では彼女も例外的に執筆に関わっており、以下具体例として新シリーズ、第一号（一月号）の「現代イギリス文学」欄を概観してみたい。

この号では四十二頁（二四七－二八八頁）を使い、合計二十六の新刊書を紹介している。書評の対象作品ジャンルの内訳は、海外事情（インド、チベット、レバノン）7、歴史4、伝記3、自然科学3、小説3、神学2、随筆1、寓話1、民俗学1、詩1である。興味深いのは、現代の文学批評のように対象がフィクション中心ではない点で、小説は「現代文学」欄の最後に僅か三作品が簡略に紹介されるだけで、影が薄い。代わって存在感があるのは、伝記とノン・フィクションの海外旅行記である。特に旅行記は、東洋（小アジア、中央アジア、タタール地方、インドなど）を扱ったものが多く、中でも植民地インドでの現地人制圧の歴史、植民地化成功のための情報・提案・施策などが追及され、当時のイギリスの植民地・海外への関心の強さを反映している。また、西欧人にとって未知の地域への旅行記・探検記の多さも目を引く。国際化の激化につれて、一味違った新奇な場へ関心を向ける読者の傾向を考慮に入れたせいか、中央アジア、レバノン、アルバニア等、辺境の異国・異民族を紹介したものが多い。さらに号を追うにつれて、オーストラリア、アルゼンチン、タスマニア、ナタルといった遠隔地が舞台となり、通商や移民に世界各地へと行動半径を拡げていく時代背景がしのばれる。

ところで、同号「現代文学」欄で取り上げたカーライル著『スターリングの生涯』の書評は、その文体から、また一八五一年十月二十二日付けのブレイ一家に宛てた書簡（『書簡集』一巻三七〇）の内容が、書評の趣旨に殆ど一致する点から、メアリアンが執筆したと断定されている。[10] 現代文学部門の冒頭に掲げ、新企画に臨む彼女の熱意が感じられるこの書評は、編集者時代に彼女が執筆した唯一のまとまった評論と言われているので、以下検討していきたい。

伝記は新刊紹介の中でも目立って数が多く、当時の出版界での流行分野だったことが分かる。偉人伝の人気は、出世を希求するヴィクトリア朝の精神風土を反映してのことだろう。しかし多くの伝記が手紙・日記からの無味乾燥な事実の羅列にすぎず、理想的な伝記は少なかったようだ。メアリアンはそういう現状に不満を抱き、読者が読みたいのは、的外れの詳細をかき集め、美点ばかりを書き尽くしたものではなく、偉業を達成する過程で苦闘するあるがままの生き方を鮮明・簡潔に書いたものだ、と訴える。粉飾したきれいごとではなく目標に向かってもがき苦しむ真の姿をこそ追求すべきだとするリアリズム、偉人の体験を読むことによって他者の苦悩への共感を願う読者教化という目的には、エリオットの創作理念の基本が既に見られる。

完璧な伝記とは、(1)対象との個人的な親密さ(2)熟知した対象の美と内奥を見極める詩情(poetic nature)(3)個性を把握し生き生きと表現する能力、の三条件を併せ持つものだと彼女は主張し、『スターリングの生涯』は、それらを備えた稀な例だと高く評価する。カーライルがこの書を書くに至った背後には、その四年前に出版されたジュリアス・C・ヘアによる『スターリング回想録[11]』の内容があまりに不備なため、親友として憤りを禁じえず、誤解を解き友人の真の姿を伝えるべく筆を執った、という経緯がある。聖職者から文筆家へと転向したスターリングの生き方についての二つの伝記の決定的に異なる見解を比較検討したメアリアンは、「スターリングが真に志向したのは、聖人ではなく芸術家である」と断言してスターリングの本質を鋭く見抜いたカーライルの優れた洞察力を称える。

『スターリングの生涯』はそもそもの執筆動機からしてカーライルの個性を濃厚に反映しているが、メアリアンはその点を大いに楽しみ、何でもないエピソードに溢れる「カーライルの豊かな見解を反映した生き生きと興味深い描写」を称え、本書の魅力は、伝記の主体たるスターリング以上に、著者カーライルの人間性が垣間見られることだと強調する。同様に、我々もこの書評から評者メアリアンの一面が窺われるという興味深さを享受できる。この書評の特長は、段落の区切りのない、息の長い文章がぎっしりと続く密度の高さである。改行の極端に少ない表現は、『ヘラルド・アンド・オブザーバー』に発表した彼女の初期のエッセイ群から後期小説まで一貫して頻出するスタイルだが、小説で時折感じる重苦しい冗長さはここでは希薄で、一気に畳みかけるような迫力で論旨が展開する。この書評にはカーライルの伝記作法に共感し、自己と波長の合う資質を見ている点など、文学信条・創作の方法・価値観が窺われるが、それ以外にも、適切な引用で論旨を進める力強さ、随所に見られる低俗なものへの辛辣な攻撃など、当時の彼女のエネルギッシュで強気な姿勢が感じられて興味深い。

とりわけ印象的なのは、歯に衣着せず見解を表現する率直さであろう。例えば、会話や雄弁の才を世間から称賛されているようだが、作品から窺うところ、スターリングには食卓での雑談やゴシップの類の機知も修辞力もない、と痛烈に批判する。大執事という高位聖職者へアに対しても、スターリングの後半生における精神的軌跡の追求が不完全だと指摘し、伝記としての致命的欠陥を明言してはばからない。自由に発言できる匿名の強みにもよるのだろうが、名声や社会的地位等に媚びたり萎縮することは一切なく、対象そのものの本質を見据えて評価する厳しさが、若さ独特の不敵さを感じさせる。

妥協を許さぬ厳正さは、編集の姿勢にも共通している。彼女は執筆者の選抜に最も苦労したようだ。時代を代表する高級季刊誌を目指す高い志のもとで、執筆陣に一流の著述家を求めている。例えば、先に挙げた『ウェストミンスター』第一巻の執筆陣を見ても、「時代の最も才能ある書き手[12]」を揃えていることが分かるが、常にライバル他社の動向に目を配り、魅力的な季刊誌を目指すメアリアンの要求は非常に厳しい。充実した新鮮な執筆陣を渇望するものの、古くからの寄稿者のしがらみを断ち切れない葛藤、オーガナイザーにすぎず思い通りの編集ができない限界が、この時期の書簡に目立つ彼女の苦悩である。

『ウェストミンスター』の次号には髪の毛をかきむしりたいほど絶望している……

「現代イギリス文学」欄はいつもより出来が悪いし、『ルース』と『ヴィレット』の書評には満足していない……要するに、私は惨めな編集者でしかない。

（『書簡集』二巻九三）

しかし、大筋で見れば、メアリアンは質の高い内容の実現に向けて極力意志を通したのではないだろうか。例えば、執筆を希望するチャップマンに対し、教養・文章表現力ともに『ウェストミンスター』に掲載するには力量不足と判断すると、断固反対しているし、骨相学を援用しての冗長で論点の不完全なクームの論説、「刑法と刑務所規律」に対しても、経済的支援者であり寄稿の常連である彼の面子に苦慮しつつも、少なくとも二度書き直しの上、九十六頁から三十六頁へと大幅な削除を断行したが[13]、それでもなお不満な彼女は極力掲載を延期した。結局この論説は彼女の在職中には日の目を見ることはなく、退職直後に出版された一八五四年四月号に掲載されている。

このように寄稿者と主題を厳選したメアリアンの努力は直ちに功を奏し、高く評価される。『ウェストミンスター』がチャップマン氏の手に渡って以来、ジョン・スチュワート・ミルの編集時代に獲得したかつての重要な位置を取り戻したことは、世間一般の認めるところである。今や人々の話題の的であり、クラブでも人気が高く、敬意を込めて読まれる評論誌となった。論評は多彩で全般に優れており、他の評論誌の追随を許さない。

（『書簡集』二巻五五）

右記の引用は、ルイスが一八五二年十月二日発行の『リーダー』にて二頁を使って、復刊後の『ウェストミンスター』のレベルの向上、特に寄稿の優れた多彩さを称賛した論説の一部だが、最大級の賛辞と言ってもよいだろう。ちなみに、この頃ルイスとメアリアンはまだ親密ではなく、この称賛に個人的感情の反映はないと思われる。

メアリアンの脳裏を常に占めていたのは『ウェストミンスター』の充実である。出来栄えについては、逐一手紙でブレイやセアラに一喜一憂ぶりを伝え、「総じて、魅力的という点ではうちの誌が、『エディンバラ』や『クォータリー』よりずっと優れています」（『書簡集』二巻六）と喜んだり、「今朝、『クォータリー』の広告を見ました。素晴らしい主題を取り揃えています。中でも羨ましいのは、［絵画と文学におけるラファエロ前派］です。うちのスタッフにはこのような主題を書けるような優れた書き手はいませんもの」（『書簡集』二巻八）と悔しがったりしている。このような熾烈な競争社会に身を置いた結果、彼女はジャーナリズム業界の内情を肌で熟知したと思われる。

自らの手で完成した『ウェストミンスター』への世間の反応については、反響の大きさに驚くと同時に、「一つ一つの論評・記事に対する読者や出版界からの様々な相反する意見を比較するのは実に面白いです」(『書簡集』二巻四)と、寄せられた種々に異なる意見・評価への興味が綴られる。一つの記事に対して、雑多で異なる見解が生まれる現実の複雑さを身をもって学んだに違いない。このような体験の積み重ねによって、多様な視点による現実洞察や正しい判断力が育成され、全てが相対性の羅列とも言うべき『ミドルマーチ』の、あの驚くほど多様性に満ちた世界の構築を可能にしたのではないだろうか。

辣腕を揮った編集者時代、一貫して無名の裏方に徹した彼女を、ローズメリー・アシュトンは「ジャーナリズム史上、最も優れ、最も控えめな編集者[14]」と称えている。事実、彼女が編集した九巻の『ウェストミンスター』を前にし、これだけのものが彼女の双肩にかかっていたのかと思うと、質量ともに重厚なレベルの高さに圧倒される。ライバル誌の次号の宣伝に衝撃を受けると休暇の旅先でも対策を練るなど、常に充実を目指した努力の結果、新シリーズは世間から一流季刊誌として認められるようになる。

しかし、一部五シリング、六百五十部発行では経営が順調なはずもない。更に書籍販売部門の経営と混同するチャップマンのルーズな浪費、復刊当時からの熱烈な支援者ロウムの死による資金難のため、経営ははかばかしくなかった。折から、オーギュスト・コントに関するルイスの書物をトマス・H・ハックスリーが酷評した書評の掲載をめぐって、彼女は極力反対したのだが、意見は通らず『ウェストミンスター』一月号に掲載されてしまう。次第に編集業への限界を感じ始めたメアリアンは閉塞状況に悩むようになる。編集業は所詮、他者の意見・表現を如何に効果的に調整するか、という域を超えず、縁の下の力持ちのような存在にすぎない。主題と寄稿者をいくら慎重に選りすぐったとはいえ、その間には彼女の意に染まぬ論説もあったに違いなく、メアリアンの心中に不満やもどかしさが湧き上がったことは想像に難くない。また、個性豊かな寄稿者たちへの気遣いも神経を消耗する原因となり、孤軍奮闘と言ってもよい多忙な仕事による心身の不調が、編集業晩年には書簡に頻繁に書かれるようになる。校正が終わり、印刷に入って次号に取り組むまでの休暇期間を、旅行やブレイ家で癒すといった繰り返しで終わり、将来の展望の見えない不安、未亡人となった姉、クリシーの不如意にも協力できない無給の身の不甲斐なさも不満の原因であったようだ。結局、メアリアンは一八五四年一月号を最後に『ウェストミンスター』の編集から撤退することになる。

二年半の編集業がメアリアンに及ぼした影響は、先ず第一に、ジャーナリズムの裏事情に精通したことだろう。出版者、寄稿者、編集者の関係、また出版業の経営、販売と流通の複雑なメカニズム、読者の反応の多彩さなどを現場で直接体得したことは、その後の執筆活動に多大の影響を与えたに違いない。十九世紀には文壇とジャーナリズムが強く密着しており、ディケンズやサッカレーを代表に両ジャンルで活躍する文人は多かった。[15] 殊に彼女が担当した新刊書の幅広い紹介は、世界の読書傾向や最新の時代感覚の把握に最適であり、実作の際に有益な参考となったのではないだろうか。

第二に、当時のどんな優れた男性にも負けない教養と視野の広さを身につけたことである。『ウェストミンスター』でメアリアンたちが何よりも力を入れたのは、広範な分野における上質の知と芸術の紹介である。このために優秀な執筆者獲得に向けてできる限りの努力をしているが、常連の執筆者以外にも、ディケンズ、カーライル、ミルなど、時代の指導者的立場の人々と交わる機会を得て、多彩な思想や文化に直接触れた体験は大きな収穫だったに違いない。また、校正には原稿の精読――内容や文章表現の精査――が必須であり、多岐にわたるジャンルの寄稿文の精読は、学際的な博識と同時にバランスの取れた判断力を育んだことだろう。特に「現代文学」欄では、イギリス・アメリカ・ヨーロッパ大陸の多分野の新刊書を多数紹介することを特色としている。国別でまとめた一八五三年十月までの八巻の「現代文学」欄で取り上げたイギリスの新刊が二百七十九冊、アメリカのものが百十一冊、ドイツのものが百八十九冊あり、国別を止めた新方式による一八五四年一月号では約百四十冊を紹介している。それに未勘定のフランスの新刊書や論評で言及された書籍を含めると、メアリアン編集による新シリーズ、全九巻で取り上げた書物の数は約千冊に及ぶと言われている。[16] これら全てを読破したかどうか、定かではないが、しょっちゅう眼精疲労を訴えているところからも、かなりの読書量が推察される。最新の世界の文芸と思想を紹介し、当時のイギリス人読者の視野の拡大と啓蒙に貢献したことは、メアリアンたちの大きな功績であろう。同時に彼女自身、膨大な知の流れの中に身を置くことにより、広大な視野、時代感覚、文学的センスを会得し、いわば働きながら、素材・表現技術・思想など、創作に必要な素養を培い、無意識のうちに自己の文学信条を築いていったことが容易に想像される。

また、この時期は昼間の編集業以外にも、チャップマンの催す夜会（soiree）、オペラ、観劇など、仕事の後の私生活も充実していた。特に夜会は、オーエン、マルクス、ナイティンゲールなど、内外の名士たちとの出会いが頻繁であり、多彩な分野で活躍する人々との会話を楽しんでいる様子が、セアラたちに報告する書簡に溢れる高揚感から垣間見られる。この時の専門家や学者たちから得た耳学問だけでも大きな収穫であり、後の創作に結晶したものもあったのではないだろうか。

芸術家として大成するための必須要素として、クロスが挙げた「文学的視野」（literary horizons）の広さを考える時、まことにこれ以上の修業の場があるだろうか。ここで育まれた知性と表現力、豊かな感性を駆使して一八五四年十月からは『ウェストミンスター』と『リーダー』を主たる舞台に、舌鋒鋭く優れた評論家として新たな活躍を展開していく。

第二章

自己表白のカタルシス　評論活動

一　評論・書評

ジョージ・エリオットは生涯で七十二篇の評論を執筆している。各種定期刊行物に掲載されたこれらのエッセイや評論は、文学のみならず、美術・音楽等の諸芸術から哲学・宗教・歴史・政治まで射程に入れた広い領域を対象とし、当時の思潮を紹介・解説している。深く広範な教養と公正な判断力を駆使した評論活動によって、エリオットは評論界に重要な足跡を刻み、ヴィクトリア朝で最も知的な批評家[1]と称されている。彼女がたとえ創作ではなく、評論一筋に進んでいたとしても、必ず十九世紀イギリス思想史にその名を残したに違いない。実際、彼女ほど当時のイギリスのジャーナリズムに深く関わり、多くの優れた評論を残した女性は他にないだろう。しかし、発表された評論は難解な文章で綴られた高レベルの内容のため、敬遠されてきた感が強く、彼女の小説理解の参考資料として考察される以外に、注目されることは稀である。B・オンスロウは創作・評論の両分野で評価できるイギリス人女性文学者として、エリオットとヴァージニア・ウルフを挙げているが、[2]ウルフに比べると、エリオットの評論は影が薄いのが現状である。第二章では、ジョージ・エリオット研究に於いてこれ迄あまり光を当てられなかった彼女の評論活動の実態と代表的な作品を概観したい。特に優れた作品が多く書かれた一八五五・五六年の業績に注目して、旺盛でエネルギッシュな評論活動の原動力は何であったかを追求していく。

評論活動と自己の解放

エリオットの本格的な評論活動は一八五四年夏より始まるが、評論へのデビューはそれよりずっと早く、一八四六年にブレイが主宰していた『ヘラルド・アンド・オブザーバー』（以下、『ヘラルド』と略記）に寄稿している。エドガー・キーネとジュール・ミシュレによる『キリスト教の諸相』の書評（一八四六）を皮切りに、「フィーリクス・ホルトによる労働者への演説」（一八六八）に至る二十年余の間に、七十二編の評論を発表している。この評論数については、当時の批評界では無署名が通例だったため、エリオットの執筆か否かの判別が微妙で難しい場合もあるが、いろんな角度から精査した結果、トマス・ピニーは七十二編のエッセイと評論を明らかに彼女の手に成るものと考え、『ジョージ・エリオット随筆集』（一九六八）を編纂した。左記の表は

ジョージ・エリオットの評論発表数

発表年度 ＼ 機関誌 / 発表評論数		*WR*	*Leader*	*HO*	*PMG*	*FR*	その他
'46	3			3			
'47	5			5			
'49	1			1			
'51	2	1	1				
'52	1	1					
'54	2	1	1				
'55	21	4	15				2
'56	27	7	16				4
'57	3	3					
'65	6				4	2	
'68	1						1

＊ *WR*＝ウェストミンスター　*Leader*＝リーダー　*HO*＝ヘラルド・アンド・オブザーバー　*PMG*＝ペル・メル・ガゼット　*FR*＝フォートナイトリー・レヴュー

同書に基づき、発表年度・発表機関誌別に評論数をまとめたものである。

この評論数については、週刊誌『リーダー』掲載の一～二頁といった短い記事と、季刊誌『ウェストミンスター』の呼び物と言うべき「純文学」(直前四半期に出版された約三十の文学作品に関する書評欄で、しばしば二十頁上に及ぶ)を一律に一編として勘定しているが、長さにかかわらず、活動の一つの目安と考え、表に明記した。また、この七十二編以外にも、『ウェストミンスター』編集時代に彼女が担当した「現代文学」での短評や、一八五四年病いに倒れたルイスの代筆ではないかと推定される『リーダー』への寄稿文など、まだ認知されないまま埋もれている評論が数編あると考えられている。

発表機関に関しては、エリオットと強い絆で結ばれた男性たちが主力となって運営する以下の五誌、『ヘラルド』(ブレイ、主宰者)、『ウェストミンスター』(チャップマン、社主)、『リーダー』(ルイス、設立者)、『ペル・メル・ガゼット』(ルイス、顧問)、『フォートナイトリー・レヴュー』(ルイス、[3]編集長)に殆どの評論を発表している。約二百編のエッセイと膨大な寄稿文を発表したウルフに比べると、エリオットの発表数はかなり少ないが、その大きな理由として、生涯を通して平均的に評論を発表し続けたウルフと異なり、エリオットは処女作「エイモス・バートン師の悲運」の連載開始と同時に評論執筆から遠のき、例えば、『イングリッシュ・ウーマンズ・ジャーナル』を主宰する親友のベッシー・パークスからの執筆要請すら断るなど、一八五七年以後は極力創作に専念した点が考えられる。

評論のテーマは先述したように多彩で広範囲にわたる。『ウェストミンスター』では「純文学」(Belles Lettres)を担当したこともあり、当然のことながら文学評論が最も多いが、『リーダー』では聖書を始め、ギリシャ悲劇、ドイツ哲学、翻訳論、ウィーンの宮廷史など、宗教、歴史が多い。以下、初期のものから順に、代表的な作品を概観してみたい。

一八四六〜四九年にかけての『ヘラルド』発表のものは、習作の常として構成・内容ともに生硬でぎこちない。テーマも芸術の永遠性とか、人間の道徳的規範といった抽象的なものが多く、人間心理の複雑さを洞察し人生の不合理の闇を見つめた後年のエリオットを思うと、単純で一面的なヴィジョンの印象は否めない。しかし、「侮辱の心得」（一八四七）は、弱者（特に貧しい作家）を冷遇・無視する人種について博物学的用語を使って分類した上で、夫々のタイプの特質・悪辣さ・愚俗ぶりを分析する方法や、一貫して流れる痛烈な皮肉が特長であり、代表的評論、「女性作家の愚劣な小説」（一八五六）の先駆けを思わせる。また、「小さな寓話の偉大な教訓」（一八四七）も論旨の展開が短絡的で初心者の域を超えないものの、簡明な寓話によって二人のニンフの生き方を対比し、エゴティズム追求のはかない末路、客観的ヴィジョンと他者愛によって到達する広大な境地など、後に小説で繰り返されるテーマの萌芽が既に見られる。

一八四九〜五一年には、棄教体験を経た彼女の宗教観を反映した書評が続くが、中でもロバート・W・マッカイの『知性の進歩』の書評は、初めて本格的に取り組んだ力作で、『ウェストミンスター』進出のきっかけとなった重要な作品である。同誌編集時代は、先述したように編集に専念していたため、彼女の手になる評論はカーライル著の『スターリング伝』の書評一篇のみだが、適切な引用で論旨を進める力強さ、随所に見られる低俗なものへの辛らつな攻撃など、若さ独特の恐れを知らない不敵さが感じられる。

ところで、表（四二ページ）で明らかなように、注目すべきは、一八五五年（三二編）と五六年（二七編）の群を抜いて旺盛な活動だろう。この時期は「彼女の評論活動における奇跡の年」[4]

と言われる程、質量ともに充実した収穫期であり、主要なエッセイや評論の多くが発表されている。一八五四年七月下旬、彼女は『ゲーテの生涯と作品』（一八五五）の取材にワイマールへ赴くルイスに同行するが、このドイツへの旅立ちを契機として、堰を切ったように精力的な評論活動が始まり、その成果が一八五五・五六年の業績に結実したのだった。

　評論を読んで何よりも興味深いのは、当時のエリオットの内的世界が垣間見られることである。ロンドンを発ったのが七月二十日、ワイマール着が八月二日。到着の僅か三日後にチャップマンよりヴィクター・カズン著の『フランスの女性――ド・サブレ夫人』の書評を依頼されると、彼女は執筆のチャンスを与えてくれたチャップマンに厚く感謝し、「新鮮できびきびと興味をそそる（piquant）ものを書く」[5]と約束しているが、この時期の評論の特長はこのきびきびした語り口にある。小説の語りでおなじみの、重厚な落ち着いた口調とは別人の観のある核心を突く痛烈な表現、明快な論旨のスピーディーな展開には、活き活きした生気と小気味のよい辛口の鋭さが満ちていて、新鮮な驚きを覚える。エレイン・ショウォールターはエリオットの小説を抑制の小説と評したが[6]、権威に媚びず萎縮せず自己の意見や感慨を大胆に表白した彼女の評論は解放の評論と言えるのではないだろうか。

　チャップマンの依頼を受けた彼女は間髪をおかずに着手し、九月八日には原稿を送付し、『ウェストミンスター』十月号に掲載されている。異国の旅路の中での旺盛な執筆と迅速な対応には驚く他ない。『日記』や『書簡集』によれば、当時エリオットとルイスは午前中に取材と執筆、午後は散策や美術館巡り、夜は会合、観劇、読書に励んでおり、波長の合う二人が異国の文化を謳歌しつつ、互いに啓発し堅実に仕事をこなしていることが分かる。ワイマールではリストやクララ・シューマン、A・ルビンシテインをはじめ、宮廷を彩る貴族や芸術家たちと、ベルリンでは様々の分野で活躍する学者たちとの交流を享受した。この充実したドイツ体験により、ドイツ・フランス・オーストリアに流れる新しい時代精神の息吹を伝える数々のエッセイが生まれる。エリオットの主要な評論となるこれらの作品は、一八五五年三月帰国以降、定期的に執筆を担当することとなった『ウェストミンスター』と『リーダー』に発表された。特に「リスト、ワーグナー、ワイマール」、「『ヴィルヘルム・マイスター』の道徳性」、「ドイツ哲学の未来」、「ドイツの神話と伝説」(以上、一八五五)、「ドイツ風ウィット——ハインリッヒ・ハイネ」、「ドイツプロテスタント史」、「ドイツ民族の博物誌」(以上、一八五六)といったドイツ関連のものが多い。ハイネ、リールをイギリスで最も早く紹介したのをはじめ、リスト、ワーグナー、ゲーテなどドイツの上質の文芸と最新の思潮の的確な解説が、読者啓蒙に果たした業績は見逃せないだろう。

対象を見据えるエリオットの判断力は公正である。例えば、ドイツで開花した思想と芸術の傑出した精神的偉大さには敬服する一方で、ドイツ文学に往々にして見られる冗長さやユーモアの欠落に関する指摘も忘れず、長所・短所を明晰に分析している。その他、一八五五・五六年には、ジョン・ラスキンの『近代画家論』の書評、「マーガレット・フラーとメアリ・ウルストンクラフト」をはじめ印象的なエッセイが続出する。特に創作直前に書かれた「ドイツ民族の博物誌」、「女性作家の愚劣な小説」にはエリオットの文学信条・創作の方法・価値観などが顕著に伺われる。この時期のものには、『ウェストミンスター』編集での修業の結果による思慮に富む分析、説得力ある論旨の展開、ユーモアと皮肉の巧みな駆使など、表現力は格段に熟達しており、海外での豊かな体験による視野の広さが歴然と窺われる。

匿名評論とカタルシス

以上見てきたように、エリオットの旺盛な評論活動は一八五四年のワイマールへの旅立ちから始まるが、その原動力について、多くの扶養家族を背負うルイスとの生活維持という経済的理由がよく挙げられる。確かに無給の編集業と違い、論説一編につき十四ポンド、「現代文学」一編につき十二ポンド十二シリングの執筆料は、当時の彼らにとって魅力だったに違いない。しかし、経済面などの外的理由以上に、自己表現への強い希求こそ、彼女をあのように旺盛な執筆へと駆り立てたエネルギー源ではなかっただろうか。

『書簡集』や『ジャーナル』、伝記を読むと、彼女には元来自己表現への願望が強くあったことが分かる。エリオットの執筆活動は、翻訳――評論――創作というプロセスを辿っているが、例えば、『イエス伝』を翻訳していた時と、その半年後、取り組んだキーネとミシュレ著の宗教書を書評した際の心境を比較すると、その落差は明かである。翻訳業の苦しさを訴える箇所が親友セアラへの書簡に多々見られるのに反し、初めての評論執筆では打って変って、「世界中が栄光と美で満ち溢れています」(『書簡集』一巻二二三)というほど圧倒的な高揚感に包まれている。「最近、メアリ・アンはとても輝いて見えます」(『書簡集』一巻二二三)と、その充実感と至福感は親友たちにも明らかだった。

エリオットは翻訳とは基本的に異なる評論執筆の魅力を認め、十二分に享受したのではないだろうか。翻訳に携わる際に肝要なのは、原作のもつ思想や感性を異言語によって如何に効果的・正確に表現するかであり、翻訳者の主観的な表現はむしろ差し出がましい邪道だろう。それに対して、評論は他者の作品を俎上に置いて考察するが、その際基準となるのは評論家の理念・価値観・信条であり、内なる精神の率直な表白が、ある意味で創作よりも可能である。翻訳業のような黒子的な存在ではなく、また、編集業のように他者の文面の修整・編集といった裏方のもどかしさからも解放され、更に匿名の利点を駆使して思いのままに自己表現が出来る評論活動の醍醐味は、とりわけ閉塞的な境遇にあったこの時期の彼女には格別のものではなかっただろうか。

周知のように、一八五四年を境に彼女の社会的立場は激変する。B・パークスによると、『ウエストミンスター』編集時代の彼女は各界の名士たちの集う会合やパーティーに参加する希少な女性として輝く存在だった。しかし、妻子あるルイスとのワイマールへの旅立ちは、この表舞台から一転して、厳しい社会的制裁を一身に受ける逆境へと彼女を追い込むこととなる。フレデリック・カールは、当時のメアリアンに浴びせられた「ふしだらな女」、「家庭破壊者」、「トラブル・メーカー」[7]など数々の罵倒の実例を挙げているが、厳しい指弾者の中には『ウェストミンスター』で懇意に接してきたクームやマーティノウもいた。兄アイザックからは絶縁、親友カーラも以後交流を断ち、セアラですら関係修復までは時間を要した。このような社会的追放の身となった彼女にとって、唯一社会と接触する道は、イギリス・ジャーナリズムでの匿名による執筆活動しかなかった。

一八三〇〜五〇年代、評論の執筆は無署名方式が主流である。特に女性による記事は読者にも出版業者にも歓迎されなかったため、女性ジャーナリストの名前や存在が表に出ることは皆無に近かった。しかし、メアリアンにとって、当時この無署名方式が全盛だったことはむしろ幸いだったのではないだろうか。オストラシズムという社会的制裁を受けていた彼女が素面で自由に健筆を揮うことは不可能だろう。署名評論は一八六五年に『フォートナイトリー・レヴュー』が開始して以後、徐々に根付き、一八八〇年頃にはほぼ定着している。メアリアンの評論活動は四十二ページの表のとおり、その殆どが一八六五年までに発表されており、無署名方式が主流であった時代の流れに便乗し、忌憚なく思いを表現したと言ってよい。

一方、エリオットより約七十年後、書評に臨んだウルフを悩ませたのは、署名をして女性であることを公表すると忽ち襲いかかる因習（conventionality）との闘いであった。「文学は女性にとって最も自由な職業だ」[8]と言うウルフですら、女性が自己を偽らず真実を表現しようとすると、如何に強大な偏見が立ちはだかるか、「女らしく清らかであれ、自己の発言を慎め」と執拗に迫る「家庭の天使」の幻と如何に壮絶な戦いをせねばならなかったかを、生々しく吐露している。「あの当時――ヴィクトリア女王晩年のころ――にはどの家庭にも天使がいた」とウルフは先輩女性作家たちの受難を思いやり嘆息するが、まさに「家庭の天使」全盛の時代にルイスとの生活を選択したエリオットは、女性の徳目の枠から完全に逸脱している。時代の規範を破った彼女には匿名という仮面なしでは、評論活動は到底不可能だっただろう。彼女はまた創作においても、ジョージ・エリオットという男性の筆名を使い、特に『牧師生活の諸景』と「引き上げられたヴェール」では語り手までも男性に設定して極力身元を隠している。あの制約の多かった時代に、ウルフが苦しんだ女ゆえの自己表現への抑圧からエリオットが辛うじて免れたのは、匿名のメリットを最大限に活用できたからだろう。

ルイスとチャップマンという強力な支持者が運営するメジャーな定期刊行物を拠点に、匿名という鎧で身を護り、自由で大胆な評論活動を行った彼女は、一種のカタルシス効果のように、燻る思いと閉塞感を解放したのではないだろうか。そしてそれ故に評論こそ彼女の偽らぬ素顔が最も顕わに窺われるのではないだろうか。評論対象の殆どが十九世紀の学芸・文化という時代的限定性は免れないが、心境を濃厚に反映する評論は、エリオットの内なる声を探る意味で格好の素材である。小説家としての偉大な存在感に圧倒され、ともすれば軽視されがちな評論家としてのエリオットに我々は注目すべきだろう。

二　「女性作家の愚劣な小説」

駄作を斬る

評論「女性作家の愚劣な小説」(以下「愚劣な小説」と略記)は、その完成時期(一八五六年九月十三日)が「エイモス・バートン師の悲運」の執筆開始(九月二十三日)と近接しているため、創作移行期に書かれた興味深いものとしてエリオットの評論の中では突出して注目度が高い。一八五〇年代にはルイス、リチャード・H・ハットンなど多くの批評家が女性作家論を書いているが、その中で「愚劣な小説」は正攻法では糾弾一色になりかねない駄作を対象に、機知に富んだ博物学的な枠組みと、レトリックを駆使した流麗なスタイルで痛烈な皮肉を繰り広げるという一ひねりした工夫で、当時流行した女性小説の問題点を一網打尽に摘発する異色の評論となっている。メアリアンの常として、この評論も長文がびっしり詰まった重厚なものだが、論調にエネルギッシュな勢いがあることと、豊富な具体例を提示した合理的な分析によって論旨は明晰で説得力があり、楽しみながら理解できるものとなっている。

「愚劣な小説」は、一八五六年上半期に出版された女性作家による六作品についての書評で、同年『ウェストミンスター』十月号に発表された。評論完成までの経過は以下の通りである。先ず発想の萌芽は七月五日、「『償い』のあまりのひどさに嫌悪を覚えたので、書評で攻撃したい」とのチャップマン宛の手紙（『書簡集』二巻二五八）に見られる。半月後、その意図は更に具体化し、「［愚かな女性小説］に関する評論は、娯しみながら同時に愚作の実情を解明する有益な手段になるかもしれないと思います」[9]と、攻撃の対象を『償い』だけでなく女性作家の駄作群へと拡大している。当初は八月下旬、スイスで教育を受けている子供たちのもとに出かけたルイスの不在中に書き上げる予定だったようだが、一時は執筆を断念したほどの歯痛（親知らず）に悩まされ、締め切り寸前の九月十二日に慌しく仕上げて送付しており、寄稿執筆に追われていた当時の様子が窺われる。

先ず印象的なのは、対象作品の俗悪ぶりを攻撃する痛烈な口調だろう。歯痛による不快感の中で仕上げたことも影響したのか、挑戦的なタイトルを掲げ、辛辣な皮肉を駆使して駄作の実態を厳しく分析している。ただ、引用（註9）からも分かるように、女性作品の嘆かわしい現状を糾弾すると同時に、娯楽（amusement）としての意図が根底にあり、ウィットに富んだ諧謔的要素も「愚劣な小説」の大きな特徴となっている。

こうして、時には愚弄と言ってもよい辛口の風刺を効かせて、女性作家の六作品、(1)『償い――三十年前の実話』(2)『ローラ・ゲイ』(3)『高貴なる麗人――若き男爵夫人』(4)『謎――ウォルチョーリ家古文書の一葉』(5)『古さびた教会』(6)『アドニジャー――ユダヤ民族離散の物語』、を俎上に上げ、その愚劣ぶりを分析していく。

以上六作品のうち、(2)、(3)、(4)は匿名のため作者不詳である。マイケル・サドラーの『十九世紀小説――私有蔵書書誌目録』（以下、『目録』と略記）によれば、(1)の作者、レディー・ジョージアナ・チャタートンは、旅行・創作・絵画を生涯楽しんだインテリ貴族であり、『目録』には彼女の十四の作品について解説されているが、その全てが二巻・三巻もので夫々三百頁以上という長編揃いであり、執筆活動期間も一八三九～七五年の長きにわたっている。彼女は十九世紀以降イギリスに生まれた最も著名な女性作家二百十三名を収録したE・ショウォールターの『女性自身の文学』に付された略伝資料にも、生年・没年、出生地、父親の職業、宗教、初出版の本などが記載されている。(5)の作者、レディー・リディア・スコットに関しては『目録』に作品三点が掲載されているが『女性自身の文学』には記述はない。(6)の作者、ジェイン・マーガレット・

ストリックランドに関しての記載は『目録』にも略伝資料にもなかった。

このようにチャタートンのみがかろうじて細々と名を残しているが、先述したようにメアリアンが「愚劣な小説」を書く引き金となったのはチャタートンの『償い』の劣悪さだったことを考慮すると、彼女がかろうじて生き残ったのは、作品の質ではなく、当時の人気による知名度の高さゆえではないだろうか。今回対象となった女性作家たちは当時の文壇を飾ったものの、まさしく駄作ゆえに淘汰された泡沫作家だが、「愚劣な小説」によってその名（悪名）を現在まで残すことになったのは皮肉である。以下、メアリアンがこれらの駄作群を如何に捌《さば》いていくか、そのお手並みを拝見し、このような異色の評論を書くに至った背景を考察したい。

マインド・アンド・ミリナリィ

冒頭、メアリアンは博物学における分類体系を応用し、昨今出版市場を席巻している女性作家の低俗な小説群を一つの属（genus）と考え、それを構成する様々のタイプの小説を種（species）に分類し、その実態解明に切り込んでいく。いささか大上段に構えたポーズには、自然界の解明を目指したカルル・フォン・リンネ（以下リンネと略記）の壮大な体系を模して、笑いのうちに女性小説の実態に迫ろうとする意図が感じられる。

女性作家の愚劣な小説は、多くの「種」から成る一つの「属」である。それらの「種」は特に著しい愚劣さの質によって、例えば、「浅薄種」、「退屈種」、「敬虔種」、「衒学種」といった風に決定される。しかし、この派の小説群をまとめる一番大きな「綱」を構成するのは、先述の愚劣の諸々の特質が混合したもの――即ち、女性の愚かさが渾然一体となった「目」である。私はそれを「マインド・アンド・ミリナリィ」と名付けたい。[10]

生物分類学の父と言われるリンネの功績は、㈠大自然の夥しい数の動植物を綱（class）・目（order）・属（genus）・種（species）と階層的に分類し、整然とした体系を構築したこと㈡動植物の圧倒的多様性をどんな言語圏の人にも分かるよう、属名と種小名による普遍的な命名法という画期的な創案をしたことである。彼が行った分類と体系、簡潔な命名法によって、それまで混沌としていた博物学は一挙に明快な秩序をもつ分かりやすいものとなり、十九世紀西欧では一般大衆にまで大ブームを巻き起こした。最先端の科学に通じ、特に「愚劣な小説」執筆の直前には海辺でのフィールド・ワークに没頭したメアリアンも、リンネからは少なからぬ影響を受けていたに違いない。上記の引用での綱、目、属、種というリンネの階層分類用語の使用、また、非常な勢いで増殖する女性作品群を、「女性の愚かさ」（feminine fatuity）という共通する特性によって綱を頂点とする組織にまとめる体系づけ、愚かさの特質に応じていくつかの種に分類・命名

(引用した註10の四種に加えて、(5)「神託種」(6)白襟種 (7)現代版古代種) する方法、更に、対象の女性作品群を分析する際の博物学的視点など、明らかにリンネを念頭においている。特に注目すべきは、女性作品の愚かさを主題・表現 (語法) の両面から精査していく際、原作の問題箇所を引用し、具体例を見ることによって、女性小説群に共通する病巣を浮かび上がらせ、実態を明らかにしている点である。この姿勢は多彩な様態や現象の忠実な観察によって、事物の本質に迫る博物学の帰納的方法論の応用であり、「愚劣な小説」は精読という観察によって当代女流作品という種族の解明を試みた華麗な博物誌と言ってもよいだろう。以下、彼女の論の展開を辿ってみたい。

先ず女性作家の愚かな小説の総称を、その際立《きわだ》つ特性に注目し、「マインド・アンド・ミリナリィ」と命名する。ミリナリィとは帽子・レース・リボン等の婦人用の装飾品のことであり、「マインド・アンド・ミリナリィ」とは、外観のみを飾り立てた中身の希薄な精神の意として、当時女性読者に流行したシルバー・フォーク小説の本質を巧みに象徴するメアリアンの洒落た造語である。特徴を見事に掴んだ「種」の命名が当を得ていて実に楽しい。「マインド・アンド・ミリナリィ種」の最大の特長は、人物造型、プロット、用語における決まりきった類型である。輝く美貌、あふれる学識、堅固な道徳心に恵まれた全てにわたって超一流のヒロイン像、彼女を崇拝する貴公子、その恋を邪魔する悪徳貴族、といった副次人物群のあり方、様々な試練に会いながらも、最終的には玉の輿に納まるご都合主義のプロット、と相場が決まっている。「マインド・アンド・ミリナリィ種」全体を概観した後、各作品を具体的に検討していく。その際、先ずあら筋を紹介するが、この部分だけでも当時の社会の諸相、特にサブ・カルチャーが垣間見られて結構面白い。

彼女の初期の書評は引用が長く冗長な印象を与えるものが多いが、「愚劣な小説」では必要部分のみを過不足なく引用し、問題点をイタリック体や引用符で明示の上、何がどう駄目なのか、手際よく解説している。例えば、『ローラ・ゲイ』では、ウェルギリウス、ホラチウス、キケロに精通し、ラテン文学の古典を日常茶飯の話題とするヒロイン、ローラの台詞に注目。彼女の特長である長広舌に頻出する抽象語の多さを指摘した後、上流社会を舞台とする陳腐な題材をベースにして、古典を振りかざし、もったいぶった知的表現によって体裁を繕ったものと結論する。登場人物の話し言葉については度々問題として取り上げられ、『償い』においても四歳半の幼児の、大仰で荘重な「オシアン流の」喋り方がイタリック体で明示される。その他、高遠な文語体、回りくどい迂言法など、用語レベルでの具体的な指摘は説得力があり、女性作家たちが好むこのような表現が如何にリアリティに乏しいかが実感される。

『償い』は、『ローラ・ゲイ』よりも更に教養を重々しく加味した上、異国・幻・毒殺・魅力的だが邪悪な人物など、如何なる不道徳な小説にも負けないほど刺激的な馬鹿げたエピソードを満載し、美辞麗句で飾ったものと非難する。

『高貴なる麗人』は、新聞記事を読んで首相に恋をしたイーヴリンが、紆余曲折の末、彼と結婚するという玉の輿ストーリーである。あら筋紹介の際、「首相」と引用符で注意を喚起しているのは、首相というからには皺《しわ》だらけの老人かと思いきや、ヴァン・ダイク描く騎士のような若い美男であった、という馬鹿馬鹿しい展開にあきれたメアリアンの反応だろう。めでたく結婚に至るまでに、悪徳天才詩人、サー・ウィッチャリーが登場し、イーヴリンに横恋慕の挙句、拒否されると様々な復讐を企み波乱を巻き起こすプロットを解説した後、それでもこの作品は、会話が「自然で活気があり」、「衒学的でない」(一四七)ので、前述の二作よりましだと評価する。

続いて、「マインド・アンド・ミリナリィ種」の中でも最も卑しむべき嘆かわしい「神託種」の典型例として『謎』を挙げ、作品の理解しがたさの原因は「目的の混同」(一五三)にあると言う。たとえば、平和な村の、日曜学校のお茶どきに盲目の異国の竪琴引きが突如現れて皆を驚かせる、真っ赤なマントをまとった狂人のジプシーが登場し、主人公の出生の秘密を明かす、といった風に、「現代のごく普通の生活の場」に全く異質の人物・事件・風習を移植し、血生臭いメロドラマへと急変させるエピソードが続出する。こうした荒唐無稽な要素を寄せ集めた稚拙さをメアリアンは、「子供が気まぐれに描いた絵」という巧みな比喩で表現している。

『謎』に登場するこのようなエピソードの数々を読んでいると、賢い子供が時折「自分自身のひらめき」で描く絵のことを連想してしまう。画面の右手には近代的な邸宅があり、前景には兜をかぶって戦う二人の騎士、左手にはジャングルで虎が歯をむき出して咆哮しているのだが、それらが一緒くたに描かれているのは、絵を描いた子供が、その一つ一つをきれいだと思っているからだし、さらに言えば、誰かの絵で見たという記憶があるからだ。[11]

アシュトンは「愚劣な小説」における「アナロジー表現の巧みさ」を称賛しているが、[12]右記の引用でも豊かなイメージを喚起する明解な具体例を挙げることによって、場違いな要素がストーリーに混在する実態を、説得力豊かに印象づけていて魅力的だ。

次にメアリアンは、プロットにおける最大の共通項として、六作全てがラブ・ロマンスであることを指摘し、階級・宗派を問わず、若い女性にとって恋愛ものが如何に不可欠かという永遠の問題に嘆息している。六作は陳腐なラブ・ストーリーを基本の土台として、宗教色、古代色、衒学色といった夫々の特色を粉飾したヴァリエィションにすぎない。例えば、「白襟種」の『古さびた教会』の場合は、福音主義的色彩が作品の主調ではあるものの、まさしく低教会派の若い女性用のシルバー・フォーク小説であり、伝統のラブ・ロマンスに福音主義的状況をあてはめ、ドレスの色を抑え、会話にはゴシップの代わりにゴスペルを盛り込み、伊達男の代わりに牧師を配置し、細部を宗教色で地味にしたものに過ぎず、退屈極まる。中でも許せないのは、福音主義派独自の素晴らしい題材が豊かにある筈なのに、徒に上流階級を舞台に気取った会話や風俗を書きたがることだ。

黒人奴隷問題というユニークな主題に取り組んだストウ夫人のように、貧しい労働者階級の信仰心の厚い生活が何故書かれないのか、と陳腐なパターン一辺倒で没個性のイギリス女性小説に憤懣をぶつけている。独創的な主題を希求するメアリアンの思いは強く、「愚劣な小説」が掲載された『ウェストミンスター』十月号の「純文学」欄で重ねてストウ夫人に言及し、新作『ドレッド』を取り上げて、「ストウ夫人は黒人小説を創作したが、風景や風俗だけでなく、人種間の対立・葛藤を取り上げている点で、新鮮な小説である」[13]と、上流富裕層のみならず底辺に至るアメリカの全ての面の悲喜劇が生き生きと描かれている点を、高く評価している。

メアリアンの論調は頁を追う毎に辛辣さを増していく。次に「愚劣な女性小説の中で最も面白くないもの」（一五九）と評する「現代版古代種」では、歴史小説の抱える問題を提起する。今まで論じてきた小説には少なくとも笑いがあったが、この「現代版古代種」の小説には「鉛のように重苦しい愚鈍」（一五九）が充満し、あまりの重圧に呻きを禁じえない程だ。歴史小説には正確で詳細な時代考証だけでなく、現代の精神を古代の状況に吹き込むことと、読者の共感を喚起する想像力による力強い創造が必須である。ところが、『アドニジャー』は古めかしい名称の乱用、古色蒼然たる台詞や議論、小手先の歴史的状況を設置し、表面に古代色を粉飾した「この上なく貧弱なラブ・ストーリー」(一六〇)にすぎず、その内容たるや女学生の知識にも劣る、と手厳しい。しかし、血の通った過去の再現という歴史小説創作上の課題には彼女も後に『ロモラ』制作の際に苦労しており、『ロモラ』に漂う重々しい生気の無さを「壮大な墓場」として失敗作と看做す評価も多く、彼女自身この難題に成功したとは言い難いのではないだろうか。

創作に伴う倫理

こうして六作品の愚劣ぶりを分析した結果、全てに共通する最大の問題点はリアリティの欠如だと言い、その元凶を、(1)主題の面では、伝統のラブ・ロマンスの型を踏襲し、複雑多彩な人生の様態を「結婚」という単純なハピー・エンディングで締め括る愚かさ、(2)用語と表現の面では、大仰で気取った話し方、抽象的な観念用語の溢れる荘重な文体を用いる愚かさ、の二点に見ている。次に、このように女性作家たちが月並みな恋物語に固執するのも、もったいぶった文語調を使うのも、それらを好む女性読者の受けを狙ってのことだ、とメアリアンは非難の矛先を、書き手も読者も女性が主流だった一八五〇年代の小説市場の現状へと変えていく。そして後半の論点は、低俗化した文壇の打開策へと向かう。

十九世紀は識字率の上昇・流通の発達・書物の低価格化が急速に進み、特に貸本業の普及により読者層が飛躍的に増加しているが、小説の主たる読者は中産階級の若い女性であった。その結果、出版業者も貸本屋も若い女性読者の嗜好を優先する商業主義に走り、女性向けの小説を量産する女性作家が激増している。特に一八五〇年代はルイスが「女・子供・しろうと軍団による文筆界への進出」[14]を嘆き、ウィリアム・R・グレッグが「小説市場の供給権は女性たちに掌握されてしまった」[15]と言うように、女性作家は小説部門を瞬く間に席巻し、彼女たちの作品数はめざましく増えるが、同時に拙劣な作品が市場に氾濫することとなった。読者に迎合する作家。劣悪な人気作家を奨励する批評家と貸本屋。商業ベースに合わぬ傑作には冷たい出版業者。「愚劣な小説」の背景には、小説市場の肥大化に伴い、作家・読者・批評家・出版業者・貸本屋がこぞって大衆化・低俗化へとなびく嘆かわしい風潮がある。

メアリアンには女性が主流となった結果の出版文化の低俗化を、同じく執筆に携わる女性として傍観できなかったのだろう。このような俗悪小説氾濫の主因として女性作家の次の二点を追究している。一つは言うまでもなく彼女たちの知的レベルの低さである。当時女性作家の中で多少なりとも正式の学校教育を受けた者は全体の二十%、高等教育を受けた者は五%といわれている。[16]特に古典教育はオックスフォードとケンブリッジを中心とする特権階級の男子にしか与えられず、女子は完全に排除されていた。ショウォールターは、ヴィクトリア朝女性作家の顕著な特性の一つとして、男女の教育の差から生じる古典教育への羨望を挙げている。[17]先述したように、六作のヒロインたちの属性として目立つのは、ラテン・ギリシャ・ローマの古典を自在に操る能力だが、それは即ち、女性作家たちの知への渇望の現われであり、言い換えれば劣等感の裏返しに他ならない。一方、七ヶ国語を修得し、膨大な古典を読破したメアリアンの姿勢は、彼女たちとは対極的である。『フロス河の水車場』で描かれたトムが受けた教育の痛ましい失敗のエピソードからも分かるように、実生活と接点のない形骸化した古典教育の弊害をつぶさに直視している。トムのみならず、大学教育を極めながら正確な綴り字すら書けないエイモス、ドイツの新しい学問の前に挫折するカソーボンの不毛な学究など、古典中心に徹したイギリス男子教育の愚かな偏狭性を作品において繰り返し追及している。

ルイスとメアリアンは実生活でも、ルイスの息子たちのために農業技術を含む実際的で合理的な教育をモットーとするスイスのホウフヴィール・スクールを選んでおり、古典重視の教育には公私にわたり一貫して否定的であった。古典のみならず最新の諸学問にも男性に負けないほど精通し広い視野をもつ彼女には、やみくもに古典を崇拝し、生かじりの空疎な知識を衒学的にひけらかす女性作家たちに我慢できなかったのだろう。しかし、正面から直接攻め立てず、例えば、「ヒロインにとって、ギリシャ語やヘブライ語はお遊びに過ぎず、サンスクリット語はアルファベットも同然である。どんな言語も完璧に話せるのだが、唯一英語だけが例外なのだ」(一四三)といった逆説的な表現によって、正攻法よりはるかに痛烈な効果を上げている。そして、真に教養ある女性は知識を誇示せず、ものごとを謙虚に見つめ、客観的に判断する公正な観察眼をもっている。知識を情報として振りかざすのではなく、他者（読者）に共感を与えることこそ、教養の真髄なのだ、と訴える。

愚作氾濫の第二の原因は、女性作家たちの創作倫理の欠如である。「〈愚劣な〉という形容辞を使うのは不遜かもしれないが」（一五四）、と言いつつも、メアリアンは〈愚鈍〉、〈低脳〉、〈驚くほどの無知〉といった直截的な言葉を連ねて女性文学を蝕む愚劣を厳しく論じるが、結論部で強調する女性文学最大の欠陥とは、知力の欠如よりも創作倫理――たゆまぬ努力・出版に伴う責任感・創作芸術の神聖さの自覚――の欠如なのだ。更にそれを助長するものとして、他の芸術とは決定的に異なる小説の特異性に着目する。

> 教育上の如何なる制約も、女性を小説の材料から締め出すことは出来ないし、厳しい要求からこれほど免れている芸術分野は小説以外に他にない。小説は水晶の結晶のように、どのような形をとっても美しい。我々はただ適切な要素――正しい観察、ユーモア、そして情熱――を注ぎ込みさえすれば良いのだ……絶対的な「技術」を不可欠とするような芸術では、単なる愚かな下手の横好きの侵入をある程度まで防止出来る。[18]

小説以外の芸術では、プロとして不可欠の技術が要求され、下手の横好きが容易に入れない厳しい関門があるのに対し、小説には規制や歯止めがなく、それこそが凡庸な女性の安易な執筆を助長している。しかも、昨今は貧しさゆえではなく、出版によっていわゆる箔をつけようとする虚栄心からの執筆が三倍多いと、メアリアンはこぼしている。十九世紀には自費出版が激増し、一八八〇年代は新刊の三分の二から四分の三が自費出版だったと言われており[19]、この三倍という数字もあながち誇張ではないだろう。事実、今回取り上げられたチャタートンとスコットも貧困とは無縁のレディーであり、特にチャタートンの本の装丁は、表紙はベラム皮やモロッコ皮を使用し、表紙の背は金文字、本の縁には色を振りかけたなかなかの豪華版で、自費を明記したものもあり[20]、自費出版（vanity publishing）の可能性は高い。

十六世紀以来、小説は文学部門の中でも一段劣ったものと看做され、女性は小説の書き手としても読み手としても、男性から抑圧を受けてきた。しかし、「愚劣な小説」執筆当時の一八五〇年代にはその状況が大きく変化している。女性が出版市場で主流となり、力を得てきたに対して、女性パワーのすさまじい進出を恐れる男性作家たちは、彼女たちのレヴェルの低い駄作を格好の材料として槍玉に挙げ、女性全般に歯止めをかけようとした。クロスの『大英帝国の三文作家たち』第五章では、女性流行作家がサッカレーをはじめ男性作家たちから如何に軽蔑とからかいの的とされてきたか、について多くの実例が取り上げられている。

「概して女性は本質的にその土壌が浅薄で貧弱だから、豊かな耕作には適していない。女にふさわしいのは、ごくささやかな収穫だけだ」

表面上を不完全に観察して、このように結論づける御仁は、非常に賢明な男性の中にはいないと確信している。(一五五)

「非常に賢明な男性ならこのように浅薄な結論を出さないだろうが」と皮肉を添えた上で、メアリアンは女性の駄作に対する一般男性の反応を「元来女の資質は薄弱なのだから、傑作を書く能力はなく、高々軽薄な作品がお手ごろだ」と先取りして予測する。男性たちが蔓延する低俗な作品によって女性全般の資質を過小評価した挙句、真剣に創作に取り組む実力派の道を阻み、更にはちょうど高まりつつある女子教育充実の機運を邪魔しかねないことを、過去の実情を通して察知し、警戒しているのだ。男性たちにそういう口実を与えないよう、真の教養をもって創作に臨むようにと喚起し、真の教養とは、浅薄な知識(information)を振りかざすことでなく、共感(sympathy)を与えることだと言い、虚栄や自己顕示のための出版を固く戒める。

しかしエリオットは、小説独自の柔軟な可能性を掲げて女性作家に奮起を促すことも忘れない。引用(註18)では、他の芸術と比べ厳しい制約がなく、安易に執筆と出版が可能な小説部門での特異性を、低俗な作品氾濫の遠因と見ているが、同時にこの特異性を逆手に取って女性作家たちにエールを送ってもいる。厳しい修練や卓越した技巧がなくても参入できる小説創作こそ、女性も心がけ次第で男性に十分伍していける貴重な分野なのだ。情熱・ユーモア・正確な観察を注ぎ込みさえすれば、定型に縛られず、自由に美を創造できる、と熱く激励している。

最後に、ロバがフルートに鼻を押し当てたら、たまたま音が出たので、「僕にもフルートくらい弾けるさ」と得意になったラ・フォンテーヌの寓話を引用し、安易に出版しようとしている女性作家予備軍に「修養を積んで出直すように」と「待った!!」をかけて、この痛快な論を終える。

この評論にはエリオット自身が創作の際に拠り所とする文学信条が随所に述べられている。リアリズムとモラリズムという彼女の創作を貫く二本柱、読者の共感拡大という創作の目的、主題と表現における独創性の重視、創作の必須要素である観察・ユーモア・情熱、歴史小説の作法、多様性豊かな社会の再現など、実作に当たって彼女が指針とした項目が並んでいる。知識層を対象に、啓蒙と知の追求という高い目標を掲げる『ウェストミンスター』に発表した「愚劣な小説」は、当時の出版文化の大衆化・低俗化への警告として愚作の現状を暴露し、出版倫理を促すべく書かれたものだが、程なくして創作活動へと踏み込む自己への戒めの意味もあったのではないだろうか。

＊"Silly Novels by Lady Novelists" からの引用は、A. S. Byatt と Nicholas Warren 編集の *George Eliot—Selected Essays, Poems and Other Writings* (Harmondsworth: Penguin 1990) に依り、（　）の数字は頁を表示。

第三章

海辺の生活から生まれたもの　「イルフラクーム回想録」

メアリアンとルイスは、一八五六年五月八日から約三ヶ月間、イギリス南部の海辺でフィールド・ワークに勤しむ生活をしている。前半約五十日はデボンシャーのイルフラクームに、それ以後は南ウェールズのテンビーに滞在し、豊かな自然と一体になって暮らした。長期にわたり海辺の片田舎に滞在した背後には、健康上の理由（帰英後の二人は社会的制裁によるストレスのせいか、体調が優れず、特にルイスは耳鳴りに悩まされ、H・スペンサーより保養地としてテンビーを勧められていた）、経済上の理由（ロンドンに比べ、生活費が安い）があるが、何よりも、海生生物調査というルイスの研究事情が主因と考えられる。[1] 海生生物の体系的研究を目指し、初めての野外調査に臨んだルイスに同行したメアリアンは、『ウェストミンスター』（一八五六年七月号）で担当する「純文学」と、ウイルヘルム・ハインリッヒ・フォン・リールの著書、『市民社会』（一八五一）と『土地と人々』（一八五三）の書評の仕事をこなしつつ、海辺の生活を目一杯謳歌している。

「イルフラクーム回想録」（以下「イルフラクーム」と略記）は、五月八日から六月二十六日まで過ごしたイルフラクームでの生活について、テンビーにて七月二十二日に書かれた回想録である。メアリアンはルイスと暮らし始めた一八五四年以来終生、日記を書き続けているが、簡潔な備忘録風の記述が殆どである。「イルフラクーム」は例外的に記載の長い五月八日と六月十五日のものを中心に、滞在当時の日記をベースにしたと推定される。追想による多少の甘い美化は免れないだろうが、それにしても、豊かな大自然の中でのびのびとフィールド・ワークを享受する二人の姿には、至福といってもよい境地が感じられる。公開を意識しない日記を基にしたせいか、ここには構えたところが全くない。滞在中の課題であった『ウェストミンスター』掲載用の評論も六月十七日にチャップマンに送付しており、一仕事終えた解放感もあってか、数多い彼女の執筆物の中でも類を見ないリラックスした楽しい手記となっている。

一八五六年七月二十日付けの日記に、「私はここで多くの着想と旺盛な体力を吸収した。実際、この時ほど心身の逞しさを感じたことはかつて記憶にない」と記しているように、大自然に没入した生活は彼女にとって心身を充電し、多くのものを吸収・獲得する貴重な契機となっている。

本章では、「イルフラクーム」を検討し、海辺の生活がメアリアンにもたらしたものを考えたい。

(1) 海辺のフィールド・ワーク

ルイスはこの時期、科学への興味を募らせている。長くジャーナリズムで活躍する彼には、時代の潮流を察知する鋭い嗅覚が身についており、折から拡大する一般大衆の科学への関心に目ざとく反応する。科学が宗教と決別したヴィクトリア朝は、絶大な発展へと邁進した科学万能の二十世紀へ向う過渡期であり、いわば科学の黎明期であった。一八三〇年代頃からダーウィンに先立ち新しい科学理論が次々と世に出ているが、その殆どがアマチュアにも理解可能な手の届きやすい領域にあり、科学はヴィクトリア朝の向学心溢れる知的読者たちの興味と熱意をかき立てる存在であった。[2]

このように科学が素人にも比較的容易に参入可能な状況のもと、ルイスは『ゲーテの生涯と作品』に於いて、早速、「科学者としての詩人」なる章を設けて、博物学者（naturalist）でもあったゲーテのアマチュア科学者としての一面に光を当てたのだが、トマス・ヘンリー・ハックスリーから「書物に依拠する科学者」（a book-scientist）[3]と酷評される。それが余程こたえたのか、対象そのものの観察と調査を重視する野外研究へと乗り出したのだった。彼の意図は海辺の生物

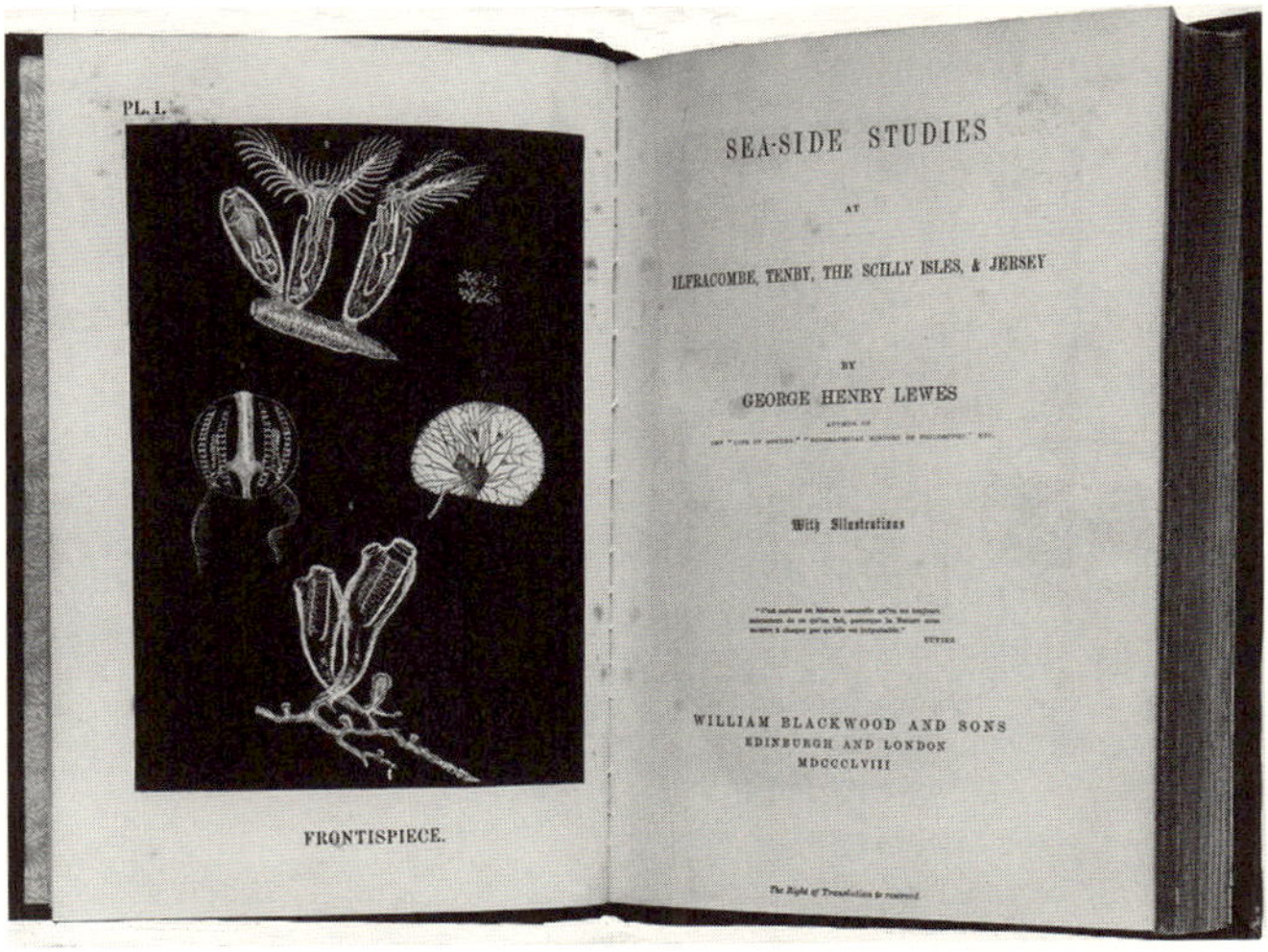

G. H. ルイス『海辺の研究』（1858）巻頭の口絵

の生態調査による「生命の複雑な事実」（complex facts of life）の発見にあった。ヴィクトリア時代、地質学と生物学を包括する博物学（Natural History）が貴族から職人まであらゆる階層に熱狂的に人気があったことは、リン・バーバー著、『博物学の黄金時代一八二〇―一八七〇』一章に詳しい。その過熱ぶりは、例えば『ミドルマーチ』で、フェアーブラザー牧師が昆虫、特に直翅類の熱狂的な収集マニアとして登場し、さして裕福でもないのに博物学の彩色挿絵入り豪華本を書棚に揃えているエピソード等からも垣間見られる。とりわけ海辺の生物をルイスが研究対象に選んだのは、当時、磯採集が中産階級を魅了し、チャールズ・キングズリー、フィリップ・ヘンリー・ゴス、ジョージ・タグウェル等による水生生物関連の書物が非常に受けていたせいもあるだろう。[4]

三ヶ月の海浜暮しの成果はルイスの場合、「海辺の研究」として結晶し、一八五六年八月より『ブラックウッズ・マガジン』(通称『マガ』、以下『マガ』と略記)に連載され人気を博し、第二シリーズの「新海辺の研究」と併せて、一八五八年二月に単行本として出版された。厳しいハックスリーも今回は賛辞の手紙を送っており、オーエンなど有名科学者からの評価も得て、科学評論家としての名声確立の一歩となっている。それでは、メアリアンの場合、この体験は何をもたらしたのだろうか。

この追想記に綴られる彼らの行動は、(1)海生生物の採集、(2)内陸部の踏破、(3)イルフラクームで知り合った人々との交流、に大別される。以下、この三点を辿ることによって、イルフラクームの生活が彼女に与えた影響について見ていきたい。

先ず、全編を通して注目すべきは、メアリアンたちの旺盛な好奇心だろう。五月八日はあいにくのうすら寒い陰気な日で、ひどい頭痛をかかえての旅立ちだったが、ウィンザー――ブリストル――エクセター――バーンステープル――イルフラクームと、汽車とステージ・コーチを乗り継ぐ長旅を結構楽しみ、乗り換えの待ち時間も無駄にせず、ウィンザーでは城の周辺を、ブリストルでは聖母マリア・レドクリフ教会を、また一泊したエクセターでは早朝から古風で趣のある大聖堂や優美な塔を訪れるなど、各地を精力的に見物している。約二ヶ月以上も前のことなのだが、町並み・建物・通り・樹木等、散策の途上で目にした風物の叙述は、建築様式の細部に至るまで鮮明で詳しく、未知の町を興味津々と観てまわる気持ちの弾みが、読者にも伝わってくる。彼らの強い好奇心は、イルフラクーム滞在中には、海辺の生物と自然を対象にした観察という形で如何なく発揮される。二人は「動物学の探検」(Zoological expedition 二六七)と称して、連日広範に歩きまわり、水棲生物の観察と採集というリサーチを実践している。

ところで、一八五〇年代、海辺の散策が中産階級の間で流行し、岩場で美しく珍しい生物を捜すことは、健康的にも教育的にも「理にかなった娯楽」(rational amusement)であり、単なる閑暇つぶしではない高級な趣味として熱狂的な魅力をもっていた。メアリアンたちも地元の聖職者でアマチュア生物学者でもあるタグウェルの協力を得て、道具を借りたりアドバイスを受け、水棲生物の採集に明け暮れている。

我が一行は女性一人と男性二人である。女性は、たも網を持ち、用心のため「丈夫な」服を身につけてはいるが、それ以外はごく普通の身なりだ。一行のいでたちは以下の如し。広縁の中折れ帽、古びたコートには思いがけない所にたくさんのポケットがついていて、タグウェルは革の箱をぶら下げている。箱の中には、金槌、鏨(たがね)、牡蛎用ナイフ、ペーパー・ナイフが入っている。耐久性保証つきのズボン、ズボンの上には毛糸の靴下、更に靴下の上に革の長靴を履いている……
　こういういでたちで、我々は人魚の求婚に出かけたのだ。[6]

メアリアンは比較的軽装だが、男性二人は、幅広の帽子から長靴まで重装備で、大型の槌、冷や鏨、バールなど採取用具も本格的である。「海辺の研究」によれば、メアリアンは素早く海辺の小さな生物を見つけ、捕獲するのが得意だったようだ。[7]

当時は大衆レベルでも自分の愛好する動植物のラテン語の学名を二十〜三十、即座に言える程、一般人に博物学が浸透しており、[8] この手記でも当然のことながら、岩場と磯に棲息する生物の学名が多数登場する。フジツボ、ヤドカリ、貝類、ホヤ、アメフラシなどの軟体動物。イソギンチャク、サンゴなどの植虫類。クラゲ、ゴカイ、ヒル、ミミズ、アカミシキリ、ナマコ、ギボシムシ。未知なる生物の意表をつくような造形と鮮やかな色彩。躍動する生態。それまで書物の世界に浸っていたメアリアンにとって、直《じか》に見る海の生物界は、全てがもの珍しく豊かであり、感性をゆさぶる刺激的な非日常の光景ではなかったろうか。彼女は引き潮の際に生じた潮溜まりに浮かぶアオサや昆布など海藻類の美しい形と色に魅せられている。とりわけ目を見張ったのは、(sea anemone) 或いは (sea flower) というイギリス名どおり、まさしく海の花を思わせる強烈な存在感をもつ多種多彩のイソギンチャクだ。温帯イギリスの海底は、イソギンチャクの妖しい美しさと種類の多さで有名だが、その個性的な模様と色調、くねくねと無数の触手を放射状に伸ばす異様な形状、毒々しい雰囲気には、ゴスの彩色図版ですら、「悪夢のごとき迫力」[9]がある。ましてや実物を目のあたりにしたメアリアンの新鮮な衝撃は想像に難くない。初めて見るイソギンチャクの異形の生態に驚嘆して、彼女は悟る。

「苺（イソギンチャク）」を見つけた時、喜びは高まった（a crescendo of delight）。干潟の浅い潮溜まりに、「イソギンチャク」の淡い黄褐色の触手が小さな蛇のように揺れ動くのを見た時、歓喜は最高潮（a fortissimo）に達した。あれほど多くの本を読破したG（ジョージ）でさえ、長い間ポリプの形状を推測出来なかったのだ。知識からだけでなく、実物から学ぶことが目にとってかくも必要なのである。（二六五－六）

タテジマイソギンチャクを見つけた時の高揚感、最高潮に達した歓喜が、音楽用語を効果的に使って語られる。触手の色彩と動きが具体的な比喩で明瞭に描写され、神秘の生態に触れた時のわくわくするときめきが伝わってくる。この時、ルイスがハックスリーから指摘された「書物に依拠する科学者」との批判を、彼女自身も身に沁みて痛感したのではないだろうか。まさに「百聞は一見にしかず」の諺どおり、対象の実態を知るには、書物による知識や情報以上に、実際に自分の目で見ることが肝要なのだ。豊穣な生の万象に直接触れてこそ、対象への理解と感動が生まれることを率直に吐露している。

このように、イルフラクームでの野外研究によってメアリアンが体得したのは、実体に接して観察することの重要性であった。そして、観察という研究姿勢から新たなヴィジョンへと開眼している。昼間採集した海辺の生物を、夜には分類・整理し、顕微鏡で観察するのが彼女たちの日課だった。当時、一般大衆にも手の届く価格になっていた顕微鏡は、レンズという最先端の科学的ヴィジョンによってミクロの世界の不思議へと彼女を誘ったことだろう。

一方、フィールド・ワークの際、イルフラクーム一帯を移動する途上で目にする地勢を、メアリアンは様々のアングルから絵画性豊かに描写している。特にキャップストウンから町全体を一望した時の印象は、立体的な視点のもとで語られる。壮大なパノラマを目にした時、彼女は文字どおりヴィジョンの拡大を体感する。はるか遠景の丘に目を馳せると、家々は小さく雑然と軒を寄せて建っている。丘にしがみつくように建つ家屋の集合は、岩に付着して群生するフジツボと、形態がそっくりだ。宇宙的ヴィジョンで臨めば、人間もフジツボ同然の小さな存在に過ぎない。人間と微小無脊椎生物との意外な相似。人為の限界と自然への畏怖。それは書物に埋没する閉鎖的な世界では決して得られない、大自然に立脚する野外研究のマクロな視点ならではの、新しい発見である。岬に立ち、陸・海・空の雄大な拡がりを前にした彼女は、人間もまた母なる大地に依存して生きる微小なる寄生生物に過ぎないことを、視覚的に実感している。

丘陵地帯では、広大な起伏をなす母なる大地を背景に家々や家屋の群れが極めて小さく見え、人間も大地の寄生動物――地球という惑星組織の皮膚に住処《すみか》を作っている寄生虫だと考えずにはいられない。（二六四-五）

この時、メアリアンは壮大な宇宙のごく一部でしかない人間の卑小さを悟り、事実に即した客観的ヴィジョンに到達している。ちょうどヘティ、ロモラ、ドロシアといったヒロインたちがビルドゥングの途上で、広大な外界に身を置いて初めて自己の小ささを思い知り、「壮大な人生」に開眼したように。こうして、野外体験により、微視的・巨視的な科学的ヴィジョンを体得し、精細さと広大さを併せ持つ厳正な現実洞察力を深めたことは、大きな成果だったに違いない。

当時、博物学の研究者間では、室内派と野外派が、理論と事実というモットーを掲げて対立している。自然の中で生きた生物と接することなく理論に徹する室内派を、死せる剝製研究として、野外派は非難した。しかし、学会の要職を占め学術誌を支配していたのは、圧倒的に室内派であった。「博物学をより正しく理解しようとすれば、幾年も書を渉猟する代わりに、ただの一夏、自らの目を凝らして観察するに越したことはない」[10]と、一八五八年野外派のJ・G・ウッドは、書物よりも観察の重要性を訴えたが、彼に先駆けること二年、イルフラクームでのメアリアンはまさにこの心境ではなかったろうか。いわば知の旗手として時代の先端に立ち、翻訳・編集・評論活動に邁進してきたメアリアンは、書物や理論に依拠する姿勢において、室内派と同族といってよいだろう。しかし、この時期の彼女は『ウェストミンスター』時代とは対照的に、書から離れ自然に没入し、自らの五感を通して躍動する生命に触れる体験に深く魅了されている。

(2) 山野を踏破する

この時期、彼女が博物学(Natural History)から如何に強烈な影響を受けたかは、当時取り組んでいたリールの二著に対する書評のタイトルを、「ドイツ生活の博物誌」'The Natural History of German Life' と命名したことからも推察される。もちろん、この場合、Natural History の意は、先述の「博物学」ではなく、「場所、或いは人々や事物の種類の特徴といった自然界の対象物に関する事実の集合・総体」(『オックスフォード英語辞典』)であり、具体的にはドイツ民族の総合的な実態研究を指している。しかし、対象は異なるが、リールの研究方法がまさしく博物学野外派のそれと同一であることをメアリアンは看破している。

読者諸子は前述のドイツ民族についての描写から、リールが空理空論や夢想家の視線を通して対象を見る人間ではないことを、既にご推察のことと思う。また、序文で述べていることと、即ち、書籍では発見できない歴史的・政治的・経済的研究を人々と直接接触することによって完成させるため、ドイツの丘陵や平野を歩いて踏破したということを、すぐにも信じていただけることだろう。彼は如何なる学派の偏見も持たず、調査に取り掛かった。彼の現在の意見は、全て彼独自の徐々に集積された観察から発展していったものである。彼は先ず第一に、足で探索する人であり、次いで政治学の著者であった[11]。

ドイツ農民の歴史的・政治的・経済的実態の研究に当たって、リールが実践したのは、書物や資料に拠る机上の思考ではなく、先ず、「人々と直接触れ合うこと」だった。ドイツ中を歩き回り、人々とその生活の現状を自らの目で観察し、収集した豊富な具体的データの検討によって、書籍では洞察出来ないドイツ民族の歴史と社会の解析を成し遂げたことに、メアリアンは注目し、イギリスも範とすべき偉業として、リールの前述の二著を高く評価した。とりわけ足を使った彼独自の実地調査に強く賛同し、リールを学者としてより、先ず「歩く研究者」（pedestrian）として位置づけている程だ。彼への共感を実践するかのように、メアリアンもルイスと共にイルフラクームを精力的に踏破している。

こうして、海辺の生物採集と並んでメアリアンたちが精を出したのは、野山の散策（inland walking）だった。エッセイの後半は、山間部・渓谷・牧場・原野での散策の体験が多彩に展開する。二人は様々なルートを試み、お気に入りの散策道での体験が、道に迷ったり、野生の黒豚に付きまとわれる楽しいエピソードと共に綴られる。彼女の関心は専ら地勢と植物に注がれる。記憶の糸を手繰《たぐ》って、あたかも当時の散策を再現するかのように、次々と展開する植物群と複雑な地勢の描写。その叙述は詳細を極める。丘一面に咲き乱れ、芳香を放つハリエニシダの黄金の輝き。サクラソウ、ディジー、キンポウゲ。ひっそりと咲くシロツメクサ。まるでハントの絵のような愛らしい野生の花々。コケ、シダ、野生のイチゴの群生。折りしも新緑の季節で微妙な色の濃淡を見せる若葉など、視野に飛び込む植物の繊細な色彩・質感、光と影の加減や取り巻く空気に至るまで再現される。チェンバークームへ行く途中、ある農家の庭から、いつもメアリアンを見つめる牛の表情までも目に浮かぶ筆致だ。

描写は精細で具体的だが、散策で出会う多彩な植物と自然が織り成す光景は絵のように美しく清々しい。木陰で一服するルイス。木漏れ日が妖精のように踊るのを見つめるメアリアン。一人の盲人がやってきて腰を下ろし、「ここは何てきれいで健康的な場所だろう」と言ったこと。彼女が回想するイルフラクームの自然には、陽光と平穏と美が偏在している。湧き水が迸《ほとばし》る散歩道の小暗い片隅さえ、メアリアンには「聖なる場」（二六八）なのだ。しかし、イルフラクームに対する彼女の第一印象は「醜さ」だった。またバーバラ・ボディション宛の書簡では、「イルフラクームは虚弱体質の人には、ふさわしい場ではないようだ。空気は非常に荒々しく我慢できないほどだ……当地ほど不愉快な大気を私は知らない。太陽が燦燦と輝く日でさえ、風はいつも身を切るように冷たい」(書簡集二巻二五四-五)と書いており、完璧な場からはほど遠い。至福の時を過ごしたイルフラクームに対して強烈な愛着が働いた結果、「イルフラクーム」に綴られた自然は克明な具体性にもかかわらず、現実感が希薄で、ノスタルジアによって美化された「共感にもとづくリアリズム」(sympathetic realism)[12]が濃厚に浸透することになった。エリオットの自然描写は即物的なものではなく、特に黄金時代である彼女の幼い頃の英国中部を舞台とした初期小説の田園描写は、作者や登場人物の意識や感情を反映すると言われるが[13]、懐旧の念による理想化というパストラル的衝動は、この回想録にも強く感じられる特徴となっている。

生物採集・散策に次いで彼女が筆を進めた第三のテーマは、現地の人々との交流である。メアリアンたちはイルフラクームの住民と生き方を愛し、安らぎを得ている。親しくなった人々としばしば夜のひと時を過ごし、メアリアンがピアノを、タグウェルが足踏みオルガンを演奏して音楽の宴を楽しんだ。最後の夜はウェブスター一家と共に十一時まで音楽に興じているが、この夜の集いをメアリアンは、「何て楽しい思い出だろう!」と述懐している。特にタグウェルとは、野外活動だけでなく、彼の魅力的な人柄に惹かれて度々訪問し、談話に耽り、公私共に親しく交流した。「彼を知ったことは、まさにこの世の優しい自然を知ることだった。たとえ束の間でも、魅力的な人と知り合うのは素晴らしい――花、森、澄んだ小川のように元気づけてくれる」（二七〇）というように、彼は自然そのもののように活力を与えてくれる爽やかな存在だった。

イルフラクームの行事もまた二人には興味深い。メイポールを立て、吹流しを飾り、夜は花火と篝火でクリミヤ戦争の終結を祝う祭日には、陽気に賑わう町へ出て、騎馬行列や徒歩競争を見物している。ここの徒歩競争は一番遅い者が勝者だ。「イルフラクームの行事では、勝負は早い者が勝ちではない」（二七〇）というように、当地では万事がのんびりとスロー・ペースで進む。人々との素朴な交流、あくせくせず悠然としたイルフラクームの精神風土は、帰英以来、親友カーラですら去って行った社会的追放と、締め切りに追われる時間的・経済的に切迫した都会での生活によって満身創痍だった彼らを癒したことだろう。パストラル・ロマンスのヒーローが苦悩に満ちた都市を逃れ、アルカディアの平穏の中で再生を遂げたように、海辺の生活はメアリアンにとって、心身の安らぎと生きる歓びに包まれた牧歌郷のような時空ではなかっただろうか。

最も印象的なのは、この回想記を締め括る力強いエピソードである。六月二十六日、イルフラクームに別れを告げた二人は、次の滞在地テンビーに向けてスウォンジで汽車を三時間待たねばならない。愛するイルフラクームを離れ、待ち時間にうんざりする二人の胸中を象徴するかのように、スウォンジは陰気でひどい悪臭が立ち籠めている。しかし、その憂鬱を吹っ飛ばしてくれたのは、ふと見かけた二人のザル貝採りの女の颯爽たる姿だった。そのうちの一人は六フィートもあろうかという背丈の、ギリシャ戦士のような堂々たる体躯の大女だ。大地を踏みしめるその威厳。無造作に肩にかけた大振りの毛のショールが描く優美な襞。たくましく日焼けした皺の深い顔。射抜くような輝く眼差し。メアリアンは思わず、「何て素晴らしい画材だろう」と表白する。ここには大地に根ざして生きる労働者にたくまずして備わる威厳・力強さ・美への感動が溢れている。更にこのエピソードには、車掌から聞いた話として、運搬人夫が傲慢な振る舞いに及んだ際、件の大女が即座に彼をプラットフォームから投げ飛ばしたという豪快な武勇伝まで付いており、何ものも恐れず、毅然として我が道を歩む力強い労働者への礼賛が感じられる。牧歌郷を去る際、薄汚く陰気な駅で沈みがちな心を奮い立たせてくれたこのエピソードは、「イルフラクーム」を単なる過去の甘美な追想に終わらせない、前向きの活力に満ちており、メアリアンの新しい活路を予感させる。

(3) 創作の胎動

海辺の生活から生まれた「海辺の研究」の成功以来、ルイスの活動は文学から科学へと転じ、平易で生き生きした表現によって大衆の心をつかみ、科学の普及に貢献している。一方、メアリアンも、博物学野外派の研究姿勢から画期的な影響を受けた。自己の目で観察するリアリズムの重要性と科学的ヴィジョンへの開眼は、フィールド・ワークの賜物である。しかし、何よりも大きな収穫は、生物の万象に肌で触れ、その無限の生命力の中で生きる歓びを実感したことではないだろうか。

「イルフラクーム」には自然と生物に触れた際の印象が、豊かな感性を駆使して綴られている。中でも、鮮やかな色彩、躍動感に満ちた形態の比喩等、絵画的な描写が際立ち、行間に溢れる瑞々しい感受性と活気は、翻訳・評論を中心としたメアリアンのそれ迄の執筆群とは異質の感がある。彼女自身は「イルフラクーム」について、「手早くまとめたささやかな著述に過ぎない」と、七月二十日の日記で言及しているが、この回想録は、形而上的思索の領域から脱皮し、血の通った具体的・実証的な表現活動への強い希求を告げている点で興味深い。手記の終盤、メアリアンは、「あいまいで不正確なあらゆるものから逃れ、明瞭で鮮明な思考の光の中へ入りたい」(二二八)と、漠とした表現から離れ、生き生きと明確な思考を目指す思いが日々募っている心境を述べる。クロスの言う文学的視野において、メアリアンは当時の如何なる優れた男性にも劣らぬ深く広い学識を身につけていた。しかし、大自然に没入し、夥しい生物の千態万様に直接向き合う野外体験を通して、五感に訴える具象の圧倒的な力強さ・鮮明さに驚嘆する。同時に、書物に依拠する室内派の限界を悟り、知の素晴らしさを認めつつも、実体から遊離した観念・純理論・推論に潜む脆弱な部分を痛感したのではないだろうか。彼女は、「ジャネットの改悛」第十九章で、「観念は哀れな亡霊のようなものであり、そのはかない存在に人々は気づくことすらない。しかし、観念が愛・信念・苦悩に裏打ちされた人間の体験として肉付けされ具現化されると、強く人々を感動させる。その時こそ観念は力強いものになる」と書いているが、その信念は既にこの頃固まっていたのではないだろうか。彼女がそれ迄に手懸けた翻訳や評論の多くは、抽象的な観念の領域にあったが、「人々と直接接すること」をモットーとしたリールに触発された彼女が、翻訳や評論には飽き足らず、創作へと向かったのは自然の成り行きと思われる。

「私はどうして小説を書くようになったか」では、いつかは創作をしたいと思いつつ、中々踏み込めない状況が続いたことが述懐される。彼女のように執筆修業を積み、教養・才能・出版界の人脈に恵まれていた文壇のエリートでさえ、創作への第一歩はハードルが高かったようだが、テンビー滞在中のある早朝、まどろみの中に「エイモス・バートン師の悲運」のタイトルが出現している。この時、創作への胎動が始まっていたのは明らかである。肥大した観念から解放され豊かな生命が溢れる海辺の生活の中から、創作への道が開かれたことは興味深い。その原動力となったのは、自然の美と生物の驚異に感動し、遍在する平和を享受出来た「素朴な田舎の生活」での心身の再生だろう。創作活動への転向に関しては、経済的理由やスピノザ著、『倫理学』翻訳出版の挫折等、種々の要因が考えられるが、大自然と生物の織り成す具象世界の魅力を堪能した一夏の海辺の体験が大きな契機となったことは否めない。リッチモンドに帰ったメアリアンの視座は、ひたすら創作に向けられている。帰宅直後『ウェストミンスター』のノルマをこなすべく取り組んだ「愚劣な小説」は、いわば彼女の創作信条の宣言の場であり、女流作家による低俗な小説を攻撃する過激な口調は、自身の実作が火急であることを予感させる。そして、九月二十三日、「エイモス・バートン師の悲運」の執筆が開始される。「イルフラクーム」は、メアリアンが修業時代に蓄積した観念と思想に命を吹き込み具現する創作活動に乗り出す直前の、至福の日々を綴った瑞々しい報告記である。

*'Recollections of Ilfracombe, 1856'からの引用は、Margaret Harris と Judith Jhonston 編集の *The Journals of George Eliot* (Cambridge: Cambridge UP, 1998) に依り、(　) の数字は頁を表示。

第四章

芸術か、市場か

『牧師生活の諸景』

一八五六年九月二十三日に執筆を開始した「エイモス・バートン師の悲運」（以下「エイモス」と略記）は、十一月五日に早くも脱稿しており、小品とはいえ、一気呵成に書き上げた感がある。この好調の波に乗り、「ギルフィル氏の恋物語」（以下「ギルフィル」と略記）、「ジャネットの改悛」（以下「ジャネット」と略記）が書き継がれ、この中篇三作より成る『牧師生活の諸景』（以下『牧師生活』と略記）は翌五七年十月九日に完成している。創作に踏み切るまでの足踏み状態を考えると、着手後の堰を切ったような勢いの背後には、「あなたには機知と描写力、更に哲学がある。こういった才能は小説の創作には大いに役立つものだ。創作を試みる価値は十分あります」[1]というルイスの勧めが大きな推進力として働いたのではないだろうか。

ルイスはシャーロット・ブロンテやハリエット・マーティノウに創作上のアドヴァイスや励ましを与えた女流作家育成のベテランだが、とりわけエリオットに対しては、小説作法等の文学レベルでの指南のみならず、如何にすれば彼女が充実した創作活動を展開できるか、配慮し力強い支援をした。出版業者をはじめ外部の折衝を一手に引き受け、彼女により良い状況で創作させようと努めたのは有名だが、先ず、批判や失敗を恐れて躊躇する彼女に、創作活動への第一歩を踏み出させたことこそ、彼の最大の功績だろう。エリオットの作家デビューへの道を切り開くというこの重要な役割を果たしたルイスを、アシュトンは、ジョージ・エリオット誕生の「産婆」(midwife)[2]役として称えている。

ところで、他の十九世紀女流作家たちと比べてエリオットがユニークな点は、創作活動以前、編集・評論活動に極めて深く携わっており、その体験により出版界の事情を熟知していたことだろう。その結果、初めての創作に臨む彼女の胸中には、他の誰にもまして次のような切実な思い入れがあったのではないだろうか。

第一に、レベルが高く誠実な文学作品創造への強い希求である。『ウェストミンスター』、『リーダー』といった大手ジャーナルの書評担当者として、対象作品に向ける彼女の容赦ない厳しさには定評がある。当然その要求度の高さは自己の作品に対しても例外ではなく、むしろより厳しかったことは容易に推測される。編集・評論活動で他者の作品を俎上に掲げてきた高い目標と信条を、今度は自身が具現する立場となり、強い使命感を自覚していたことだろう。

第二に、自己の作品が果たして出版市場で受け入れられるか、という懸念である。一般読者の気まぐれ、批評家の鑑識眼の欠如等、出版界での不条理を六年間の体験で目の当たりに実感しているだけに、自己の作品が如何に評価され受容されるかについては不安だったに違いない。初めての創作に臨む彼女の前には、芸術的完成度が高く、同時に、一般読者に受ける作品の創造という目標が厳然とあったと思われる。この二点は、創作を志す者なら誰しも目標とするだろうが、ジャーナリズムに身を置き、評論家として他者の文学作品を評価・裁断してきたエリオットの場合、とりわけ切実ではなかったろうか。

『牧師生活』にはこの二つの目標のバランスに揺れ動くエリオットの葛藤が見え隠れしており、処女作特有の気負いと迷いが感じられる。第四章では、『牧師生活』の創作過程における「エイモス」から「ジャネット」までの三作の作風の変化を辿り、目標達成のためにエリオットが取った戦略を検討したい。

(1) 読者へのアピール

「エイモス」脱稿の翌日(十一月六日)に早くもルイスは友人の作品だと称して、出版業者、ジョン・ブラックウッド(以下、ブラックウッドと略記)に原稿を送付している。その間髪を入れぬ手際の良さからも、エリオットの文壇進出に向けた彼のエネルギッシュな辣腕ぶりがうかがわれる。その時彼が強調した推薦文句は、「新しさ」であった。「四半世紀前の田舎牧師の実生活を、神学的な面ではなく人間的な面から追究したもの」[3]と、当時としてはフレッシュな主題をアピールしたのである。一八五〇年前後は「宗教小説の時代」として、出版小説の約三分の一が宗教的主題をもっていた[4]、と言われるほどであり、聖職者を主人公とすることには何ら新鮮味はなかったのだが、牧師を神学面ではなく人間的な角度から描いたところに『牧師生活』の独創性があった。

一八五一〜五七年にわたる編集・評論活動を通して、メアリアンは当時の新刊書や流行書に目を通す義務があった。読者層の増大と共に年々出版される膨大な駄作に接し、「自分ならこうは書かない」といった腹立たしい思いが彼女の胸中に湧き上がったことは想像に難くない。当時蔓延していた類の低俗な小説がいわば反面教師的存在として、彼女の文学信条を強固なものにしていったのではないだろうか。「エイモス」執筆の直前に発表した「愚劣な小説」にはそんな思いが一気に爆発したかの感がある。彼女はこの評論で、その年（一八五六）に出版された女流文学六作品を俎上に置き、プロットとスタイルの両面から低俗ぶりを徹底的に攻撃した。非難の中心は、六作が例外なく上流社会を舞台とし、美貌と才気に恵まれた類型的なヒロインの幸せな結婚を陳腐な表現で描いている点だった。中でも許せないのは、『古さびた教会』のような福音主義派小説でさえ、必要もないのに「高尚な上流社会」に主題を求めていることである。「福音主義の真のドラマは中流・下層階級にある」[5]と言って、馬車や銀の食器と無縁の、平凡な人々の宗教観が何故書かれないのかと不満をぶつけている。

「愚劣な小説」の脱稿が九月十二日、その僅か十一日後に「エイモス」の執筆を開始しており、この時間的な近さからも、「愚劣な小説」での主張が強い余韻を残し、「エイモス」をはじめとする『牧師生活』に色濃く反映していることは容易に推察される。事実、『牧師生活』は「愚劣な小説」で述べた文学信条を実践する形で、当時蔓延していた陳腐な宗教小説とは趣を一新する、凡庸な田舎牧師の慎ましい人生を追求したのだった。

こうして初めての創作でエリオットが直面した課題は、当時の文壇でもてはやされていた貴族たちの華やかな恋物語とは対照的な、「重荷を背負った平凡な同胞の人生」という地味な主題に一般読者を引き込み共感させることだった。先述したように、批評家時代のエリオットは芸術作品を評価する際、享受者への影響を何よりも重視している。当然、自身が創作に望んだ場合も読者意識は強く、作品を媒介として読者の経験を広げ、作品世界への理解と共感を促し導きたいという意識が働いたに違いない。この目的の実現には、読者に抵抗感を与えることなく、作者が忌憚なく自己の意見を主張できるような状況——作者と読者間のコミュニケーションがスムースにはかどるような雰囲気作りが必要となるだろう。

ところで、「作家は読者大衆の親友」と語ったディケンズ、小説の創作を「作者と読者間の一種の打ち明け話」と述べたサッカレーを典型に、ブロンテ、ギャスケル等、ヴィクトリア朝初期作家の小説における顕著な特長として、読者と作者の親密な関係が挙げられる。巨大市場となった出版界で作家たちは激増する読者大衆を引き込むためにさまざまな戦略を練っている。前記のディケンズたちは、作者と読者間の「共感あふれる友情」(sympathetic friendship) を強力な武器に、高価格の三巻本と貸本屋が支配する流通システムに対抗して読者層の支持を獲得し、文壇での小説の地位と評価を高めることに成功したのだった。[6]

創作に関しては初心者のエリオットが頼ったのは、このような「共感あふれる友情」の中で読者にアピールする「語り」の叙法である。彼女が「語り」に惹かれたのは、当時、非常にポピュラーな伝統的手法だっただけでなく、「語り」の持つ独特の魅力ゆえであろう。『牧師生活』三部作はいずれもエリオットの分身と言える「私」(I) なる語り手が、架空の読者である「あなた」(you) を相手に、三人の牧師にまつわる物語を語って聞かせるというスタイルを取っている。以下、『牧師生活』に於ける語り手と読者との相互関係を考え、「語り」の叙法が如何にエリオットの創作目的に添うものであったか、また、その限界はどこにあったたか、見ていきたい。

『牧師生活』で感じられるのは、まるで読者の手を取って誘うような、親しく丁寧な物語世界への導入である。例えば、「ギルフィル」では、語り手は第一章で今は亡きギルフィル氏が如何に村人に敬愛されていたかを語った後、彼の家の開かずの間について、或いは彼のかつての恋の噂について謎めいた語り口で話し、最後に章の末尾で、「もし牧師の求婚や結婚についてもっとお聞きになりたいのなら、彼の若かりし日の恋のいきさつを、誰よりも真相に通じている私が話してあげましょう」（一章）と、読者に呼びかけるのだ。

　語り手は一見平凡な人生に潜むドラマへと熱心に誘うのだが、一方的に読者を導くのではない。「私と共に物語を読んで下されば、きっと言い尽くせぬものを得るだろう」（五章）と保証する彼の言葉からも分かるように、物語世界の探求を語り手と読者の共同作業と見なしている。語り手は読者を「我が親愛なる友よ」と呼び、まるで一体となって同じ作業をする仲間の如く、相互の間柄を「我々」と言うように、読者は受動的に物語を聞くだけに終わらず、語り手と共に物語の進展を眺め、感じ、示唆し合う親密な関係へと引き込まれる。ヴィクトリア朝小説は基本的に、読者に向かってのアピールやジェスチュアであり、架空の読者はそれに同意したり参加できるとの黙契があった。[7] 事実、『牧師生活』の文体の特長は、至るところに見受けられる「あなたにもお分かりのとおり……」、「あなたもお気づきと思うが……」といった「あなた」を主体とした表現であり、そこから語り手と読者間に阿吽《あうん》の呼吸にも似たコミュニケーションが生まれ、親密な雰囲気が醸成されていく。こうして、「語り」の特質である語り手と読者の親しさを基調とした共同関係を土台に、エリオットは当初の目的を遂げようとする。

語り手は専ら語ることに夢中で具体的な自己紹介はしない。しかし、語りの端々から、単に物語世界のみならず、哲学、宗教、古典等広く多彩な学識においても深く精通していることがうかがわれる。語り手は「エイモス」と「ジャネット」の物語の本筋とは無関係の場面で群衆の一人として一瞬顔をのぞかせるが、その短い場面から、男性であること、物語の舞台となっている地方に当時住んでいたことが分かる。彼は少年時代の故郷を語るのだから、その地域性や時代背景、その中で生きる人々を熟知している。また、人物の微細な心理の動きから十九世紀初頭の社会情勢に至るまで、物語世界に関しては全知の視点をもち、その叙述は広大な視野と精細さを併せ持っている。

語り手はかつて彼の語る社会の一員だったが、物語をする時点においては数十年前の社会を追憶しているため、その視点は物語の外部に設定されることになる。その結果、事件や出来事は当事者ではなく局外者が語ることになり、『牧師生活』に展開する妻の死、恋の恨みによる殺人未遂、福音派と保守派の騒乱という激しいドラマも、渦中の人物が語る時のように私情や偏見に押し流されることもない。物語に対しては第三者であるために、事件の状況や経過、人物に関しては、極めて客観的に様相を伝えることが可能である。例えば、「ここでまた私は牧師のもう一つの弱点に触れてしまった。もし私が彼の肖像を忠実に描くのでなく、事実よりも良く描くつもりだったら、こんな弱点には触れなかっただろう」（「ギルフィル」一章）と、聖職者にふさわしくない飲酒というギルフィル氏の欠点を率直に述べていることからも分かるように、語り手が対象に向ける視線はかなり公正である。このように語り手は、語る対象に同情の念を抱いているが、過度の私情に支配されることは少なく、冷静な姿勢を崩さない。『牧師生活』の語り手は、読者が安心して彼の誘導に委ねる気持ちになるような公正な判断力の持ち主である。

語り手は意のままにプロットを進めたり舞台を転換したり、自在に物語を操作するが、彼が操作するのは物語の内だけではなく、物語の外にいる架空の読者の反応をも逐一コントロールしようとする。『牧師生活』はエリオットのどの作品よりも架空の読者である「あなた」の存在度が大きい。「あなた」はもちろん架空の存在だから、「私」と「あなた」の相互関係も対話もあくまで虚構である。だが、語り手である「私」はまるで実際に読者の「あなた」と対座して目前に進行するドラマへの読者の反応を見聞きしたかの如く、読者の表情の動きや発言等の反応を仮想する。そしてどうやら否定的だと察知すると、語り手はたくみに注釈や弁明をして読者の反応を操縦し、本来の自己の意図へと導こうとする。

さて、私は洗練された女性読者の皆さんを遠ざけ、ギルフィル氏の恋物語をこと細かく知りたいと思っておられた好奇心を台無しにするという危険をおかしてしまったようだ。「水割りジンですって！　まあ、そんなものを飲む人の物語を読むくらいなら、いっそ恋人の姿を糸芯ろうそくや型入れろうそくの切れ端とごっちゃにするろうそく屋のロマンスに興味を持て、とおっしゃった方がましですわ」

しかし、親愛なるご婦人方よ、先ず第一に申し上げたいことは、……
第二に、あなた方に納得していただきたいのは、……

「ギルフィル」（一章）

「ギルフィル」では、艶っぽい話とはおよそ無関係な老牧師の地味な日常が語り継がれ、本題の恋物語は一向に始まらない。従来のロマンスでは考えられない話の親展ぶり、聖職者にあるまじき飲酒や煙草を嗜む牧師像に読者の不満が殺到することを予想したのか、エリオットは語り手を通して二つの理由を挙げ、今は老いて枯渇した人もかつては新鮮な若さに溢れていたのであり、彼の過去の愛のドラマを「心の目」で見ることこそ、若者のバラ色の恋物語にも劣らず意義深いのだと弁明する。

登場人物が読者の反感や誤解を招きそうな際には、語り手は物語から一時離れて一般論をコメントし、人物の立場をそのまま一般論へと抽象し、いわば微視的な視点から巨視的な視点への移動によって、彼も特殊な存在でなく我々と共通点の多い同族だという意識を読者に与えようとする。例えば非の打ちどころのないミリーの唯一の欠点である美しく着飾りたいという虚栄心に関しても、語り手は「読者の皆さん、あなたや私にも時々馬鹿なことを考えてしまうという弱点がないでしょうか」と呼びかけ、人間に共通する愚かな属性に寛大な目を向けるよう促すのである。こうして語り手は物語の特殊な世界を普遍的な人間性に結び付け、登場人物も自分たちと同じだという親近感を読者に育み、同時に、物語に永続性を与えてもいる。十九世紀初頭の昔話として隔絶しているのではなく、愚かさや自我のために屈辱と悲惨へと押し流されていく悲哀は、いつの時代にも存在する永遠の問題として、人物への理解を呼びかけつつ、広く同胞への愛と理解を訴えてもいる。

このように、物語理解に支障が生じそうだと懸念すると、語り手は「架空の読者」との対話という形で、事実の説明・誤解の修正・作風の注釈・登場人物の弁明等を行い、自分の目的とする方向へと読者を促していく。語り手は登場人物の住むミクロコズム（物語世界）と、作者と読者の住むマクロコズム（現実の世界）を連結する橋の役割——作者と読者が物語で出会う場を作る、と言われる。[8] 語り手は一般読者を作品領域へ引き入れ、種々のことを教示し、作者の主張したい世界へ誘導しようと働きかける積極的な存在なのである。

以上、『牧師生活』に於ける語り手と読者の関係を見てきたが、読者の教化や共感拡張を創作活動の目標とするエリオットにとって、「語り」のもつ効果的な力は極めて魅力的ではなかっただろうか。洋の東西を問わず、「語り」の本質は、単に話を語って聞かせることにあるのではなく、内容を相手に「同感させる」こと、相手の魂を語り手に「感染させること」[9]にあるからだ。そのため「語り」には、語り手と相手のコミュニケーションの断絶を埋め、連帯しようとする意志が必然的に働くのである。親密な空気の中で相手の共感を強く求めるアクティヴな「語り」こそ、文壇に蔓延《はびこ》るコンヴェンションを打破し、平凡な人物のありふれた日常生活という斬新な主題を目指すエリオットにとって、極めて有効な表現方法だったのではないだろうか。こういった取り組みの結果、「エイモス」は「この上なく新鮮で独創的」[10]と、今まで日の当たらなかった分野を開拓した勇気と才能を称える『サタデー・レヴュー』を筆頭に、概ね好評を得ている。

(2)「ギルフィル氏の恋物語」

「愚劣な小説」に於けるエリオットの強い反ロマンスの姿勢、更に「エイモス」でのその信条の実践を考えると、次作「ギルフィル」の作風の変化には誰しも意外の念を禁じ得ないだろう。先ず、舞台は壮麗な貴族の館、時は前作より更に三十年遡った一七八八年、と時間的にも空間的にも現実から遊離した設定がなされる。また、タイトルにもかかわらず、牧師ギルフィルの影は薄く、物語の主筋を成すのは四人の男女が綾なすラブ・ロマンスで、準男爵の後継者をめぐり、あわや刃傷沙汰という場面も織り込んだメロドラマティックな愛憎劇が繰り広げられる。シルバー・フォーク小説等に見られるコンヴェンションをあれほど攻撃した筈のエリオットが、何故このような非日常のロマンスを敢えて書いたのだろうか。

先述したように、『牧師生活』は当時流行の陳腐な宗教小説に反旗を翻す意図が強かったのだが、「エイモス」ではその思いが率直にほとばしり出たかのように、主人公エイモスを徹底的に凡庸な人物として造形している。「何ら特長のない顔色」、「何ら特長のない目鼻立ち」、「何ら特長のない表情をたたえた瞳」（二章）と、くどいほど容姿の平凡さを繰り返すだけでなく、地位・才能・内面的資質など全てに於いて「この上なく中途半端で、凡庸の精髄である」（五章）と、極度の凡庸性を強調した結果、魅力の乏しい人物となってしまった。ウォルター・アレンはこれほど面白味のない人物を主人公にした作者の勇気に感心する、[11] と皮肉たっぷりに評しているが、慧眼なエリオット自身、一般読者、特に女性読者の拒否反応を危惧していたに違いない。物語が軌道に乗り始めた五章の冒頭で、語り手は読者の不満を先取りして、かなりの紙面を割いて、平凡で取るに足らぬ人物の内に秘めた悲しみや喜び、詩と哀歓を私と共に読み取って下さったら、きっと深く感動なさるだろう、と読者に訴えるのである。

もし読者が私とともに、鈍い灰色の目をして、極めて平凡な声で語る人間の魂の経験に潜む詩と哀感、悲劇と喜劇を読み取ることを学ばれるならば、必ずや言葉には言い尽くせぬものを得られることだろう。そうすれば、この先エイモス・バートン師にふりかかる出来事を読者は知りたくないのでは、これからお話しなければならないごく地味な事柄を注目に値しないとお考えになるのでは、とか、と私が恐れることはない。実際、読者はこの物語をこれ以上読みたくなければ、そうなされば良いのだ。もっとお好みに合う読み物がいくらでも容易に見つかるだろうから。新聞によれば、つい最近も、異常な境遇やはらはらする事件や感動的な文章がたっぷりの、驚くような小説が数多く出版されたそうだ。（「エイモス」五章）

このように作中度々顔を出しては、こういう「ヒーローとはほど遠い人物」を主人公に選んだ弁明をするが、語り手は読者、つまり「架空の読者」に向かって、時には強硬に、時には低姿勢で嘆願し、誤解を修正しつつ自分の目的とする流れへと懸命に誘導しようとする。しかし、そう言う口の下で「この物語を読みたくなければ、読み続ける必要はない。もっと異常でスリリングな状況や流麗な文章の、お好みに合う読み物が転がっているのだから」と読者を突き放しもする。読者への頻繁な語りかけ、更に懇願・弁明・突き放し、と猫の目のように代わる口調の振幅の大きさを考える時、信条に自信をもって革新的な試みに乗り出したものの、気まぐれな一般読者、特に女性読者に受け入れられるかについては自信がなく、不安定に揺れるエリオットの心境が仄見える。

「エイモス」発表後、ブラックウッドと取り交わした手紙には、作品への世評を非常に気にして、お聞きになったら是非知らせてほしいと依頼するエリオットに対して、ブラックウッドは家族・友人・知人、更にはロンドン、ギャリック・クラブの面々の感動ぶりや好意的意見を報告して元気づける、[12]といった記載が度々見受けられる。そういう書簡の一つに、この業界にかけては経験豊かで内情を熟知するブラックウッドですら、「読者大衆は実に不思議な生き物ですから、彼らの好みを熟知していても、どうすれば心を射とめることが出来るかを予測するのは至難のわざです」(『書簡集』二巻二九〇)、と嘆息するように書いているが、いわんや革新を志す新参作家にとって、熾烈な出版界を左右する読者層の趣向は、業界の裏事情を知っていただけに、より大きなプレッシャーだったに違いない。

エリオットがブラックウッドに初めて「ギルフィル」のことを言及したのは、デヴュー作「エイモス」が『マガ』一月号に掲載されたことへの感謝をしたためた一八五七年一月四日付の礼状に於いてだが、ここで彼女は「前作とは全く異なる舞台と別種の人物が登場するが、エイモスやその友人たちよりもお気に召すと思う」と作風の変更を予告し、前作のような地味で平凡な人物と背景からの決別を明らかにした。この手紙には「世間の注目を引くように」との狙いから、「エイモス」を『マガ』の巻頭に掲載してくれたブラックウッドへの厚い謝辞が述べられ、初めて作家としてデビューした嬉しさからか、以前彼から受けたミリーの臨終の場面に関する意見を快く受け入れ、再版の際には提言どおり書き直すとの約束など、彼女の方からの自発的な歩み寄りが多々見受けられる。「次作の人物と世界は、「エイモス」よりもあなたのお好みに合うだろう」と念を入れた辺りには、一般読者の受けを重視するファミリー・マガジンの出版者ブラックウッドへの配慮が見て取れる。その結果、「エイモス」同様シェパートンで幕開けした「ギルフィル」は、牧師と村人たちとの人情味溢れる交流を描いた後、二章からは一気に華やかな別世界、シェヴァレル邸を舞台とするラブ・ロマンスへと転じてしまう。

『牧師生活』出版に関するブラックウッドとのやりとりは『書簡集』二巻に詳しいが、駆け出しの作家とまだエリオットの正体を知らない出版業者が、互いに牽制しながら意見を主張し、時には衝突しつつも出版へとこぎつけるプロセスは読んでいて面白い。これまで見てきたように、『ギルフィル』で彼女は大幅に妥協しているが、ブラックウッドは穏やかな調子ながら更に突っ込んで干渉し、率直に注文や提案をしている。商才に長けた機敏な出版者として、要所要所で大衆への迎合を示唆する彼に対し、エリオットはその都度断固拒絶した。例えば、カテリナの造形に関しても、「ギルフィルほどの好男子が、下らない伊達男ワイブラウに夢中のカテリナを献身的に愛し続けるのを見るのは愉快ではない。彼女の資質にもう少し威厳を添えれば、ギルフィルが卑屈に見えなくなるのではないか。彼女の造形は非常に興味深いが、理想を言えば、最終的にワイブラウを拒絶するようなプロットが望ましい」（『書簡集』二巻二九七）と注文をつける彼の手紙には、「私は創作に於いて一点非の打ちようのない人物ではなく、読者に寛大な判断・同情・共感を喚起するような様々な要素をもつ人間を創造したいのです。ですから、人物に関しても真実から一歩も離れることは出来ません」（『書簡集』二巻二九九）と即座に応酬しているし、「短刀を手に殺害に向かう場面を現実ではなく夢として設定した方が必ずや万人の胸を打つだろう」（『書簡集』二巻三〇八）と示唆する意見には、「そういうことをしたら私の作品は死んでしまいます」（『書簡集』二巻三〇八）と答えて、彼の勧める人物造型やプロットへの書き直しには絶対に応じていない。

それでは、エリオットは妥協と信念のバランスに苦慮しつつ、どのようにラブ・ロマンスのステレオタイプを排除し、独自の人物造形と新鮮なストーリーを展開していったのだろうか。以下、カテリナを中心に登場人物たちが繰り広げる愛の様相を見ていきたい。

ワイブラウは準男爵クリストファー卿の甥であり、邸の後継者である。一方、アシャー嬢は地主の一人娘であり、家柄・財産・美貌、全てに申し分ない。義理上、ワイブラウは卿の勧めに従い、令嬢と交際・求婚を経てめでたく婚約が整い、結婚準備の相談にアシャー夫人と令嬢がマナーを訪れ滞在することとなる。一方、幼い頃からワイブラウに憧れ恋してきたカテリナは深く傷つくが、その彼女に対してワイブラウは結婚の意志もないのに依然として戯れの恋を続けている。密かにカテリナに好意を抱くギルフィルは、緊迫する状況をはらはらと見守る、といった複雑な四角関係が展開される。「愚劣な小説」で風刺の的となったのは、類型的な人物造形とプロットだった。即ち、従来のヒロインは非の打ち所のない完璧なレディーであり、その殆どがご大家の後継者で、邪悪な妨害を受けて窮地に陥ってもますます美点は冴えわたり、種々の試練の後、数ある求婚の中から最良の縁を得て、名家、時には王族の一員に収まるといったものである。この系譜から考えると、誰もが称賛する美貌の持ち主で大地主の後継者であるアシャー嬢こそヒロインとなるべき存在だろう。だが、エリオットが選んだ黒目・黒髪の乙女カテリナは、特に怜悧でもなければ、並はずれた美人でもない。貧しい音楽家の孤児だった彼女は、赤子の時たまたまイタリア滞在中の準男爵夫妻に引き取られ、いつとはなしに一族の一員と見なされている。南国生まれ・稀有な生い立ち・エキゾティックな容姿・音楽の才によって上流社会に入り込む、という点までは、従来のロマンスの路線に沿うのだが、この作品には階級差の現実が随所に厳しく立ちはだかり、孤児の彼女にはロマンスの定番コースである玉の輿は望むべくもなく、幸せなカップルに嫉妬の焰を燃やす存在である。

ところで、カテリナの造形に於いてエリオットが最も力点を置いたのは、激しい情念、特に愛を傷つけたり阻む者への抑制できない反抗心だろう。「彼女の唯一の才能は愛することにあった」（四章）と書かれているように、幼い頃から人一倍愛情深い彼女は、愛の危機に瀕すると盲目となり激情に駆り立てられる。可愛がっている人形を取り上げられたり、大好きな裁縫箱に触れるのを禁じられた時、夫人の厳しい躾に逆らい、畏敬の念を忘れてインク壜を投げたり花瓶を壊した幼い頃のエピソードからも分かるように、愛する対象を取り上げられたり愛を阻まれると、復讐心が燃え上がり、階級の差を飛び越え、衝動的な破壊行為を抑えることが出来ない。愛するワイブラウを奪っていく令嬢に対しても、令嬢が体面とノブレス・オブリージュによって感情の赤裸々な吐露を抑え、品位と美辞麗句で武装し、高位に立つ者のプライドにかけてカテリナに闘いを挑むのに対し、虚飾の社交辞令など思いもよらぬカテリナは、自己を偽らず素面のまま対決する。五、十一、十三章で取り上げられる令嬢とカテリナの対決は、章を追うごとに迫力がエスカレートし、一触即発のスリルをはらんだ言葉の闘いを展開し、見事な劇的緊張感を放っている。一七八八年という時代設定、新聞が伝えるフランス議会の恐ろしい記事など、作品にはそここに何気なく革命の影が漂っているが、語り手は既に三章冒頭で不穏なエネルギーを抱えるカテリナを、革命前夜のフランスに重ね合わせ、情熱が爆発した結果の悲劇を暗示している。

令嬢からワイブラウの不実を明かす致命的な言葉を受けたカテリナは、短刀を手に彼の待つ約束の森ルカリーへと疾走するが、到着した時彼は持病の心臓発作で既に死んでいる。カテリナが直接手を下したわけではないが、彼女の圧力が死因に関わったことは否めない。彼の死によって、準男爵が待ち望んだ婚姻は破局に終る。準男爵の後継者であるワイブラウに短刀を向けようとした行為は、貴族社会に向かって刃を振るう行為、家父長制社会に対する玉砕行為でもあるだろう。もちろんカテリナが意識してそうしたのではないのだが、結果的には階級社会を揺るがせている。ありふれたマナー・ハウスを壮麗なゴシック建築へと改造したように、準男爵は並々ならぬ執念と周到な計画によって、様々な目標を着々と実現してきた。ワイブラウを後継者に選び、アシャー家との家格の釣り合った縁組によって更に強固で安泰な彼の帝国構築を目指したのだが、夢実現の一歩手前で、異国から紛れ込んだ乙女の激しい情熱が嵐を巻き起こし、彼の計画を挫折させ、磐石の上流社会を揺るがす結果に終る。階級の壁に体当たりして自己を貫き愛に殉じた激しい女は、淑やかで従順な女性が理想とされた時代にあっては異端的造形であろう。

一方、二人の女性の間を揺れ動く不実なワイブラウは、典雅な美貌・虚弱体質・優柔不断な気質、とおよそ男性らしくない軟弱な存在として書かれている。不慮の死の伏線として生来の心臓病が度々言及されるが、化粧室の鏡の前に座り、己の美貌に見入りながら脈を測ったり、心臓の辺りに手を置く仕草（十章）は、か弱さを徳目とする女性の型どおりのポーズそのものである。それに反して、ワイブラウとカテリナの関係に疑念を抱いた令嬢が「私については、あなたは完全に自由なお立場だとご理解下さい。二枚舌で私の尊敬を台無しになさるような方からの愛情のお裾分けなんて真っ平ですわ」（八章）と威勢のよい啖呵を切り、不実な男に絶縁状を叩き付ける迫力には、被害者的弱さは微塵も感じられない。令嬢の強い調子に青くなったワイブラウは、彼女の手を握り締めご機嫌を取り結ぶが、「カテリナの方から愛を仕掛けてきた。心臓に悪いから苛めないでくれ」という言い草は、帝国軍人であり貴族の次期当主の台詞としてはあまりに女々しく陰湿で、従来の強いヒーロー像からほど遠い。富も素性もない孤児の身の上で自己の思いを貫き通し、立ちはだかる運命に体当たりして貴族たちの夢を瓦解させ、自らも燃焼し尽くした激しい女をヒロインとする一方、由緒あるマナーの後継者が強い女性たちの板挟みになって悲鳴を上げ、挙句にあえなく自滅するという異色の展開には、従来の家父長色豊かなロマンスへのパロディー精神が明らかである。

以上見てきたように、「ギルフィル」では「エイモス」での行き過ぎを相殺するかのように、老牧師の地味で暗い世界から一転して、舞台は華やかな貴族の世界へ移行し、女性読者にとって永遠の主題である恋物語という設定によって一般読者のレベルへと歩み寄っている。こうして、当時貸本屋に蔓延していた「上流社会の愛の物語」を素材とした結果、「エイモス」より一般受けするだろうとのブラックウッドの予想通り、大変な好評を得ることとなり、「非の打ち所が無い」と絶賛したレズリー・スティーブンをはじめ当時の大半の批評家が、『牧師生活』の中で最も優れたものとして高く評価した。しかし、エリオット自身は、「「ギルフィル」よりも「エイモス」の方が優れていると認めざるを得ない」（『書簡集』二巻三三五）と述べており、自分を貫けなかった悔恨を匂わせている。読者への配慮が創作の前提にあった「ギルフィル」は、当時の読者層をとらえることに成功した代償として通俗化を免れず、発表当時の好評とは裏腹に、扇情的なメロドラマとしてその評価は一貫して低い。

『牧師生活』執筆当時のエリオットの書簡には、処女作独特の気負いと不安が、文学信条にかけては極力譲るまいとする非妥協性と、読者の反応に対する神経過敏とがせめぎ合っているが、その動揺が作品にも投影している。初めての実作、「エイモス」ではひたすら自己を貫き文学信条に徹することを優先した彼女も、次作の「ギルフィル」では「エイモス」でのぎこちない程のひた向きな姿勢は影を潜めている。この二作の作風の変化には、良心的な作家なら不可避的に体験するに違いない葛藤——読者に受けることと芸術的であることの両立という永遠の課題——に揺れ、相反する目標のバランスに苦慮する初心者、エリオットのジレンマが見え隠れして興味深い。

(3)「ジャネットの改悛」

先述したように、「語り」の持つ種々の魅力的な特質は、読者の共感を拡大するというエリオットの創作の目的をある程度適えるものであった。彼女の作品は常に読者を強く意識しているが、「語り」も又、他の如何なる叙法よりも明確に相手（読者）の存在を前提としている。文学は基本的には日常の言語活動から発展成立したものといわれるが、大抵の文学が作者の心情の一方的な伝達に終るのに対し、「語り」には一人称が二人称に語りかけ、対話さえあるという日常言語活動を髣髴とさせる状況が生まれる。「語り」の文章には肉声がこもっており、普通の対話を思わせる作者と読者の擬似交流が可能である。こういう親密で身近な空気の中だからこそ、読者は作者の息吹を感じ、作者は読者の反応をも操作しようとする。

ヴィクトリア朝の作家に関しては、一八三〇年代を境として、それ以前に生まれた作家は思想・感情等に於いて、著しく大衆と一致していたが、それ以後に生まれた作家は、大衆の生き方に批判的であり、大衆との間に意識の大きな溝があったと言われる。[13]『牧師生活』に漂う語り手と「架空の読者」の親密な雰囲気を考える時、その前提として、作者である自分と読者大衆の間に心情的にも思想的にも大きな断絶がなくほぼ通じ合っているという一体感が無意識のうちにエリオットにあったと思われる。だが逆に言えば、この一体感が、客観認識を単純に信じる楽観的な姿勢を生んではいないだろうか。

『牧師生活』の語り手には、自己の認識は他者にとっても同じ様相を呈し同じ意味をもつと確信している傾向がある。その結果、認識の役割を独り占めにして、「架空の読者」の反応をことごとく自己の解釈へと統一づけることとなった。『牧師生活』の欠点は、「語り」が陥りがちな独断性であり、複雑な現実を説明し定義出来ると信じている姿勢であろう。語り手が自己の認識の正しさを優先して、読者の自由な判断や想像力を限定し、その結果、教化の意図が露骨に表れすぎてかえって読者の共感を得にくくしている場合も多い。この点について、ブラックウッドは「エイモス」の草稿を一読した時点で即座に看破しており、「著者は物語の動きにつれて人物自身に行動させる代わりに、叙述によって彼らの性格を説明しようとしすぎる誤りに陥っているようだ」(『書簡集』二巻二七二)とルイス宛ての書簡で指摘している。

とはいえ、「エイモス」から「ジャネット」に至る三作の流れを辿ると、作家として次第に成長進化していく過程が歴然と見える。例えば「ジャネット」では前二作に比べると、「語り」の比重が小さくなり、語り手の介入も減少している。物語の導入にしても、「エイモス」で顕著であった「私と共に物語を読めば、必ずや得るところがあるだろう」と誘い込む語り手の強引さは「ジャネット」では姿を消し、代わって、弁護士・製粉業者・医者といった様々な職業のミルビーの男たちが、居酒屋「赤獅子亭」で水割りブランデーを飲みながら交わす世間話が物語の幕開けとなる。語り手が物語世界へと導き、人物と背景を説明する方法に取って代わり、いわば演劇にも似た状況が展開する中で、居酒屋での男たちの忌憚のない会話から、福音主義、長老教会派、独立教会派、国教会といった種々の宗派が対立し騒然とする町の様相、新任の牧師トライアン氏のユニークな略歴等が、明らかにされていく。全二十八章より成る「ジャネット」は場面転換が多く、教会、学校、居酒屋など群集の集まる場のみならず、リネット老姉妹の世界、非国教徒のジェローム一家、デンプスター家、トライアン牧師の下宿等、階級も職業も宗教も異なる市民の多彩な生活の場が次々に舞台となり、彼らの考え方、人となり、生活ぶりなどを反映する会話の集積によって広いスコープをもつ社会の全体像が有機的に構築されている。小品にしては登場人物が多すぎる感があるが、それぞれ一癖も二癖もある市民たちの個性が巧みに描き分けられているのが魅力的である。市民たちの会話から浮き彫りにされるトライアン、ジャネット、デンプスターといった主要人物の資質や相互関係は、複数の話者の個性をフィルターとしているため、いろんな角度から捉えられ、語り手単独の叙述よりもはるかに立体的・相対的な様相を呈している。もちろん、「ジャネット」でも語り手は依然として健在で、人物の心理や当時のミルビーの精神風土を解説したり、夫々の章末では人生観や哲学を披露したりするが、ストーリー展開を主として推進するのは、「語り」よりも人物たちの会話や心理の表白へと移行している。このように、『牧師生活』は習作の常として、語りの叙法ひとつ取っても試行錯誤が感じられる。

「全知の語り手」はエリオットの作品には顕著な技法だが、その言葉から連想されるような単純・素朴なものではなく、例えば『ミドルマーチ』や『ダニエル』での語り手の多面的で複雑な視点と口調がとらえる現実の多彩な様相や認識の相対性からも実感されるように、高度に複雑な修辞的技法である。しかし、まだ創作に手を染めたばかりの『エイモス』、「ギルフィル」では、架空の読者との友情を絆として、語りかけ誘導しようという目的意識があまりにも強く表面に直截に現われ、生硬な印象を残す結果となった。しかし、逆に言えば、それだけ、エリオットの読者へのひたむきな熱意が率直に感じられるのも事実である。

「エイモス」での「語り」の手法は、確かに現実認識の独断性という欠点を免れなかった。しかし、「語り」はもともと共同体の内部に矛盾や亀裂がまさに生じつつある時、その溝に橋をかける機能をもって起ったと言われている。『牧師生活』の「語り」に溢れる語り手の読者に対する強い能動性は、神という絶対の存在の喪失によって精神の基盤が揺らぎ、共同体の共同性が次第に崩れ始めていた当時、人間の孤立化を阻止し連帯感（fellowship）に救いを求めようとするエリオットの姿勢の率直な現れに他ならない。

「ジャネット」には、先述したように、緊密な関係で結ばれた様々の市民たちが織り成す社会の全体像が再現されるが、同時にジャネットの心理も精細に描写され、個人と社会の相互作用を追求するエリオットの本領の萌芽が既に見られる。また、不幸な結婚に苦悩するヒロインが、絶望の中から他者への共感と思いやりに開眼するビルドゥングの主題、更にヒロインのジャネット、専横な夫デンプスター、メンターとしてジャネットを導くトライアンの三者のあり方は、後期小説で何度も繰り返される人間関係の原型となっている点でも興味深い。

エリオットは「ジャネット」に続いてやはり聖職者を主人公とする四作目のストーリーを構想

しながら、ジャネットの飲酒がヒロインとしてふさわしくないとするブラックウッドの意見を考慮した結果、連作を断念している。批評家時代の彼女の舌鋒は強気で挑戦的だが、その彼女の強固な信念をもってしても様々な点で自己を曲げざるを得なかった事実を考える時、第一作が作家にとってどれ程心理的プレッシャーの強いものかを感じずにはいられない。

このように、『牧師生活』は商業的圧力の前にエリオットの妥協が垣間見られる作品である。しかし、自分の仕事を二の次にしても、如何にすれば彼女が作家として大成できるか、あらゆる角度から考慮し協力を惜しまなかったルイスの存在は、エリオットが他のどの女性作家よりも恵まれた点であろう。彼の見事なマネジャーぶりは、先ずその迅速さに見られる。例えば、「エイモス」の場合、脱稿が十一月五日、翌六日には早速ジョン・ブラックウッドに送付している。彼は四五年よりブラックウッド社の社長と『マガ』の編集長を務めており[14]、ちょうど当時(一八五六年八月から十月)、『マガ』に「海辺の研究」を連載していたルイスとは懇意な間柄だった。電話の無い時代ゆえ頻繁に手紙を交わして、手際よく交渉を進め、相手の出方に応じた巧みな心理的駆け引きの結果、原稿を見た当初は、優れた素質を認めつつも全く未知の新人には慎重にならざるを得ない、と控えめであったブラックウッドも、早くも十八日付の手紙で「エイモス」の出版を申し出ている。執筆料が男性作家の十分の一以下という格差、書き手の過剰による出版市場での弱い立場から、多くの才能ある女性作家が文学のためでなく生活のために妥協し、粗製乱造へと追い立てられ消耗していった当時の文壇事情を考えると、著作権や執筆料等も含むあらゆる交渉の労を引き受けたルイスの強力な援護によって、先ずは『マガ』連載のチャンスを得たことは、幸先の良い出発だった。一八〇四年設立のブラックウッド社は、当時の出版業界ではロングマン社に次いで歴史を誇り、一八一七年に『マガ』創刊後、急速に存在感を上げている。知識人層に高く支持されたブラックウッド社からの出版自体、大成功と言ってもよかった。[15] 更に、「ユーモアとペイソスの絶妙な組み合わせ」を称える『タイムズ』誌をはじめ、書評は非常に好意的で、一般読者からの評判も良く、『牧師生活』は理想的なデビューを果たしている。

『マガ』連載の好評を受けて、一八五八年一月、二巻本（二十一シリング）が千部出版される。ブラックウッドは堅実な売り上げを狙う業者の立場から七百部を提案したが、最終的に彼らの意見を優先した。当初の条件より大幅に妥協したこの契約から、ブラックウッドの姿勢がうかがわれる。エリオットの才能を認め、必ず将来名声を博することを確信し、今後の長い付き合いを予想した上で、丁重な配慮を尽くしている。『マガ』では名前を記さず発表したが、二巻本出版の際、筆名の使用を決める。当時の文壇事情、更に自身の特殊な事情を考慮した結果、男性を装い、ここに初めてジョージ・エリオットという名が文壇に登場したのである。

第五章

禁じられた恋と楽園追放　『アダム・ビード』

(1)「田園ロマンス」に描かれた罪と罰

創作の開始はエリオットにどのような影響を与えただろうか。一八五七年を締めくくる大晦日の日記で、彼女はその一年を振り返り、公私ともに如何に充実した実り多き年であったか、を述懐している。

十二月三十一日　一八五七年最後の日。「活動と努力」で明け暮れたこのいとしい年が過ぎていく。でも、消えてしまうわけではない。この一年のうちに苦しみ楽しんだことは、私の魂が生き永らえる限り、永遠の財産として私のもとに残るのだから。今日もそうだけど、去年の今頃、ジョージはバーノン・ヒルに行ってしまい、私は一人だった。あの時、私は「ギルフィル氏の恋物語」の序文を書いていた。あれ以来、何と豊かな思索と感情の世界が始まったことだろう！　私の生活はこの一年間で言いようがないほど深みを増した。精神と知性の喜びをはるかに理解できるようになったし、これまでの自分の欠点を痛感し、今後の課題に対しても誠実に励みたいという厳粛な願いを、記憶する限りかつてないほど身に沁みて感じる。[1]

一八五七年は彼女にとって、悲喜こもごもの年だったのではないだろうか。創作開始によって新たな世界が拓かれたが、私生活では相変わらずオストラシズムによる蟄居状態が続いている。『牧師生活』の好評に力を得て、懸案であった兄への結婚報告を決行したものの、絶縁されるという打撃に苦悩した年でもあった。引用に出てくるバーノン・ヒルとは、作家で枢密院事務官のアーサー・ヘルプスの私邸である。ヘルプスは既にワイマールの頃からメアリアンとも旧知の間柄だったが、ルイスを招待しても彼女を招待しなかった。一八五五年から五九年のクリスマス休暇は、ルイスたちは「どんちゃん騒ぎ」[2]を楽しむ一方で、指弾をまともに受けたメアリアンは常に一人で静かに過ごしている。しかし、一年を振り返って総括するこの文面からは、漲る感性と知性を十二分に駆使し、楽しみながら執筆に打ち込んでいること、過去の至らぬ点を素直に認めて、次作への熱い意欲を表白するなど、創作活動による内面の成長と安定ぶりが明らかに汲み取れる。

『牧師生活』は『マガ』、二巻本ともに好評で、出版市場への好調なスタートを切っているが、『アダム・ビード』（以下『アダム』と略記）の執筆は「ジャネット」の校正を終えた五日後の十月二十二日より開始された。休む暇なく早くも次作へと向かう相変わらずの精力的な取り組みには感嘆する以外にない。執筆は翌年のドイツ滞在中（一八五八年四月七日から九月二日）も順調に進められ、十一月十六日に完了している。

「『牧師生活』というタイトルの範囲内には収まらないテーマが念頭にあるので、そのために大きなキャンバスを駆使して、小説を書きたい」（『書簡集』二巻三八二）とブラックウッドに予告しているように、『アダム』では、スケールの大きい本格的な長編小説に取り組んだ。執筆時より約六十年前の英国中部の田園を舞台として、地主を頂点に、農場経営者とその使用人たち、職人、牧師、教師など、コミュニティーを構成する村人たちの生活が、初夏に始まり翌三月に終わるほぼ一年間の季節の流れに沿って、悠然と繰り広げられる。このように、広い展望の下で構築された田園社会の中で、ヘティの恋と罪への転落を中心に彼女を取り巻く群像の運命の変転が辿られ、『牧師生活』に比べると、主題の重みに於いても、物語を展開する時空の綿密な構成力に於いても、格段の進歩を見せている。

物語はアダムたち職人が労働に勤しむ場面から始まる。当時は労働者階級の日常生活を題材にすること自体稀であった。ポイザー夫人、バター作りのヘティ、女説教師ダイナなど逞しく溌剌と働く女たちに光を当てたり、大工を主人公とするのも異例であり、[3] 幕開けのアダムの登場は斬新な試みだったと思われる。松材の香り、夕日に光るかんな屑、積み重ねた板の山などが入り乱れる作業場の光景が語られ、次いで大工たちの地方色豊かな会話を通して勤勉で誠実な彼らの人柄と生き方が浮き彫りにされる。このように大工たちの世界を皮切りに、村人たちの多彩な生活が、十七章で主張された「平凡なものに美を見出し忠実に表現する精神」を実践して描かれる。中でも出色なのは、ポイザー家の生活の描写だろう。赤レンガ造りの苔む

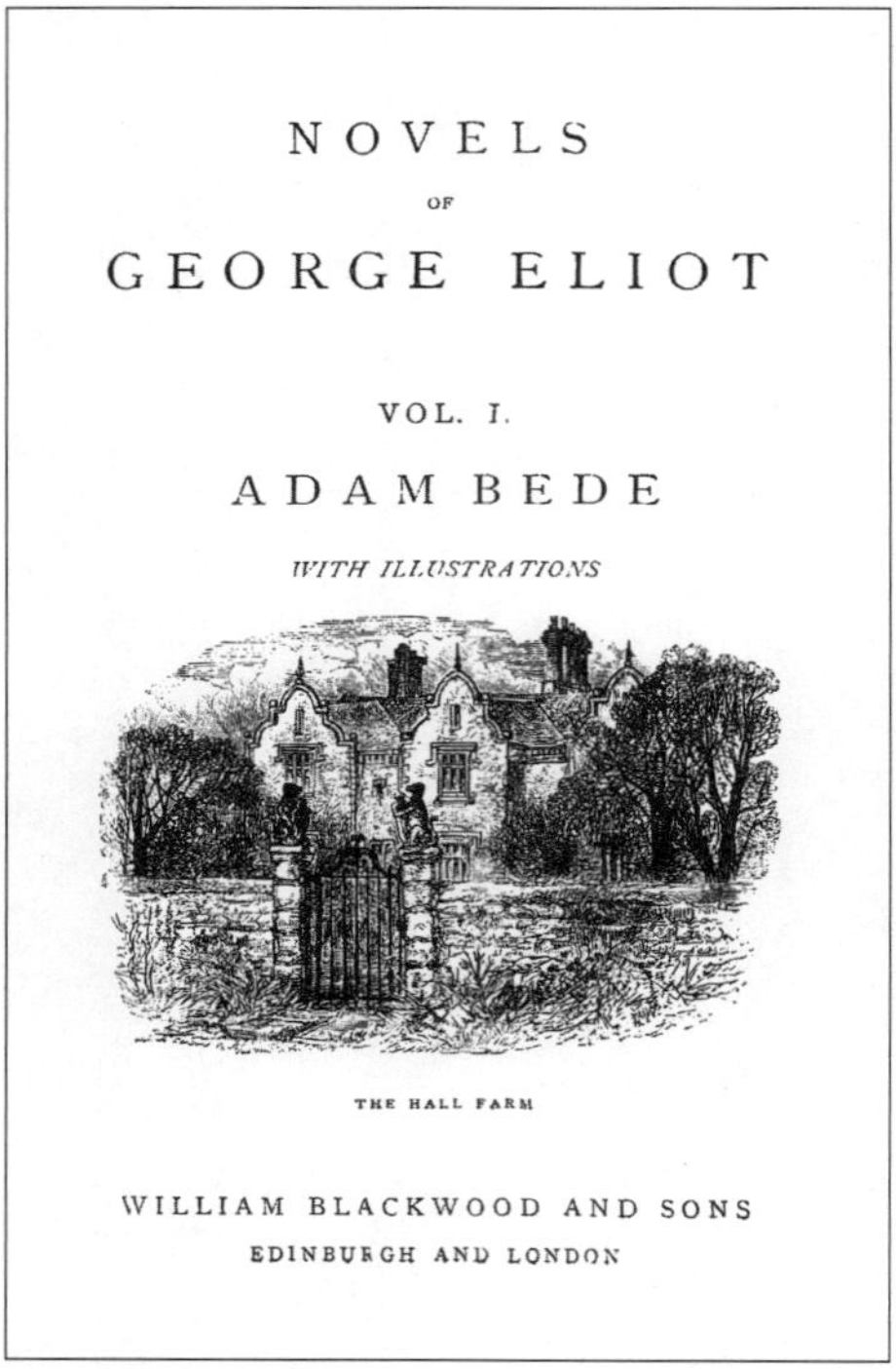
NOVELS
OF
GEORGE ELIOT

VOL. I.
ADAM BEDE
WITH ILLUSTRATIONS

THE HALL FARM

WILLIAM BLACKWOOD AND SONS
EDINBURGH AND LONDON

ステロ版『アダム・ビード』(1867) の扉
(「ホール農場」の挿絵付き)

したホール農場の外観を紹介した後、語り手は、「建物の中へと空想を羽ばたかせて下さい。空想する分には、犬を怖がる必要もないし、塀を越え窓からのぞいても咎められません。右手の窓のガラスに顔を当ててごらんなさい、何が見えますか?」と読者を誘い、客間へ、そして台所と搾乳場へと案内する。「そこは何と生命に満ち溢れていることか!」。躍動感に満ちた昔の農家の生活に感嘆の声を挙げながら、語り手の視線は台所を隈なく巡り、陽光を浴びてきらめく家具や食器の微妙な色彩に注がれる。家鴨、犬、雄鶏、豚、牛など種々の家畜の鳴き声が渦巻く中、納屋では男たちが馬具を修理し、ポイザー夫人はアイロンをかけながら、搾乳場のヘティや台所の女中の仕事ぶりを生きの良いセリフで監督する。借地人とはいえ、ポイザー家はヘイスロープで最も裕福な農場経営者であり、夫妻と子供たちに加え、使用人、下働きの女たち、出入りの業者、家畜が織り成す労働の場は、健康な生命力と平和な空気が溢れ、新鮮なバターの香りや家畜の匂いが実際に漂ってきそうなほど、存在感が漲っている。

このように、仕事場、安息日の教会、夜学校、地主の孫の成年祝賀晩餐会、競技会、舞踏会など多彩な場を背景にした村人たちの生活のさまざまの場面を積み重ねることによって、アダムが信条とする愛に基づく神聖な結婚観、プロテスタント精神に裏打ちされたポイザー家の質実な労働観など、実際的で健全な生活規範や道徳律が浸透したコミュニティーの精神風土が生き生きと再現されていく。エリオットが幼少時を過ごした故郷の田園をモデルとしているため、描写は主

エドワード・H・コーボウルド　『ポイザー夫人の酪農場でのヘティとドニソーン大尉』

としてエリオットの記憶を基にしたものであり、[4] 熟知した素材の強みが生かされ、細部に至るまでリアリズムの積み重ねが見られる。生と死、恋、結婚、親子の隔執など人生の多様な事象が繰り広げられるヘイスロープ村は、ミドルマーチ市が作品に占める存在感にも似た重みと大きさをもっている。しかし、このようなリアリズムの着実な集積にもかかわらず、一七九九年から一八〇一年の英国中部という特定の時空の色合いは希薄である。ヘイスロープが、後期作品に横溢する類のリアリティとは異なるアレゴリカルな精神上の場としての印象が強いのは何故だろうか。

　ヘイスロープは「快適な土地」であり、「エデンの園のような平和と美しさ」（四章）が随所に偏在する楽園として描かれている。ミドルマーチとの根本的な相違は、人間として道徳的行為を誤らなければ、住人にとって優しく恵み深い世界だという点である。それに対して、ミドルマーチには偏狭な閉鎖性や無知という俗悪さが頑固に染み付いていて、他者や社会のために尽力しようとするドロシアやリドゲイトたちを八方から圧迫妨害し挫折させる負の要素が根強くある。ミドルマーチのみならず、『フロス河の水車場』の聖オッグの町にしても、自己を犠牲にして他者のために命を捨てた聖人にちなんでつけられた名前とは裏腹に、因習と悪意ある偏見がマギーを追い詰め悩ませているように、モラリティを守れば寛大に包容するといったものでは決してなく、清濁入り乱れ、混沌とした不合理を湛えた複雑な現実の社会そのままの姿で強力に立ちはだかっている。

一方、ヘイスロープでは、村人たちが過去から受け継いできた価値観や伝統に従い、規範を守る限り、社会との軋轢は比較的少ない。語り手のヘイスロープへ向ける視線は、現在は洗練された教養ある都会人だが、かつて田園に住み、その生活を熟知する者としての郷愁と好意ある眼差しであり、パストラル的衝動による共感的リアリズム（sympathetic realism）という美化を免れていない。未熟な表現として度々批判される「ロームシャー」、「ヘイスロープ」、「ストニトン」、「スノウフィールド」（傍線、筆者）という田園と都市の格差を明示する土地の命名は、その単純な現われだろう。その他、例えば、英国全体が大雨の被害を受けたが、比較的高地だという地理的条件によって、ヘイスロープのみが例外的に被害を免れたというエピソード（二十七章）など、ヘイスロープは自然現象すら味方する非現実の楽園に設定されている。

地主と借地人との関係に於いても、確かに階級の差は歴然とあるものの、有無を言わさぬ厳しい支配の実態はない。ホール農場の堅実な実績に目をつけた老獪な地主が小麦畑と酪農地との交換を持ちかけ、申し出に従わねば土地の明け渡しを匂わせるエピソード（三十二章）にしても、地主側がポイザー夫人に相応の配慮をしながら交渉する一方で、夫人は「嫌なものは嫌、自分を犠牲にして苦労したくない」ときっぱり拒否する。更に、「修理はおろか何の配慮もしてくれない悪条件の上に、あまりひどいことを言われると、こちらも黙ってはいない。賛同してくれる味方は多いのだから」と正面から本音で逆襲している。こうして、ポイザー氏と父親が何よりも恐れる「立ち退き」の件は夫人の毒舌で一蹴され、事なきを得るという楽観的な結末となっている。

ところで、生まれ育った土地からの撤退をあれほど恐れたポイザー一家を、出て行かねばならないと自発的に決意させたのは、ヘティの不祥事による恥辱の念であった。地主の圧力ではなく、ヘイスロープの規範破りによる不名誉こそが彼らを追い立てる真の原動力になっている。ここでは産業革命後、地主と裕福な都市階級が結束の上、権力を行使して、従来の農民生活を崩壊させた歴史的事実よりも、道徳律追求に主眼点が置かれ、歴史的・社会的要素は二義的なものに追いやられている。このように環境や階級の及ぼす圧力や弊害が希薄な一種の楽園の中で、行為を誤り罪に陥る人間の弱さと、その結果の破局に光が当てられている。

「罪の原因はどんな場合も行為者の資質にあり、環境に帰すことは出来ない。また、どんなに悩み葛藤した挙句の行為であったとしても、決して許されるものではなく、行為の結果は自己のみならず他者をも巻き込む恐ろしい結果をもたらすことになる」（十六章）。アーサーに軽率な恋愛を戒めるアーウィン牧師のこの警告こそ、『アダム』に於いてエリオットが追求した主題である。決して悪人ではなく、地主の跡取りとして村人の生活向上を目指すむしろ好青年のアーサーが、恋の誘惑に打ち勝てず、結末の不幸をわきまえながら、束の間の快楽のため道を外し、自分だけでなくヘティとアダムを巻き込んで悲惨へと堕ちる、といういつの時代にも共通する永遠のテーマ、「エゴティズムによる堕落と罰」が追求される。

『アダム』の場合、テーマが行為による報いというネメシス（因果応報）であるため、エリオットが力点を置いたのは、原因となる行為発生から結果の罰に至るまでの時の経過とともに変化する行為者の心理の追究である。綿密な時間的構想の下で、一七九九年六月十八日から翌春までのアダム、ヘティ、アーサー、ダイナの主要人物の行動と心理、運命の変化が、田園生活の自然のサイクルに沿って辿られる。各章の冒頭には必ずと言っていいほど日時が明記されるが、具体的な時代背景よりも、迷いや葛藤など刻々と移ろう行為者の心理をクロノロジカルに辿り、行為の過誤と罰という因果関係の進展の経緯を鮮明に実感させるためだろう。

例えば、十二章「森の中」では、木曜日の朝から夜に至るアーサーの行動と心理が明確な時間記載のもとで辿られる。毎週木曜午後四時ごろ、ヘティが森を通って編み物を習いに行くことを聞いたアーサーは、偶然をよそおい彼女と会いたいという願望が募る。しかし、彼女と結婚する意志は毛頭なく、階級の差を越えた恋の不毛な結末を心得ている彼は、規範を破るまいと自戒し、四時に森へ行かずに済む方策を朝十時ごろ考える。その結果、馬の遠乗をして時間をつぶそうと、十一時半に馬の準備を馬丁に命じ、かくして、正午、近郊へと馬を走らせ、胸の迷いを吹っ切ったかに思う。ところが、会いたい一心で三時前あたふたと帰宅し、急いで昼食を取るや、四時前には森の入り口に立ち、結局彼女と会ってしまったばかりか、訴えるような彼女の瞳を見ると優しく振舞わずにはいられない。更にその優しさのせいで無駄な期待を持たせてはいけないという口実を大儀名分に、再び七時四十五分森を通る帰路の彼女を待ち構える。ところが、涙を浮かべた彼女を見ると、情熱を制御できずキスをしてしまう。

そして長い間、時間は消滅していた。ひょっとすると彼はアルカディアの羊飼いなのかもしれない、原初の乙女にキスをする原初の若者かもしれない、プシュケーの唇に触れるエロスその人かもしれない。(十三章)

アーサーとヘティとの恋は、具体的な時空を超越したアルカディア、旧約聖書、古代地中海神話の文脈で語られる。二人の情事の場であるモミの森とその深奥部にある庵ハーミテージは、まるで妖精が棲息するような官能的で現実離れした逸楽の森であり、十七章でのリアリズム宣言とは程遠い、原初の昔から男女の間で繰り返されてきた堕罪の舞台となる普遍的な空間である。しかし、同時にこの森は因果応報を厳しく問うネメシスの場でもあり、度々指摘されるように、アーサーとヘティの情事とその結末は、アダムとイーブの堕落と楽園追放のイメージで描かれてもいる。[5] 禁断の木の実を食べてしまった罪の意識は重く、アーサーはキスの最中にすら「甘美な泉の苦いもの」を味わい、言い知れぬ不安に襲われる。この一日の彼の行動に伴う詳細な時間の明記は、刻々と迷い、誘惑と自戒に揺れ動いた挙句、結局禁を犯してしまう彼の意志の弱さを辿るためなのだ。

　二人は禁じられた恋の報いとして、再びこの楽園に戻ることはなく、ヘティは罪の発覚による恥を恐れヘイスロープから逃れ、放浪の挙句、嬰児殺しの罪で罰せられるし、アーサーは罪の償いとして地主の相続権を捨て、軍隊に身を投じる。一方、アダムも少年のころから敬愛していたアーサーの卑劣な行為、愛するヘティの思いもかけない犯罪に打ちのめされ、激しい苦悩の体験から今まで気づかなかった他者の痛みに目覚める。こうして、三者の心理の動きと運命の変転を詳細に追求することで、エリオットは当時人気のあった田園ロマンスを踏襲しながら、その枠を超えた、自我の固執による罪と罰というスケールの大きなテーマを展開したのだった。

(2) 若い女の放浪

三十六章と三十七章でのヘティの放浪のエピソードは、悲惨の極限をさまよう彼女の行動と心理を迫真的に辿った力作として、発表当初より高く評価されてきた。

ところで興味深いのは、ヘティの放浪以外にも「若き女の放浪」のエピソードがエリオットの作品に頻繁に現われる点である。即ち、『ミドルマーチ』を除く全作品に於いて、ヒロイン、或いはヒロインに準じる女性（大抵の場合、ヒロインの母親）が、男女の愛の葛藤の末、出奔し、水または雪の中を彷徨するという挿話がドラマティックに展開する。これらのエピソードは概ね紙枚にすれば僅かで、作品全体に占める量的割合はささやかだが、ストーリー展開上為す役割はきわめて大きい。更にエピソード自体が衝撃的で印象が強烈なため、読者にとって忘れられない部分となっている。エリオット通例の世界とはかなり異質の表現がこのように頻繁に繰り返される背後には、並々ならぬ執着と関心が感じられる。その執拗さはいささか度を過ぎた感があるが、この傾向はエリオットのみに見られる特有な現象だろうか。

ヴィクトリア朝小説には「若い女の放浪」の系譜を引くものが多く、思いつくままに列挙しても、『オリヴァー・トゥイスト』（一八三六）、『ジェイン・エア』（一八四七）、『デイヴィッド・コパフィールド』（一八四九—五〇）、『ルース』（一八五三）、『はるか群集を離れて』（一八七四）、

『ダーバヴィル家のテス』(一八九一)など、多数に及ぶ。注目すべきは、身分違いの恋の果てに放浪へと追い込まれるケースが多いことだろう。即ち、貧しい娘が良家の息子、或いは雇い主と束の間の恋に陥るが、当然の結果として破局を迎える。社会規範を破った娘には厳しい制裁が待っており、コミュニティーから出て行かざるを得ず、属する場を失った挙句、転落するという悲劇が殆どである。こういった上流社会の男による階級の低い娘の誘惑――共同体からの追放――放浪、のテーマが多く見られるのは、当時それが日常茶飯事だったからだろう。私生児の増加は時代の抱える深刻な社会問題であり、特に「飢餓の四〇年代」と称される一八四〇年代の大不況の影響を受け、誘惑――見捨て――堕落、の主題を追及する作品が一八五〇年代に続出した[6]と言われる。

エリオットの描く放浪するヒロインの中で、転落へのプロセスを辿るのはヘティだけだが、転落こそ免れるものの、上記のような階級や父系社会の犠牲となる女の悲劇に該当するものは少なくない。例えば、モリーは地主の長男、ゴッドフリーと秘密結婚の挙句、見捨てられ死に至るし、ジャネットを救い教区民の信頼厚い牧師のトライアンですら、若い頃結婚の意志もないのに身分の低い娘を誘惑した結果、堕落へと追いやった過去を持っている。また、貴族に売り飛ばそうとする実の父親の魔手から逃れて異郷を彷徨するマイラなど、エリオットの作品にもこの類の女性の受難を取り上げたものが結構多い。このようにヴィクトリア朝小説にポピュラーな主題を素材としているが、例えばギャスケル夫人が『ルース』によって転落の女性の悲劇を訴えて世の同情を喚起しようとしたような目的意識はエリオットには希薄であり、当時のこの路線に沿う小説群とは一風異なる趣を見せている。

それでは「ヒロインの放浪」に託したエリオットの意図は何であったか。以下、ヘティの放浪を、やはりヒロインの「身分違いの恋の果ての放浪」を扱った『ジェイン・エア』と『ダーバヴィル家のテス』(以下『テス』と略記)の同種の部分と比較し、この主題に対するそれぞれの作家の姿勢を比較することによって、エリオットの特性を際立たせてみたい。

先ず、『ジェイン・エア』の場合。当時の女性にとって針仕事以外の唯一の自活の道である家庭教師として雇われたジェインは、雇い主のロチェスターと愛し合うようになり、身分の差を越えての結婚を決意するが、結婚式の当日、彼が既に妻帯者であることを知ると、懇願する彼を振りきって放浪の逃避行に出る。当時の上・中流階級は性道徳が乱れ、重婚・不貞行為の乱脈ぶりは目を覆うものがあったと言われる。妻帯の真相が露呈した後もなお、ジェインに同棲を迫るロチェスターからも男性社会の身勝手な在り方が如実に窺われる。

「あなたは私を機械人形だと——感情を持たない機械だと思っておられるのですか? 口に入れたパンをひったくられ、コップから飲もうとする命の水をたたきこぼされても我慢できるとでも？　私が貧しく、名もなく、不器量なつまらぬ女だから、魂も感情もないとお思いですか？　大変な考え違いですわ。私にもあなたに負けないくらい魂がありますし、感情だってあるのです。私は自由な意志を持った自由な人間です」（『ジェイン・エア』二十三章）

圧倒されそうな激しい剣幕でのフェミニズムの宣言である。このような女性の尊厳の主張が、一人称形式で語り継ぐジェインの口を通して随所で発せられる。家庭教師の劣悪な雇用条件、夫が妻を屋根裏部屋に監禁することさえ合法的に認められていた当時の男女権限の格差。ジェインを取り巻くのは、強大な威力で支配する父系社会である。その中で彼女は既成の秩序と男性の専横を徹底的に糾弾し、反骨精神を燃やして攻撃する。ロチェスターに断ち切りがたい情熱を抱きつつ、敢然と彼を捨てたのは、ジェインを律する良心であり、彼を拒否してソーンフィールドを飛び出す放浪は、自己中心的な都合で節義を安易に侵す男性原理への激しい抗議に他ならない。

次に、『テス』の場合。エンジェルと別れた後、テスは自活の道を選び、臨時雇いとしてあちこちの農場を渡り歩く生活に入る。過酷な労働と打ち続く悲惨な体験の中で読者の涙を誘うのは、働き口を探して放浪する四十一章のエピソードであろう。農場を求めてさまよう日暮れ時、一人の男に付きまとわれたテスは、造林地の落ち葉の山に身を隠し一夜を明かす。こうして難を逃れたものの、あまりの惨めさに生きる気力も失せて、「全て空しい」と呟くテスが翌朝目にしたのは、美しい羽を血に染めた多くの雉の惨状だった。

自分と同じ受難者を思いやらずにいられない魂の衝動に駆られて、テスが真っ先に考えたのは、まだ生きている鳥たちを激しい苦痛から解放してやることだった。そして、この目的のために、自らの手で目にする限りの鳥の頸を絞めた……

「かわいそうに、哀れなものたち――おまえたちのこんな惨めな様子を前にして、自分のことをこの世で一番惨めだと思うなんて！」愛情をこめてそっと鳥たちを殺しながら、涙を流して彼女は叫んだ。「それに私は身体のどこにも痛みひとつない！　切り苛まれたわけじゃないし、血を流してもいない。しかも、私には衣食の道を切り開く二つの手がある」

（『テス』四十一章）

銃撃隊に撃たれて苦しむ瀕死の雉に寄せるテスの心情は、強者の狼藉に打ちのめされる無力な被害者としての連帯感に他ならない。なすすべもなく苦しむ雉の姿を、身勝手な男たちに翻弄される我が身と重ね合わせたのである。普段は温厚なのに、狩猟期になるとたんに残忍になり、弱い生物の命を奪う人間の暴力を述べる語り手は、通常は人並みに良識や愛をもちあわせながら、ある瞬間酷薄に豹変するエンジェルの非情をほのめかしてもいる。テスの悲劇は、エンジェルとアレックのエゴティズム、生家の貧困と両親の無知、度重なる不幸な偶然などの為すところが大きい。テスはジェインより更に無力な存在で、社会や強者に反抗する意志も力もなく、ひたすら逃避するか、諦めに徹して弱者同士慰め合うしか救いがない。そしてこのエピソードには、蹂躙される美しい弱者へのハーディの切実な同情が溢れている。

このようにジェインとテスの放浪では、当時の父系社会を投影した因習・階級・貧困による女性の受難が前面に強く打ち出されている。愛し合う男女の間にも歴然たる力の格差があり、『ジェイン・エア』では無力な女の捨て身の反抗が、『テス』では無力な女への同情が、作者の激しい感情移入のもとに行間に滲み出ている。一方、ヘティの放浪には、このようなヴィクトリア風のフェミニズムの影や感傷性は希薄である。

作品の場を借りて時代の抱える問題を声高に提起したり抗議することはエリオットの場合、稀である。当時イギリスのフェミニズム運動は発展の途にあった。一八五七年には社会科学振興協会が設立され、そこから多くのフェミニストたちが育った。翌五八年にはフェミニストの機関紙『イングリッシュ・ウーマンズ・ジャーナル』が創刊され、五九年の婦人雇用推進協会の発足をはじめ、世紀後半のフェミニズム運動はこの機関紙を核として成長していく[7]。運動のリーダー的存在であったバーバラ・ボディションとベッシー・パークスは、ルイスとの件でセアラやカーラまでも去っていった中でも変わらず交友を続けたエリオットの稀少な親友であり、彼女の周辺にはフェミニズムが熱く渦巻いていた筈なのだが、創作活動以外の私生活においても、エリオットは女性の窮状を訴えて女権の向上を求める運動に積極的に関わっていない。「ヒロインの放浪」に託したエリオットの主たる関心は、時代や男性の抑圧による女性の受難ではなく、他にあったと考えるべきだろう。

(3) ヘティの放浪

ヘティの放浪は、「希望の旅」（三十六章）と、「絶望の旅」（三十七章）と題する二章より成る。アーサーを追ってウィンザーまで辿りつく往路では、金銭の欠如、肉体の疲労といった旅の物理的な苦労が語られるが、死に場所を求めて原野をさまよい、遂に私生児遺棄殺人に至る放浪の後半部では、屈辱と絶望に喘ぐ逃亡者としての心理的苦悩にスポットライトが当てられる。特に落ちぶれた身を曝したくないという恥の意識から徹底的に人目を避け、極限の悲惨へと突き進む三十七章でのヘティの孤独地獄は、十九世紀文学では他に類を見ないのではないだろうか。

このすさまじい荒廃のプロセスを、語り手は簡潔・明快な語り口で淡々と述べ続ける。旅先での人々や動物との出会い、慣れない異郷での初めての体験に頭を打ち呻吟するヘティの心理や反応が丹念に辿られるが、語り手は彼女から努めて距離を置き、冷静に観察する態度を極力崩さない。旅の二日目、ヘティは予期せぬ雨に見舞われる。

里程標を眺めていると、顔に水滴が落ちてきた——雨が降り始めたのだ。今まで考えもしなかった新たな苦労が襲ってきた。突然加わったこの重荷にすっかり打ちひしがれた彼女はスタイルの段に座り、ヒステリックに泣き始めた。苦難の始まりは苦い食べ物の最初の口当たりに似ている——一瞬、耐え難く思われるが、他に空腹を満たすものがなければ、もう一口食べ、これなら食べ続けられそうだと知る。涙の発作が治まると、ヘティは絶え入りそうな勇気を奮い起こした。(三十六章)

もちろん、語り手の口調の底流には、ヘティへの哀れみの情が潜んでいる。しかし、一般論への敷衍によってヘティへの過度な同情にのめり込むのを避け、客観的な観察者の立場を守っている。ここには『テス』の語り手がヒロインに注いだ激しい感情移入は殆どない。唯一の例外は、放浪のエピソードを締めくくる三十七章の最後で語り手が思わず吐露する惨めなヘティへの痛切な思いだが、それとて男性や社会への恨みや攻撃的な調子は皆無であり、圧倒的に強いのは悲劇の主因であるヘティの無知と自己中心的な貧しい魂への容赦なく厳正な眼差しである。更に読者まで巻き込んで、このような悲惨な結末を招く行為をくれぐれも慎むようにと警告し、因果応報の悪しき見本としてヘティを突き放している。ここにはフェミニズムの訴えはなく、道徳的教訓の口調が顕著である。

さまよえる哀れなヘティ、丸みを帯びた子供っぽい顔には、愛を失い絶望する荒涼たる魂が仄見える——心と思いは狭く、自分の悲しみのみをひたすら苦々しくかみしめるだけで、他の何も考える余地がない！……最後はどうなるのだろう？　あらゆる愛から隔絶され、自尊心によってかろうじて人間であることを意識し、追い立てられ傷ついた獣のように生にしがみついている、あてどない放浪の果ては？

神よ、このような悲惨を巻き起こさぬよう、読者諸氏と私を守りたまえ！

（三十七章）

エリオットはヘティを環境や父系社会の犠牲者と見るよりも、悲劇に至ったのは彼女自身に非があったからだと考える。平和で豊饒のヘイスロープでも最も裕福で堅実なポイザー家の一員として、また生来の美貌によって、ヘティは誰からも一目置かれる存在である。両親は亡くなっているが、愛情深い叔父と口やかましいが寛大な叔母のもとで結構自由に暮らしている。当時父親の権限は絶対で、その専横ぶりを主題とする作品が多々ある中で、父の拘束から解放されている点でも、ヘティは異例である。このように貧困や圧力とは無縁の恵まれた自由を彼女に設定したのは、エリオットの関心が時代を反映する女の悲劇ではなく、もっと普遍的な倫理的存在としての人間の生き方に向けられているからだろう。外的環境による強いられた上での過誤より、自由意志による過誤の方が、行為に対する道徳的責任のもつ意味は大きい。生来の虚栄心からアーサーに幻惑され、彼に去られると愛情もないのにアダムと婚約するヘティの衝動的な身勝手さを語る語り手の口調には、いつにない批判・皮肉・苛立ちの色が濃く、悲惨な結末を社会的悲劇としてではなく、個人の問題として還元しようとする姿勢が強い。

この傾向はヘティ以外のヒロインの場合、更に徹底される。父親からの解放に加え、経済的にも恵まれたドロシアを筆頭に、弱さと従順を女の徳目とする時代にあって、エリオットのヒロインたちには自己の意志を実現できる自由な境遇に恵まれた者が多い。こうして、彼女たちが男性とほぼ互角の力関係にあるため、エリオットの描く男女の葛藤劇が特定の時空における性差によるものではなく、自我を抱えた人間一般が背負う他者との闘争、という普遍性を帯びるのは必然であろう。

エリオットの描く放浪は、社会的悲劇としてよりも、自と他の軋轢に苦悩するヒロインの精神成長の通過点として、重要な意味を担っている。放浪はコミュニティーからの逃避に終わらず、常にもっと前向きの発展へと通じている点に注目したい。

コミュニティーを離れ外界へ飛び出したヒロインたちは、先ず世間の広大さに驚き、同時に自己の卑小を思い知る。ヘティが旅の一日目に先ず実感したのは、「ああ、何てこの世は広いのだろう！」という思いだった。彼女の悟りは更に進み、今まで侮っていたヘイスロープの生活が如何に幸せで誇らしいものだったか、また、あれほど熱く燃えたアーサーとの恋も何とはかない夢に過ぎなかったかに気づく。レディーになる夢が完全に崩れ去ったばかりか、今となってはヘイスロープでの恵まれた立場もなくなり、たとえアーサーに会えても日陰の身に甘んじる以外に道のない屈辱の将来を、ヘティは直感的に洞察する。無知で未熟な十七歳の乙女に、旅の試練はたった一日にして何と多くのことを教えたことだろう。こうしてヘティは放浪によって独りよがりの狭いヴィジョンを脱し、自己の実体、自己を取り巻く人間関係、そして将来の展望さえも見事なまでに正しく客観的に把握し得ている。

旅によるヘティのもう一つの変化は、動物に寄せる感受性の芽生えである。これまで子供や動物の世話を毛嫌いしていた彼女だが、途中で拾ったスパニエル犬に強烈ないとおしさを覚える。疲労に喘いでいたところ、御者の好意で荷馬車に便乗させてもらったヘティは、やはり道に迷いおびえたように震える子犬に、同類としての連帯感を抱いたのだ。こうしてヘティは放浪によって初めて視野の拡大、他者への連帯感に目覚めている。

このように放浪はエリオットのヒロインたちにとって、自我の閉塞から脱し広大な精神に目覚めるという開眼の契機となっている。放浪と開眼の結びつきは章のタイトルからも歴然で、例えばマギーの場合には、「潮流に流されて」（六巻十三章）と「目覚め」（十四章）、『ロモラ』の場合には、「漂流」（六十一章）と「ロモラの目覚め」（六十八章）のように、放浪と開眼は一つのセットとなっている。更に、罪人として海外流刑という厳しい扱いを受けるヘティを除いて、他のヒロインたちは開眼によって一様に再生を遂げている。再生の在り方には二種類あり、マギー、ロモラ、マイラは水の洗礼により浄化され愛の思想に至る。モリー、アネットは雪の中の放浪の果てに自らは死ぬが、その生まれ代わりとしてそれぞれの娘、エピー、エスタが以後ストーリーの中心人物として活躍する。伝説のマドンナとして称揚されるロモラを頂点に、ヘティ以外のヒロインたちには広大で明るい世界が開かれ、放浪は必ず再生に結びついている。この点が一八五〇年代に多く見られた身分違いの恋――放浪――転落という下降の軌跡を追及する作品群との決定的な違いであろう。

エリオットは放浪のエピソードを何故このように執拗に書き続けたのだろうか。理由は彼女が創作の主題とする主人公のビルドゥング（精神成長）にとって、放浪が必須の要素だったからである。先述したように、エリオットの作品では、放浪が開眼の契機となっている。自らも旅が好きで、作品を脱稿すると創作による心身の疲労のリフレッシュを求めて、国内はもとより欧州各地を頻繁に訪れているエリオットは、旅のもたらす独特の効果を身をもって体験していたのではないだろうか。

旅は人を日常から一気に非日常空間へと連れ出し、無限なるものに直接触れさせてくれる。旅の高揚感で鋭敏になった感性は、外界の広大無限に接した時、省みて我が身の有限と小ささを痛感せずにはいられない。広大な世界と卑小な自己とのコントラストを実感するというシチュエイションこそ、人間は社会という大きな有機組織体の一部であることを認識できる格好の状況であろう。ヒロインたちが自我の閉塞からビルドゥングの末に辿りついた境地を、エリオットはしばしば「広大な人生」(larger life) と称しているが、旅が喚起する広大な展望こそ、この「広大な人生」の表現に大層効果的だと重視したのではないだろうか。

人間を単独では生きられない社会的存在だと考えるエリオットにとって、問題は自我を抱えた人と人との軋轢であり、その結果の孤独と疎外であった。自と他を結ぶものを生涯追求したエリオットは、他者との軋轢を通して自己のゆがみに気づき、広い精神と客観的な洞察に至る形成の歩みをくり返し作品の主題としている。その歩みの中で放浪は狭い自我からの突破口であり、開眼・再生へと誘導する契機として重大な位置にある。身分違いの恋、嬰児殺しというタブーを犯したヘティには、他のヒロインのように再生は許されないが、現実洞察の成長は遂げている。このように、エリオットは時代のポピュラーな主題である「女の放浪」を素材としたが、試練を経て開眼するというビルドゥングス・ロマンの文脈にそのテーマを組み込んで独自の展開を見せ、いわば時代を俎上としながら時代を超えた普遍のドラマを作り上げている。これ以降、ビルドゥングは主要なテーマとして作品に繰り返し追求されることとなる。

『アダム・ビード』の成功

『アダム』初版の出版形態は三巻本だった。嬰児殺しという冒瀆的で陰惨な主題が、清潔・健全・上品をモットーとするファミリー・マガジンには相応しくないとして、『マガ』連載を避けたのである。出版に際しては、当初クリスマス期を計画していたが、ブラックウッドの提案により、ブルワー・リットンの新作出版と重なるのを懸念して時期を遅らせるなど、販売戦略を練っている。[8] こうして、一八五八年二月一日に三巻本で出版された『アダム』の売れ行きは、『アシニーアム』(二月二十六日)より「真の天才の作品」、「最高級の小説」と絶賛され世評が高まるにつれ、最初の二ヶ月で六千部を売却した。三月に再版、六月に三版、さらに廉価版の二巻本と瞬く間に増刷され、年内に一万五千部完売している。「非常に地味で市場の流行に迎合しないこの本が受けるとは到底思えず、この成功の半分すら期待しなかった」(『書簡集』三巻一九一)とエリオット自身も驚くほどの売れ行きだった。この爆発的な人気は、ディケンズやサッカレーといった大御所が作家として晩年にさしかかり、色あせつつあった時期に重なったため、実力ある新進作家の新鮮な作風が読者大衆の心を捉えたことが一因と考えられる。[9] 高い人気は国内だけでなく、広く海外でも好評を得てロシア語、ハンガリア語、ドイツ語、フランス語、オランダ語に翻訳されている。こうして、長編第一作にして『アダム』は第一級の小説としての高い評価と一般読者からの支持を受け、商業的にも大成功を収めたのだった。

第六章

主情の嵐の中で　「引き上げられたヴェール」と『フロス河の水車場』

『アダム・ビード』は、一八五九年二月一日出版されるや、批評家の絶賛と共に広く一般読者からも受け入れられ、長編第一作にして早くも大成功を収めている。この直後、エリオットは相次いで「引き上げられたヴェール」（以下、「ヴェール」と略記）と『フロス河の水車場』（以下、『フロス河』と略記）を執筆するが、印象的なのは、この二作がともに成功の余韻の中で書かれたとは思えない暗い抑圧感と一触即発の危機感をはらみ、他作品にはない異色の雰囲気を放っていることである。

未来予知と心理の洞察力をもつ超能力者が主人公の「ヴェール」は、生体実験のエピソードも登場するゴシック風の小品であり、一方、『フロス河』は、エリオットに最も近似するヒロイン、マギーの幼少から十九歳までの魂の軌跡を辿った長編である。一見対極的なこの二作だが、閉塞状況の中で、暗中模索する激しい情念が全編に渦巻いているという点で共通する。具体的には、

(1)エリオットの分身を思わせる主人公の不安定に揺れ動く感情の波の凄まじさ、(2)プロットに於ける振幅の激しさ、である。これらの共通項は他の作品にはない独特の風合いを帯びているため、この二作に働いた創作衝動は同根のものではないか、と思わせるものがある。

二作の執筆時期を略記すると、一八五九年一月頃、先ず『フロス河』に着手するが[1]、引越し・姉の死、等の事情で集中できず、一月末から二月初旬にかけて一時筆を置く。[2]「ヴェール」はその中断の間に書き始められた小品であり、四月二十六日に脱稿している。翌二十七日より執筆を再開した『フロス河』は以後順調に進み、第一巻を十月十六日、第二巻を翌六〇年一月十六日、第三巻を三月二十一日に完成させている。

「ヴェール」と『フロス河』が執筆された一八五九〜六〇年は、リギンズ問題、身元公表の決断をはじめ、公私共に問題が山積していた。この二作のみが放つ独特の作風の背景には、精神的苦悩の渦中にあったこの間の状況が投影されていないだろうか。当章では、「ヴェール」と『フロス河』の異色性を検討し、何故このような作風が生まれたか、執筆当時のエリオットを取り巻く状況との関連を考察したい。

一　「引き上げられたヴェール」

「ヴェール」は一八五九年二月初旬に着手され、四月二十六日には既に完成している。熟慮を重ねて構成を練り、創作に労力と時間を注いだ他作品と比べ、「ヴェール」は、「もっと重要な作品に取り組むには精神状態が充実していない時、気晴らしに書き始めた」[3]との自認どおり、気まぐれから生じたエンターテインメント的小品として評価されてきた。質量ともに重厚な他作品と異なり、軽い読み物として一見目立たぬこの作品は、然しながら、エリオット自身、「一風変わった小品――エスプリではなくメランコリーの遊び」（『書簡集』三巻四一）と称していることからも察せられるように、彼女としては破格にユニークな興味深い作品なのである。

先ず、タイトルそのものが異彩を放っている。エリオットのタイトルは殆どが人名か地名であり、簡明直裁な固有名詞の一言によって、大地に根ざす具体的な人生や世界を連想させるが、「ヴェール」だけは何やら曖昧模糊とした神秘の匂いを漂わせている。事実、「ヴェール」の世界は、死体蘇生、悪魔信仰、吸血鬼女、廃墟のヴィジョンなどが印象的で極めてゴシック性が濃い。主人公ラティマーは未来の予知能力と他者の心中を見抜く洞察力を持つ超能力者という荒唐無稽な設定である。更に、具体的な時空の感覚が欠如した異国の各地を舞台とする点など、日常性が希薄で、平凡な人物の平凡な世界をありのままに追求することを信条とした彼女にとっては対極の作風と言えよう。

次に叙法について考えてみると、いつもの全知の語り手ではなく、一人称告白体を使用している。物語はラティマーが幼少期からの回想を語り継ぎ、孤独地獄に喘ぐ宿命を熱にうかされたように告白する形式で進められる。回想は時系列に進むが、体験を単に羅列して語るのではなく、種々のエピソードの折々に揺れ動く心理をつぶさに辿った点で、意識の流れの先駆を感じさせる。例えば、最愛の母の思い出を語るうちに、白い子馬を乗り回したエピソードに移り、更に追憶は厩舎、馬丁、兵士の行進へと向かい、少年の頃の戦慄と興奮を蘇らせていくように、連想は次々と波紋を拡げていく。このように作品の雰囲気、構成ともに気まぐれな感情の波に漂い膨らんでいった感が強く、エリオット通例の冷静堅実な展開は影を潜めている。

以上のように、「ヴェール」に於いてエリオットはゴシックと一人称形式という彼女にとって異色の領域に取り組んでいる。この冒険には先の引用（註3）からも察せられるように、文学的な気負いはなく、気分転換として軽い気持ちで手を染めた実験作の印象が濃い。しかし結果的には、疎外の苦悩が強烈な悪夢の雰囲気の中に重々しく描きだされることになった。実際、我々は全編に漲る不安、憎悪、退廃感の深刻な暗さに驚かされ、筆のすさび等と軽視できない重さに圧倒される。

ところで、主題の暗さ、特に死体蘇生の場面のおどろおどろしさに反感を持ったブラックウッドの方針により、「ヴェール」はエリオットの名前を明記せず『マガ』に発表された。一八七三年その斬新さを認め評価し直したブラックウッドは新シリーズでの再版を提案するが、まだ自作と認める時期ではないと斥《しりぞ》けている（『書簡集』五巻三七九〜三八〇）。結局エリオットが『ヴェール』を公けに認知したのは、死の二年前キャビネット版の全集に編入した一八七八年であった。

このように二十年近く自作として日の目を見せようとしなかった原因は、作品の暗さへの懸念といった文学的レベルの問題だけに留まるだろうか。むしろエリオット個人にまつわる点が原因となって、この作品に嫌悪や忌避の感情が強く働いたのではないかと思われてならない。「執筆中、病気か悩みで苦しんでいたのではないか」（『書簡集』三巻六七）とのブラックウッドの指摘を俟たずとも、「ヴェール」の告白には体験者でなければ表現し得ない切実さ、臨場感が溢れ、作者自身の影――他作品では極力隠匿されてきたエリオットの暗部のようなもの――を強く感じさせる。タイトルが暗示するように、この作にはカタルシス志向が明らかであり、彼女が異常に「ヴェール」を忌避した原因は、常になく作品に噴出した自己露呈への抵抗感にあったのではないだろうか。言い換えれば、女々しさ、愚痴っぽさなど、甘えの感情が珍しく横溢した「ヴェール」は、理性と倫理の鎧を脱ぎ捨て、不安と弱さに揺らぐエリオットの一面を垣間見させる稀少な作品ではないかと思われる。

作品と作者を直結するのは短慮にすぎるかもしれないが、いつの場合も、作品世界内での作者エリオットの存在感は大きく深い。殊に、作者、語り手、語りかけられる読者、この三者の相互関係に於けるエリオット通例のバランスが感情過多により大きく崩れた「ヴェール」はその傾向が強く、語り手を媒介に我々読者の至近距離に佇む作者の苦悩の喘ぎが聞こえるような錯覚に時として陥る。小品とはいえ、「ヴェール」はエリオットが内なる葛藤を間接的に表現し、自己を見つめた最初の作品であり、以下ゴシック的要素と一人称の叙法の展開を通して、この点を考えてみたい。

ラティマーとエリオット

「ヴェール」で先ず直面する問題は、語り手であるラティマーと作者エリオットの関係である。他作品の語り手は、その豊かな知性と人間的資質から百パーセント、エリオットを連想させるが、ラティマーだけは例外で、一見無関係な印象を与える。しかし、彼とエリオットには、体験、境遇、気質などに意外に共通点が多い。

先ず、「半ば女のような美しさ」（二七四）という中性的な風貌に加えて、嫉妬深い陰湿さ、優柔不断で臆病な点など、彼は闊達な若い男性からほど遠く、むしろ女性に近い。ラティマーの留学地ジュネーブ、その後旅するプラハ、アルプスなど「ヴェール」の舞台となる場は全て、エリオットが執筆の一年前（一八五七年七月）に旅した軌跡と一致する。また、生い立ち、家族構成の点でも、母が後妻だったこと、その母と幼くして死別したこと、現実的で逞しい父と兄、殊にあらゆる面で正反対の資質を持つ兄との相克といった諸点で、エリオットの実人生と類似する。とりわけ、生涯ラティマーを苦しめた「病的な神経過敏」（二八五）こそ、資質的に最も重視すべき共通点だろう。

この病的な感受性については作中種々のエピソードで語られるが、特に印象的なのは聴覚体験の異常さであり、例えば他者の内面への透視力も、視覚ではなく聴覚に表われていることに注目したい。眼病を患い一時的に失明した幼い彼を異常に戦慄させるのは、馬の蹄の轟き、馬車の轍の響き、犬の吠え声、銅鑼《どら》の音、兵士の行進する足音の威嚇である。長じて後は、憎悪する兄の言葉を聞くと、常に「まるで金属のきしむ音に歯が浮くような感じ」（二七五）を受け苦しんでいる。異常な聴覚体験は、他人の心理への洞察力がもたらす苦痛に於いて最高潮に達するが、ラティマーはその苦しさを一人称の叙法効果を最大限に活用し訴える。他者の感情や意識が雑音となってなだれ込んできて、ラティマーの精神をかき乱し、狂気寸前にまで消耗させるという状況の訴えには、実際に窮地に立つ者の悲鳴が聞こえるようである。

たまたま僕が近づきになる、先ずある人の思考過程が僕の精神に踏み込んでくる、続いてまた他の人の思考過程が――というようにして、僕の方では何の興味も感じていないのに、例えばフィルモア夫人のような人の取りとめもない気紛れな考えや感情が、僕の意識の中へ無理やりに割り込んでくるのだ。それはある楽器の下手な演奏をしつこく聞かされたり、或いは籠の中の虫にやかましく鳴きたてられたりする時の感覚に似ている。しかし、この不愉快な感覚は発作的で、相手の精神が再び僕から締め出されると、沈黙が疲れた神経にもたらすような安堵を覚える。……自分の意識の上に更に他の人の意識が付け加わるということは、自分と無関係な人のつまらない心の動きを押しつけられた場合には、もちろん退屈でうっとうしいものだが、もし自分に身近な関係にある人の心の奥底をあからさまに暴かれた時には、激しい苦痛や悲しみとなった。(二七三–二七四)

身を苛《さいな》むような音の暴力の訴えには、生々しい悲鳴だけでなく、例えば医者が症候を分析報告するような秩序だった詳細さが溢れている。透視力の始まりとそのプロセス、更に自己の反応、それが及ぼす心理的な結果の詳述には単なる創りごととは思えぬ迫真性がある。こうして、一人称形式で胸のうちを告白していくスタイル特有の、真に迫った切実感によって、ラティマーの置かれた非現実の状況が読者の同情にふさわしい現実の重さをもって伝わってくる。

ところで、前記の引用と同種の言及が『ミドルマーチ』の全知の語り手によってなされているのは興味深い。

頻繁に起こる事の中にも悲劇の要素はあるのだが、人間のがさつな感情はまだそれを悲劇とは感じていない。恐らく我々の肉体はあまりに多くの悲劇には耐えられないのだろう。もし我々が普通の人間生活の全てに対して鋭い洞察力と感受性を持っているならば、草の葉の伸びる音や、リスの心臓の鼓動までもが聞こえ、沈黙の彼方のあのどよめきを聞いて死んでしまうかもしれない。ところが幸いにも我々の最も感じやすい者でも愚鈍さに五感をふさがれて、のんきに歩き回っているのである。

（『ミドルマーチ』二〇章）

凡人は洞察力と感受性が愚鈍だからこそ生きていけるのであり、もし全てを感受できたら、苦しさのあまり死んでしまうだろう、と語り手は世間知に長けた口調で述べる。ここでも同様に聴覚面での苦痛を強調しているが、「ヴェール」の訴えと比べると、仮定形であり、しかも一般論で語られるため、観念的に終始し現実感は希薄である。

この二つの引用を比較検討することによって次の二点が浮かび上がってくる。第一に、同じ趣旨の発言も叙法の違いにより切実感や迫真性の点で大きな差があり、読者の心情に直接働きかけ揺さぶる点で、一人称告白体が如何に効果的かということ、第二に、二作を隔てる十二年という歳月の経過にもかかわらず、いずれの場合もエリオットは鋭敏すぎる感受性の傷を見据え、その苦痛に捕らわれたまま逃げることが出来ていない点である。

この第二の点から、エリオットのこの傾向は決して一過性のものではなく、生涯にわたるオブセッションとも言うべきものであり、感受性の異常を描いた「ヴェール」作成当時は、何らかの事情によりこの傾向が極度に高まったと考えられないだろうか。事実エリオットは鋭敏な感受性の痛みというこの主題をその他の作品でも追求するが、精神的自叙伝[4]、と評されるマギーを典型に、常に自己の資質の投影を感じさせる。ラティマーはエリオットの繊細すぎる感受性を拡大強調した分身的存在と言ってよいだろう。

下手な楽器のしつこい演奏、けたたましく鳴きたてる虫の声の比喩で訴えられる不協和音の暴力的責め苦は、当時の小説では決して語られることのなかった現代特有の神経症的苦悩であり、狂気寸前の状況を書くに至ったエリオットの極度の精神的疲労が連想される。ラティマーを苦しめる音に対する過敏さ、或いは洞察・透視状態は分裂症特有の症状と言われる[5]。これによって当時のエリオットが分裂症的傾向にあったなどと推定すら出来ないが、少なくとも病的な精神状態だったことは想像に難くない。

電話のなかったこの時代、手紙はコミュニケーションの手段として絶大な役割を担っているが、今日では貴重な記録としての意義が大きい。エリオットをめぐる『書簡集』でも、他からはうかがえない彼女の日常生活、出来事、心理の細部が肉声の生々しさをもって伝わってくる。中でも印象的なのは、エリオットが外界に抱いていた対人恐怖症的な緊張感であろう。特に「ヴェール」執筆期間の一八五九年から六〇年前半にかけてはこの傾向が強く、『書簡集』三巻の内容は『アダム』の世評をめぐるものと小説家ジョージ・エリオットの身元公表に関するものが中心となっている。『牧師生活』により認められたものの、まだ知名度が低い彼女にとって、『アダム』の評価は懸念の的だったのか、批評に関する病的神経過敏さは、エリオット自身「こういうことにひどく悩むのは、私の性格が情けないほど弱いからです――でも最高の状態で心魂を創作に傾け、結果については泰然とした強さをもつには一体どうすればいいのでしょう」(『書簡集』三巻二四)と認めている。時には辛辣に批評家の無教養ぶりを非難しつつも、彼らの評に一喜一憂する様は、バーバラ・ボディション宛てのルイスの手紙、「親展――不愉快なことをお聞きになっても、重要でない限り、どうかメアリアンには手紙を書いたり、お話にならないで下さい。彼女は非常に神経質で、嫌なことを考え込んだり、信じ込む傾向があるので、いつも聞かせないようにしています。普通の人なら見向きもせず軽視することも、彼女の心にはこたえるのです」(『書簡集』三巻一〇六)を筆頭に、ブラックウッドへの度重なる懇願の書簡に明らかである。透視力による他者の心理が聞こえすぎる苦悩には、駆け出しの作家エリオットの張り詰めた緊張感が大きく投影してはいないだろうか。

彼女の対外恐怖は文学活動面だけに留まっていない。海外旅行の時以外、公私ともに極力表に出ず、特に一八五九年二月十一日以降移り住んだホーリー・ロッジでは常に人目を気にして蟄居状態を続けている。この時期の『書簡集』を見る限り、兄からの絶縁を含め、社会的追放への怒りや愚痴めいた言及はない。しかし現実にはその抑圧は耐え難いものだったのではないだろうか。「ヴェール」にはその間の心境の投影を思わせる表現が少なくない。

エリオットには不幸の原因を他者や社会に帰す被害者意識は概して希薄である。しかし、「ヴェール」では冒頭、弱者を誤解し虐待した末、死へと追いやる世間一般の冷酷さを実に激しい口調で告発している。ここでは読者を世間の代表と見立て、「傷つけるがよい……氷のような眼差しで震え上がらせるがよい……嫌がらせるがよい……抑圧するがよい」(二五八-九)と恨みと憤りをたたきつけるが、「弱き者を思う存分虐げるがよい」と言わんばかりの自虐的な告発には、弱者の捨て鉢な居直りさえ感じさせる。

弱者を威圧する世間への嫌悪は、ラティマーの聴覚体験にも具象化されている。彼を苦しめるのは、兵士、馬、犬、馬車の音、そして兄の話し声であり、全てが男、或いは戦闘的な雄雄しいものであることを考えると、権力を振りかざす家父長制社会への鬱屈した燻る思いを作品に具象化することによって、心理的解放を求めたのではないだろうか。

ここで、タイトルの「引き上げられたヴェール」(*The Lifted Veil*)について考えてみたい。ヴェール(veil)はこの作品ではとばり(shroud)、カーテン(curtain)と共に重要な象徴を担う。ヴェールはその属性から、実体を覆い隠し、その結果疎隔を生み相互理解を阻むものと考えられる。とすると、「引き上げられたヴェール」とは、実体の露呈による自我の解放、そして他者との疎通を暗示することになる。ちょうどこの頃、エリオットは自身の秘密の「ヴェール」を取り払い、身元公表の決意に揺れ動いていた時期だったのは興味深い。彼女を取り巻くこのような状況に連動して、作品にもカタルシス効果が働いたのではないだろうか。

ところで、一人称形式では語り手が仲介者を一切経由せず、直接読者に胸中を吐露できるため、読者との間に深い親密感が醸し出される。語り手と読者のこの親密な関係があってこそ、包み隠さぬ告白が生まれる。「僕はいまだかつて如何なる人にも心の底を割って話したことがない」と、激しい人間嫌悪に陥り誰にも心を閉ざしたラティマーだが、読者にだけは切々と胸の内を訴えている点を注目すべきだろう。「他人の心の奥の秘密に再び踏み込むことの恐ろしさに、僕は理不尽にも本能的に自分の魂のまわりにとばりを張りめぐらして、これまでよりも一層深く包み隠してしまったのである」(三二一)と言うように、唯一の友、ムーニエとの関わりすら忌避するが、読者には打って変わって心を解放し、恥も外聞もなく罪深い煩悩を打ち明け、同情と理解を乞うのである。過去を懺悔するラティマーは、種々のエピソードを語り継ぐ合間に、「あなたが――これを読むあなたが、私に同情してくださるのは無理だろうか?」とか、「あなたには想像できないだろうか?」と訴えかけ、自己が嘗めている辛酸を理解してほしいと縋りつく。この点でラティマーの自閉は現代人のそれとは根本的に異なる。外界に愛着も持たずひたすら自己の世界に自足する現代の自閉人とは対照的に、他者との懸隔を呪うラティマーの孤独地獄は連帯の大切さの裏返しの表現でもあり、唯一の拠り所として架空の読者に救いを求めている。

このようにラティマーは自己の汚点も罪も全てさらけ出した上で読者に縋る弱き存在であり、他作品の全知の語り手のように円熟した知性と人徳により読者を諭す指導者的存在ではない。一段高い所から声を発する全知の語り手と異なり、ラティマーは読者と膝を交えるような至近距離に、時には懊悩のどん底にいる。そして揺れ動く不安定な感情を思うさまぶちまけても、読者はその気紛れを許し理解してくれるという気を許した甘えが彼にはある。こうして、「ヴェール」では語り手と読者、そして病的な感受性という弱さを語り手ラティマーとの共通項とするエリオットの三者間に、弱さを絆とした親密感が感じられる。

闇だ——暗闇だ——苦痛はない——ただ闇のみが広がる。しかし、僕は暗黒の中をどんどん進み続ける。思いは闇の中に留まりながら、常に前方へ動き進んでいる感覚が付きまとう。（二五八）

この部分は絶望の中を手探りで出口を求めるラティマーの生涯を要約するが、同時に当時のエリオットの心境を連想させる。閉ざされた闇の中でじっとしていられない焦燥感と、追い立てられるような強迫感が濃い。死を目前にしたラティマーは、この暗夜行路からの唯一の出口を読者の同情に求め、罪と苦悩の来し方を告白する。このように閉塞する闇からの脱出願望が告白の推進力となっているが、エリオットの「ヴェール」制作に於いても同様の願望が大きな契機となったように思われる。

『ヴェール』のような異色作へと彼女を駆り立てたのは、公私両面で彼女を支配し抑圧する閉塞状況からの脱出願望であり、カタルシスによる自己解放への夢ではなかっただろうか。そしてこの願望の形象化にとって一人称形式とゴシック小説は極めて有効だったと思われる。内省的な傾向をもつ一人称の叙法は、無意識のうちに自己表白を誘い易く、またゴシック世界という幻想への逃避は、自己の深部に関わる告白にとって格好のカモフラージュとなる。自意識の強い彼女にとって偽装なしの素面の露呈は到底あり得なかっただろう。こうして、願望と技法が一体となり、理性で制御できぬ加速をつけて、主情の波に乗り切実な告白へとのめりこんでいったのではないだろうか。

ゴシックの悪夢

「ヴェール」制作に込められた解放願望は、先述した実生活での抑圧状況からだけでなく、文学理念に於いても感じられる。例えば、ゴシックへの挑戦もその表われだろう。モラリズムとリアリズムはエリオットの文学を支える強固な信条だが、同時にその支配から逃れたい衝動も常に存在する。悪の深層に光を当て夢と非現実をもたらすゴシック小説は、彼女のこうした傾向を満たすにふさわしい領域だったのではないだろうか。

ゴシック小説は近代小説に内的幻覚、即ち夢の世界をもたらした張本人[6]と言われるが、「ヴェール」も又、夢幻の要素の横溢、特に鮮烈な悪夢の表出に際立っている。熱に浮かされたような告白自体、悪夢そのものであり、ラティマーは「夢とも現実ともつかぬ気紛れな日々を送り……」(二八九)、「目覚めたままで悪夢に取りつかれたようだった。やがて消え去る夢と分かっていながら、強く締めつける指に息もつげず……」(二八九)等、頻繁に悪夢に襲われている。とりわけ悪夢性が際《きわ》やかなのは、ラティマーの予知能力がとらえた廃墟プラハと威嚇するバーサのヴィジョンである。

ラティマーはヴィジョンを見る時、常に眩暈に襲われ失神する。その瞬間、辺りは闇に包まれ、暗黒の中から妖しい鮮やかさでヴィジョンが現出するのだ。それまで告白はボソボソと呟くような口調で続くのだが、この瞬間突如色めき立ち、異次元の世界が現われる。闇の中でスクリーンに映し出される暗黒映画のように、或いはスポットライトに浮かび上がる舞台のように、演劇的な視覚の効果をもって悪夢の形象が迫り、読者をとらえ衝撃を与える。灰色を思わせる報告形式の語りを一瞬にして破る悪夢の情景は、ラティマーを襲った恐怖へと読者を引き込み呪縛する強烈さがある。

一八五七年七月、エリオットはプラハを訪れている。プラハだけでなくジュネーブ、アルプスの大自然など、「ヴェール」の舞台となる場は全てこの年のエリオットの旅の軌跡と一致する。「ヴェール」の執筆は旅からほんの一年後なのだから、印象は生々しい筈でふんだんな風物描写が期待されて当然なのだが、具体的な場の描写は皆無であり、国際色豊かな舞台の持つ広がりも、他作品に見られる人々の集合・交流の場となる開かれた空間も存在しない。「ヴェール」には日常的な明視の空間は無く、全てがラティマーの意識内で再現された自閉の空間である。真昼の光に曝されて生気の無い都会、冷たい石像と金属のような河が支配する廃墟プラハは、ラティマーの内奥の地獄を具象化したものだろう。

ゴシック小説の廃墟は、人間の心の奥底に常に存在する崩壊や破壊への衝動、或いは情熱の形象と言われるが、[7]「ヴェール」のプラハはむしろ崩壊と破滅の奈落へ落ち込むのではないかと恐れる強迫観念の形象ではないだろうか。廃墟プラハはドロシアがハネムーン先のローマから受けた印象と相似している。彼女は過去の文物の葬列のような歴史の都ローマでの衝撃を機に、古色蒼然たる学問に生きるカソーボンの枯渇した感性に幻滅し、結婚前に描いた夢が瓦解する。廃墟ローマが過去に生きるカソーボンの感性の枯死した内質を象徴したように、死と炎熱の都プラハもラティマーが自嘲気味に自己分析する「しなびた生ける屍」（二八八）の形象として、感性が枯死した末の人間性の崩壊の惨状を表現している。

告白の中で度々訴えられるのは、熟考という鎖に縛られ感情の素直な表現が出来ない苦痛であり、理性と感性の相克というエリオット終生の主題がここで初めて登場している。洞察力（insight）、未来予知能力（foresight）の超能力の設定は一見突飛だが、眼識力・知力の極致と考えれば、知性・科学を暗示することになろう。本来ならば輝かしい財宝となるべきこの能力をラティマーは「僕の不幸な才能」（二七六）と言い、それがもたらす疎外の不幸を「知識というあの荒涼たる砂漠」（二八一）と訴えるように、「ヴェール」では人間の連帯を阻むものとして知性・科学偏重への警鐘の念が強い。特に科学への徹底的な懐疑は青年期のエピソードに著しい。実際的な父の強要する「科学的教育」（二六一）に反抗し文学書に逃避する彼は、現象の分析と理屈を嫌い、現象そのものに浸り感覚的な美を享受する喜びに価値を求める。教師が礼賛する「進歩した人間」（二六三）を嫌う彼にとって、唯一の友ムーニエとの親交も彼が有能な科学者だったからではなく、「二人を結びつけたのは、知的な絆ではなく感情を共有していたからだ」（二六五）という理由で深まった。事実、感性の絆で結ばれた二人がアルプスの大自然の中で遊ぶ場面は、作中最ものびやかな魅力に包まれている。

知性と感性の相克というこの主題は、ラティマーを翻弄するバーサ像にひと際鮮烈に具現されている。バーサは一貫して蛇のイメージをもつ。ラティマーの前に始めて登場する彼女は、緑衣に緑の帽子の装いである。全身を覆うこの緑は、とぐろのようにうず高く巻き上げた髪型、そして水の精、河の神の娘という比喩などと重なり、容易に蛇を連想させる。彼女の蛇性は、胸につけたエメラルドの蛇型のブローチによって最高潮に達する。

蛇は神の使者であり、同時に秩序を乱すヘルメスの杖を飾る生き物として、古くから「混沌」、「神秘」の象徴とされてきた。バーサは外観だけでなく全ての点でラティマーの理想の女性像にはほど遠い。にもかかわらず兄をライバルにしてまで彼女を追い求めたのは、ひとえに彼女のみが洞察力の及ばぬ神秘な存在であり、蛇の混沌を湛えていたからである。また、脱皮をする蛇は、再生の象徴でもある。「知るという荒涼たる砂漠の中の神秘なオアシス」(二八一)と称されるバーサは、知性の呪縛により人間性の枯死に瀕しているラティマーを蘇らせる唯一の存在だった。

ところで、蛇は誘惑し、巻きついて苦しめる邪悪さも併せ持つ。「飼いならした悪魔にも似た蛇のブローチ」(三〇五)をつけたバーサは、その容貌の特長として「残酷な目」が度々言及され、セイレーン(海の精)、ルクレチア・ボルジア、クレオパトラに喩えられるサディスティックな悪女である。

このように彼女は再生と呪縛という蛇の二面を備えており、この二つの要素がラティマーの意識内で対立格闘する。謎を秘めたバーサへ情熱を燃やす一方、予知能力によって暴かれた彼女の実体への恐怖がつきまとって離れない。未知ゆえに募る恋心と知力が暴き立てる悪への恐怖という二律背反の苦悩——感性と知性の葛藤——は、「これを読む読者よ、一体となり一つの色に溶け合うことの絶対にない平行した二つの流れのように、僕のうちに働くこの二重の意識を想像していただけないだろうか」(二八六)と、決して合流することのない二つの流れに喩えられている。

闇の中からろうそくを手に悪意に満ちた蔑みの笑みを浮かべてバーサが登場する。「血を流す僕の心臓を鷲掴みにし、命の血潮の最後の一滴まで絞り尽くそうとする彼女を前にすると、どうすることも出来なかった」(二八三)というように、バーサは吸血鬼女そのものである。ここで彼女が襲いかかり生気を吸い尽くす「heart」とは、心臓だけでなくこの場合はむしろ心情を指している。吸血鬼女バーサのヴィジョンは、心情を破壊する知性の象徴として、ラティマーの、そしてエリオットの強迫観念を映像化したものだろう。

知性と感性の調和は、エリオットが実人生と創作に於いて希求し続けた課題だった。彼女はその調和を理想とするが、二者択一を迫られると常に感性を知性より優先している。特に「ヴェール」ではこの傾向が強く、主情主義を強く打ち出した作品となっている。

ロマン主義への没入

以上のように、「ヴェール」では感受性の傷、感性の枯死という極めて現代的な主題が、ゴシック的設定のもとに一人称で語られた。一人称の叙法はラティマーの揺れ動く情念を息づかいに至るまでつぶさに伝え得たし、ゴシックの幻想は深層の危機感を鮮やかに映像化している。この結果、「ヴェール」はロマン主義的傾向へと偏り、良くも悪しくも異色の作風を生み出すことになった。

ゴシック小説はロマン主義文学の祖と言われるし、告白的性格はルソーの『告白』、ワーズワスの『序曲』に見られるようにロマン派文学の特長なのだから、この傾向は当然と言えば当然である。とは言え「ヴェール」に於けるロマン主義の氾濫は、あまりに夥しく濃厚である。(1)異国を舞台にした超能力者という幻想的設定、(2)終始、内なる情念をほしいままにぶちまけ感情崇拝主義を訴えるラティマー、(3)その彼を愛憎の泥沼で翻弄する「運命の目をした」(一八七)情《つれ》なき美女バーサ、(4)廃墟や吸血鬼女等の象徴的イメージャリー、(5)ロマン主義の原風景であるアルプスの自然が、ラティマーにとって唯一の心安らぐ思い出として、母にも匹敵する存在意義をもつ、等々。そして何よりもゴシック小説、一人称形式への挑戦こそ、新しき異なるものへの憧憬、自由への情熱という点で、ロマン主義の本質的精神に根ざしている。

このように、「ヴェール」はエリオットとしては異例なほどロマン主義に没入した作品だが、

「ヴェール」に寄せた先述のエリオットの異常な嫌悪は、知性と感性の調和が崩れ主情主義にのめり込みすぎた末の、ロマン主義偏重による数々の欠点が原因だったのではないだろうか。

例えば理性の確実よりも奔放な情念に任せた結果、ゴシック小説一般の陥りがちな低俗化を彼女と雖も免れず、特に死体蘇生のあたりから急速にオカルト色が濃く荒唐無稽の感が強くなる。このくだりは、同種の筋立てをもつエドガー・A・ポーの「ヴァルデマー氏病症の真相」に比べてもはるかに浅薄で扇情的であり、科学的な裏づけによる真実らしさも無い。俗悪を嫌悪するエリオットは、ブラックウッドの忠告以前にこの点を深く羞恥していただろう。

更に、狂おしい情動の赴くままに告白を続けた結果、「ヴェール」は実に感情の振幅の激しい不安定な作品となってしまった。激情の切実な表白は確かに我々を引き込むが、読者に胸中を分かってほしいと哀願するかと思うと、一転して読者を冷酷な世間と見立てて恨んだり糾弾する気紛れな告白は、時として共感を得にくくしている。全ての不幸を超能力のせいにして、愛する努力をせず愛されることのみを求めるラティマーの人間的未熟さの印象は強く、エリオットの世界でも最たるエゴイストだろう。こういう彼の意識と感性を濾過した「ヴェール」は、必然的に自己中心的色彩の強い作品となっている。

この原因はエリオットがラティマーを対象として客観視出来ず、自己の弱さの分身として密着しすぎ、自己を投入しすぎたからではないだろうか。その結果、エリオット自身が自己の最上の作品における不可欠な要素と考えた「自己自身でないもの」(not herself)[8]が「ヴェール」には全く働いていない。ゴシック色の溢れる非日常の設定によって図った素面の韜晦も激しい自己執着のため効果は弱く終わっている。エリオットはラティマーに重ねられた自己の弱さの露呈に戸惑い、自己にとらわれすぎた結果の感情耽溺を嫌悪したのではないだろうか。「ヴェール」は主情主義偏重による失敗作だが、逆に言えばそれ故に彼女の葛藤、苦悩が赤裸々に感じられる興味深い作品でもある。

兄による絶縁をはじめ社会からの白眼視のもとでの隠忍自重の状況、更にこの頃湧き起ったリギンズ問題によるストレスなど、エリオットが抱える不完全燃焼の燻ぶる思いをぶちまけた場が「ヴェール」であった。現実の抑圧状況の中で募っていく対人恐怖症的不安と焦燥感は無意識にそこからの脱出願望を生み、モノログによるゴシック・ファンタジーという未知の技法を駆使することによって相乗的な激しさで自己解放へと突き進んでいる。ローラ・C・エメリは、エリオットにとって書くこととは、内に潜む無意識の要求(needs)と対決することであり、創作を通して自己と向き合い(self-confrontation)、精神的調整(psychic readjustment)を経て、成長(growth)に至ることであり、このようなエリオット自身の内的成長プロセスへの共感こそ読者にとっても意義深いと言っている。[9]「ヴェール」はエリオットには不満の残る作品だったが、書くことによる葛藤の調整と克服というカタルシス効果はあったのではないだろうか。

二　『フロス河の水車場』

『フロス河』については発表直後から、マギーの幼少期を扱う第一巻（第一・二部）に関しては高く評価される一方で、主として第三巻（第五、六、七部）に批判が集中し、特に(1)第六部のスティーヴンとの恋(2)第七部の洪水襲撃に関して、矛盾の多さとバランスの欠如を指摘されてきた。例えば、(2)の点を批判したブルワー・リットンの指摘には、エリオット自身率直に非を認めている。

悲劇の準備が十分に出来ていないという点ですが、この弱点には第三巻執筆中に既に気づいておりましたし、原稿が私の手を離れてからもずっと気になっておりました。最初の二巻の主題が非常に好きでしたので、つい夢中になって「叙事詩のように語り続けて」しまい、第三巻の扱いがバランスと充実に欠ける結果となったことを、今後も後悔し続けることでしょう。

（『書簡集』三巻三一七）

このように素材への愛着に押し流されたことを自認しているが、それ以外にも『フロス河』には、エリオットとしては異例なほど抑制不可能な感情が横溢している。特に「ヴェール」にも共通する作風として、本論では『フロス河』に於ける(1)プロットの振幅の激しさ(2)マギーの不安定に揺れ動く感情の波の凄まじさ、の二点を追求し、その背景を考察したい。

巻末のカタストロフィー

第三巻結末部の洪水の襲来については、発表以来様々の論議を呼び、批判の的となってきたのは周知のとおりである。基本的に客観的リアリズムによって着実に構築してきた安定と調和を、突如ぶち壊して慌しく悲劇の死で終焉するといった荒々しい展開は他作品では見られない。更に問題なのは、この終結部だけでなく第一巻と第二巻のそれぞれ巻末にも、破壊的なカタストロフィーで幕を閉じるという同種の手法が繰り返されていることである。例えば、突如、破産が平和なタリヴァー家を襲う一巻の末尾、また、借金を返済した祝宴の帰途、偶然出会ったウェイケムとのトラブルでタリヴァー氏が憤死する二巻最終部の暗転など、日常の文脈を超えたドラマティックな展開となっている。そして、止めを刺すように、結末部では洪水襲撃というファンタジーの領域へと突入する。デウス・エキス・マキナといわれても仕方のないこのような論理的に破綻した終結への衝動が生じたのは、一体何故だろうか。

非日常の出来事が突発し巨大なうねりとなってそれまでのストーリーの流れを破り、人物の運命や状況を激変させる事件として、『フロス河』では洪水以外にタリヴァー家の破産が挙げられる。成る程、破産を引き起こした水利権をめぐる訴訟に関しては、それまでに度々言及されており、読者もある程度の予感を抱いているのだが、注目すべきは破産が晴天の霹靂のように突発的に、しかも洪水にも劣らぬ破壊力で一家を襲撃する激しさにある。

破産は当時非常に不名誉なことであり、貧しい労働者の境遇に零落することが如何に惨めだったかは、破産以後の一家を描く第二巻第三部「没落」、第四部「屈辱の谷」といったタイトルや、第四部二章のタイトル、「破れた巣を刺す茨の針」などからも察せられよう。一家の破産という不幸は、グェンドレンも遭遇しており、グラシャー夫人の存在を知りながらも、グランドコートとの結婚へと踏み切る大きな要因となっている。しかし、『フロス河』での破産はグェンドレンを追い詰めた経済的破綻だけでなく、更に厳しい現実をもたらしている。全財産の喪失以上にトムとマギーを打ちのめしたのは、父タリヴァーの狂気である。担保となっていた財産が複雑な経緯によってウェイケムの手に渡ったことを知ったタリヴァーは、劇昂のあまり落馬し人事不省となったのだ。麻痺性障害のためしばらく意識が無く、正気に戻った後も人が変わったように吝嗇で狭量な人物となり、マギーを悲しませる。彼女にとってただ一人の味方だった優しい父の事実上の死と言ってもよい。こうして、一巻末は、少女期の黄金時代から破産と父の狂気による生活基盤の崩壊という運命の激しい落差で幕を閉じる。

続く第二巻は、貧困、父の惨状、母の嘆き、苛立つトム、という一家の失意と挫折、閉塞状況の中でのマギーの魂の飢えが辿られる。しかし遂にトムの勤勉な働きのおかげで負債が返済され、歓喜したタリヴァーは債権者との会合の席で、誇らしい息子をもった幸せを語る。トムにとって生涯最も甘美なひと時である。ところが、久方ぶりに勝利に酔ったその帰路、たまたま遭遇したウェイケムから頭ごなしにけなされたタリヴァーは、いきり立ち暴力沙汰の挙句、体調が悪化し急死するという痛ましい事態が突発する。祝宴からのドラマティックな暗転、あまりのプロットの起伏の荒さに誰しも驚きを禁じ得ない場面だ。

そして、作品を締め括る第三巻末尾の洪水である。その突然の襲来については、昨今のゲリラ豪雨の報道映像を見ても、あっという間に増水し激流となって押し寄せるその速さと猛威は大自然の現象として頷けるものがあり、特に違和感を覚える原因ではない。また、作品の舞台となったスタフォードシャーでは当時雨による洪水が頻発し、下り勾配のきつい立地条件のせいで急激な増水が多かったことも事実である。[10]

問題は、洪水に立ち向かうマギーの、常人の域を超えたエネルギッシュな行動の不自然さにある。彼女には恐怖感が殆どなく、ただ兄を思う一心からボートに駆け寄り救助に向かおうとする。この時、マギーの少女期より常に彼女に対して「騎士」的存在だったボブが、守るべき妻子があったからとはいえ、彼女に何ら配慮をしないのも不自然である。競売で愛読書まで売却されて沈んでいた時、ボブからケンピスの書を贈られ、「私、こんな親切をこれまで誰からもしてもらわなかった」と喜ぶマギーの言葉からも明瞭だが、ボブは彼女にとって父に次いで優しく支えてくれる存在だった。

（騎士道精神は）多くの若者や男たちが、その細い指や衣の裳裾に触れることを許されるなど夢にも思わぬ女性に遠くから捧げる崇拝のうちに、今なお生きている。行商の荷を背負うボブは、戦場へと馬を馳せ、声高く乙女の名を呼ぶ甲冑の騎士のように、それにも劣らぬ尊敬をこめた憧憬を、この黒い瞳の乙女に捧げた。（二六六）

ボブがマギーに捧げる心情は騎士道精神に基づく敬慕の念である。トムから絶縁されて行き場をなくしたマギーと母を引き取り、「大奥様とお嬢様」として快適な部屋を提供するほど配慮を尽くすボブが、ここでは極めてよそよそしい。「我々は危険をともにしている時、びくともしない仲間のことはめったに気遣おうとはしない」（四八六）と、語り手は一般論によって、マギーに協力する必要がないと判断したボブの妥当性を述べるが、これまでの彼の態度や配慮を考えると矛盾しており一貫していない。

ボートに駆け寄るマギーのもとに大波が押し寄せた瞬間から、描写はリアリズムから一転する。「死の苦悶がないまま、死へと転移した――そして彼女ひとり、暗黒の中に神と共にあった。全てが、あっという間の出来事で――実に夢のようだった。そのため日常の連想の糸はとぎれてしまった」(四八七)という茫漠とした調子になり、急激に非日常の領域に突入してしまっている。

では、何故夫々の巻の末尾にこのような日常の枠を超えたプロットの激変を構想したのだろうか。

第一巻・第二巻の巻末の激変については、三巻本ゆえの戦略が考えられる。三巻本の構成上、巻末で読者の興味をひきつけねば、次巻が読まれない。引き続き読者に読ませるために、この先どうなるのか、という危機感を書き込む必要があった、と考えられる。しかし、その場合、終結部のため次の巻がない三巻末の洪水は一体何のためだろうか。

ここで注目したいのは、三つの巻末いずれの場合にも共通する特徴として、カタストロフィーの後には常にトムとマギーとの一体化が実現したことである。第一巻はマギーの幼年期が様々のエピソードによって辿られるのだが、牧歌的な環境の中で両親の深い愛に包まれた黄金時代にさえ、大好きな兄から冷たくあしらわれた「幼いものの悲哀」が切実に描かれる。最も身近な存在にもかかわらず兄との間に厳然と存在する疎隔に一喜一憂する幼いマギーの苦悩は、ロモラやドロシアといったヒロインたちが体験する夫との軋轢にも似たもどかしさが感じられる。しかし、この巻末では、二人は固く抱きあい、悲しみを分かち合う。

蒼ざめ震えながら黙っているトムを見て、マギーは怖くなった。まだ他に話さなくてはいけないことがある――もっと悪いことが。遂に彼女は彼に抱きついて涙に咽びながら言った――

「トム、ねえ、トム、あまり心配しないで――しっかりこらえてね」マギーの唇は更に蒼白になり、トムと同じように震え始めた。哀れな二人は一層固く抱き合った。（一七六）

父の臨終を描く二巻末も同様である。

「トム、許してね――これからはいつも仲良くしましょうね」二人は固く抱き合って共に泣いた。（三三八）

この直前の五章で、マギーが茜が谷でフィリップと密会していることを知ったトムは、激怒のあまりフィリップに、身障者を軽蔑する残酷な罵詈雑言を吐く。侮辱されたフィリップへの同情からマギーはトムを激しく糾弾。二人の間に決定的な亀裂が生じるが、父の死を語る巻末では、マギーの方から許しを乞い、兄妹は一体となって共に泣く。

三巻末は言うまでもない。「もう僕の妹ではない。君の姿は見るも忌まわしい」。スティーヴンとの経緯の結果、一家に泥を塗ったと激怒するトムにマギーは絶縁を言い渡され、家を追われる。兄妹は修復しがたい疎隔へと追い込まれるが、終結部では、「ボートは再び現われた——兄と妹は二度と離れることなく抱き合ったまま沈んでしまった、仲良く小さな手を握り合って、雛菊の咲く野原をさまよった日を、崇高な一瞬に再び蘇らせて」（四九二）おり、その墓碑銘には、「彼ら死して離れざりき」（四九二）と刻まれている。こうして、二人は洪水によって永遠の一体化を獲得している。

「僕たちの性格は根本的に違う」、「君と僕の考えは絶対に一致しない」と、互いの資質が異なることを十二分に承知する兄妹の摩擦は、幼少の頃のお菓子の分配をめぐるたわいないエピソードから、フィリップやスティーヴンとの恋愛への兄の叱責や糾弾に至るまで、種々の対決を通して繰り返し重層化されエスカレートしていく。自己の立場と願望を懸命に訴えるマギー。妹の非を責め、暴走する性格を訓戒するトムの理詰めの論旨。時には章の全てを費やして二人の論戦が展開される。肉声のように熱をはらむエネルギッシュな長広舌の応酬に、読者はまるでその場に居合わせた立会人のように、迫真的な臨場感に圧倒される。こういった一触即発の危機をはらんだ激しい感情の渦が作品の奥底に流れているのだが、カタストロフィーに直面すると、兄妹は常に抱き合い、互いを許し、一つになって結束する。

逆に考えると、破産・洪水といった災厄がなければ、兄妹の一体化は実現不可能ということだろう。事実、兄の救助に向かうマギーの胸中には、「大きな災難に直面して、人生の装いを全てかなぐり捨て、人間としての素朴な願いに各自が一体となる時に、どんな不和が、厳しい冷淡が、不信がなお存続するだろう？」（四八八）と、兄への強い愛情が蘇っている。巻末ごとに非日常のカタストロフィーを用い、特に三巻末ではプロットの論理の破綻を承知の上で洪水という極限状態を導入したその一因として、作者の強い願望――兄アイザックとの和解――が働いたことは否定できないのではないだろうか。

注目すべきは、この和解部分がどれも皆、短く簡単に書き上げられていることである。当然のことながら、願望の夢に迫真的なリアリズムは望み得ず、和解の場面は常にあっという間に幕を閉ざしてしまう。

ゴシックの閉塞世界

第二巻以降、マギーを取り巻く環境の抑圧的な狭さがクローズ・アップされ、タリヴァー家の陥った出口のない不幸を象徴する第四部のタイトル「屈辱の谷」をはじめ、一家の隠忍自重の状況が閉鎖的空間のもとに語られていく。冒頭、語り手は作品の舞台となるローン河畔の夏なお陰鬱な荒廃ぶりを訴える。

夏の日、ローン河を下って旅する人は、沿岸の堤に散在するあの荒廃した村々の眺めに陽光も陰る思いがしたことだろう。それは、この急流がひとたび波立てば、あたかも怒れる破壊神のように、「鼻より息の出入りする」弱い人間を何代にもわたって流し去り、その住家を廃墟と化し去ることを語っている。（二五三）

語り手の視点は次にライン河へと移り、流域にそびえる数多の城郭は、深い宗教心に溢れる壮大な歴史をもち、大河と美しい調和をなして今なお人々の「詩心」をかきたてる、と壮麗な言葉を尽くして語る。こうして、二つの大河の鮮やかな対照によって、ローン河畔の俗悪と荒廃ぶりを喚起した後、その章全体を費やして、環境のみならずそこに住む人たちの因習にとらわれた生き方に視点を向ける。更に、読者をも巻き込んで、「こういう人々の中ではとても暮らせないだろう。美しいもの、偉大なもの、崇高なものへのはけ口が無いので、息が詰まってしまい、……鈍感な男女に苛立つことだろう」（二五四）と訴える。

狭く抑圧的な地域性に加えて、破産による閉塞状況の中で、心が渇き、悲しみより腹立ちで悪魔にもなりかねない我が身を恐れる十七歳のマギー。空虚な現状を打開する鍵を切実に求める彼女の心をとらえたのは、トマス・ア・ケンピスの古書、『キリストに倣いて』の教えだった。「この遠い中世から呼びかける声は、一人の人間の魂の信仰と体験を直接言い伝えるものであり、信ずべき確かな託宣としてマギーの胸に響いた」(二七二)とあるように、マギーは神秘思想家ケンピスを師と仰ぎ、彼の言葉を傾聴し問いかけて、魂の深い交流がなされている。ニーナ・アウエルバッハは、ゴシック主義の要素として、「時空のかけ離れた荒々しいものの呼びかけ」[11]を挙げている。第四部三章のタイトル「過去からの声」が簡明に要約するように、十五世紀ドイツ、アウグスティヌス派の修道僧ケンピスの「吐露する言葉」に触れ、畏敬の念に震えたマギーは、自然な欲求に背を向け、自虐的なほど厳しく「見えざる師との対話」に没入する。こうしてマギーは自閉のゴシック世界へと急速にのめり込んでいく。

「幽閉の身」のマギーが度々散策する茜が谷もまた、「岩壁が屈辱の狭い谷を閉ざし、臨み見るものとしては、はるかに遠い空のみ」(三〇五)という閉ざされた廃墟である。リップル川の高い堤で外界と隔てられた、野茨《のいばら》が生い茂る石坑の址地《あとち》で、彼女が幼い頃、盗人や猛獣が潜んでいるのではないかと恐れた殺風景な場所だ。このような閉鎖空間に久方ぶりに現われたフィリップの求愛は、環境脱出の絶好のチャンスであろう。しかし、ケンピスの声に支配され、情熱に身を任せることは際限のない欲求の誘惑ではないか、と恐れるマギーには動きが取れない。また、

「半ば女性のように柔弱な生来の感受性ゆえ、世俗的なものや、官能的な悦楽を追うことを女のように耐えがたく嫌悪していた」（三一二）とあるように、女性的な資質をもつフィリップとの間に異性愛は成り立たない。ケンピスの教えに縛られるマギーを「狭い自己欺瞞という狂信に自分を閉じ込めている」と鋭く指摘するものの、フィリップにはダニエルやサボナローラのようにメンターとして悩めるヒロインを導き教化する力が欠けている。こうして、他のヒロインたちのように成長の一途を辿るビルドゥングは、マギーの場合見られない。第五部三章では「揺らぐ思い」のタイトルどおり、友情か自己放棄かの選択に迷う等身大のマギーが、心理描写とフィリップとの議論の両面から精細に辿られる。

『フロス河』には、閉鎖空間、魔女のイメージをもつマギー、両性具有の異形のフィリップ、マギーの心を捕らえる中世の神秘思想家、とゴシック色が濃厚だが、中でも、マギーの迷いあぐねる心情こそ、ゴシック的特性の最たるものではないだろうか。ゴシック・ロマンスには、小暗い森や古城の中で迷い、出口を求めてさまようエピソードが頻出する。登場人物の感性を通して語られるその不安と焦燥感こそ、ゴシック・ロマンスの顕著な特長であり、また魅力でもあろう。ゴシック・ロマンスの場合、脱出のための出口は必ずあるのだが、それを見つけるには謎を解かねばならない。[12] マギーも又、フィリップやスティーヴンとの係わり合いの中で、情念か倫理かの択一という難問と苦闘する。解決を模索するマギーの葛藤の軌跡こそ、『フロス河』でエリオットが追究した主眼点ではないだろうか。

　スティーヴンとの恋に落ちた時、初めて官能に目覚めたマギーのジレンマは、痛切な情念のもとで辿られる。舞踏会での彼の衝動的な振る舞いに驚き、モス叔母の家へ逃れたマギーを追ってスティーヴンが訪ねてくる第六部十一章「小径にて」では、彼の愛を受け入れるか否かに迷い揺れ動く心境が、小径を行きつ戻りつ何度も往復する歩みに象徴的に描かれる。突然現れたスティーヴンを見た瞬間の彼女の反応は、決して恋のときめきや喜びではなく、「死を装っていた残虐な敵が突然生き返ったかのように恐ろしかった」（四一九）と、スティーヴンを罪へ誘う誘惑者として死と敵のイメージで捉えていることに注目したい。しかし、「狂おしいほど君が好き」と、紳士のプライドを捨てて愛を告白されると、「夏の小川のような流れに身を任せられたらどんなに良いだろう」と憧れる。情熱的に、かつ脅迫的に迫るスティーヴンの力に、マギーは悲鳴を上げるが、同時に思わず愛を告白せずにはいられない。「ああ、難しい――人生って何て難しいのでしょう！　私を追い詰めないで。助けて下さい――だって、あなたを愛しているのですもの」（四二三）。岐路に立つマギーが決断出来ず、小径の閉鎖空間をスティーヴンに手を取られ、行ったり来たり何度も往復する彼女の歩みは、断ちがたい彼への情念か、それともルーシーとフィリップとの絆か、という答えの出ない至難の選択に迷う心境そのものである。

　このように迷いと逡巡の繰り返しで前進のない点が、マギーが他のヒロインと決定的に異なる点だろう。エリオットの殆どの作品では、時の進展とともに性格も運命も徐々に変化し、主人公の開眼にいたる人間形成の歩みが作品を貫く大きな主題となっている。しかし、マギーにはスムースで着実なビルドゥングはなく、葛藤の渦から脱け出すことが出来ない。感情に押し流されて行動に走っても、必ず厳しく自己を責め退却する、かといって抑圧からの脱出願望を抑えられず悶々とする、という繰り返しで、激しい自問自答と他者との議論が果てしなく続く。このような人物の成長の否定、型にはまったビルドゥングの図式の排除こそ、『フロス河』の迫真性の源である、[13]とバーバラ・ハーディが言うように、ビルドゥング特有の整然とした上昇の歩みではなく、ありのままの心理の流れの中でマギーのジレンマは生々しく痛切に追究される。

マギーの迷いは何度も繰り返され、聖オッグ脱出の決定的な原動力となるかと思われたスティーヴンとの河くだりでも、情念と理性が激しく入り乱れ、思いは二転三転する。更に、第七部五章の「最後の戦い」は、そのタイトル通り彼女の迷いの最後を締めくくる壮絶な葛藤が繰り広げられる。

白眼視と糾弾の渦巻く聖オッグへ帰るものの、兄から絶縁され、唯一の理解者ケン博士からも聖オッグを去る方が良いと勧められ、孤立を痛感するマギーのもとにスティーヴンの手紙が届く。その手紙に込められたひた向きな情熱には、現代人がとっくに喪失した人と人の密度の高い真摯な関わりが確かに脈打っている。

最初マギーがこの手紙を読んだ時、本当の誘惑がまさしく今始まったように感じた。冷たく暗い洞窟に入る時、我々はまだ勇気をもって暖かい光に背を向ける。しかし、じめじめした暗闇の奥深くまで踏み込んで、気が遠くなり疲労が始まる時——もし頭上に突然出口が開いて、生命を育む昼へもう一度戻るようにと誘われたとしたら、どうだろう。苦痛の圧迫から逃れたいという自然の欲求は大層強く、差し迫った動機以外は忘れてしまいそうである——苦痛を免れるまでは。(四八四)

今や全てを失ったマギーにとって、愛を乞うスティーヴンの手紙がどれ程魅力的だったか、引用の迫真的な比喩が何よりも物語っている。冷たく暗い洞窟、湿った闇の奥深くに踏み込んだ際の不安、恐怖、疲労——コミュニティー追放という追い詰められたマギーの心象風景だが、同時に、語り手は、「我々」とシチュエーションを一般論化することによって、読者をマギーと同じ擬似体験へと誘い、問いかけ、共感を得ようとする。地上から遠く奈落の底に陥った時の絶望と恐怖。孤独と苦痛。そのような時、突然頭上に開口部が現れ、光が射し込んで、暖かい生気に満ちた世界へと招かれたら、一体どう思い、どう感じるか。暖かな光と生気に満ちたイメージで暗示されるスティーヴンとの愛の世界への憧憬こそ、人間本来の自然な欲求であろう。「彼女は手紙を読んではいなかった。彼が語りかけるのを聞いていた。その声は懐かしい不思議な力で彼女の心を揺さぶった」(四八四、傍線、エリオット)とあるように、マギーは彼の手紙を、「読む」のではなく、「聞いて」「揺さぶられて」いる。手紙一般の「読む」という読み手の受身の行為ではなく、激しい情熱を込めて訴え説得するスティーヴンの声による積極的な行為に、激しく切実に反応するマギー。二者の間の強く牽引し求め合う力。ここには観念や大義ではなく、生きることに直結した感情が熱く流れている。ところが、マギーはこの手紙の呼びかけを、「真の誘惑」として抗い、自虐的なまでに厳しく自己を律しようとする。この戦いが繰り広げられる第七部五章は、「最後の戦い」と名付けられ、マギーの悪戦苦闘は最後のクライマックスへと至る。

スティーヴンの手紙を燃やすことで、彼への愛を断念したと理解するのは、早計ではないだろうか。マギーの心はまだ逡巡しており、恐らくエリオット自身決着がつかず、有無を言わさず全てを呑みこむ大自然の力に委ねる以外に、納得いく解決法がなかったのではないだろうか。

ゴシックの悪夢の世界は、作品のみならず、作家の内なる地獄、内面の暗部の表出であり、具現であると言われる。[14]『フロス河』での主情の嵐を考えると、エリオット自身にも閉塞状況を打破し抑圧からの解放を求めるゴシック的衝動が創作に働いたのではないだろうか。終結部の扱いについては、既に「エイモス」と「ギルフィル」でもそのぞんざいな終わり方をブラックウッドから指摘され批判を受けている。それに対して、エリオットは「結末は大抵の作家が弱点とするところだが、責任の一端は結末というものの本質にある。それはどれほど良くできたとしても、所詮一つの否定でしかない」（『書簡集』二巻三二四）と答え、小説の終結の難しさを訴えた。当時の出版市場にはハッピー・エンドを求める出版者・読者が多く、作家はその期待に応えねばならないという不文律があった。しかし、「ヴェール」と『フロス河』は意識的にその壁に抵抗し挑戦している。読者大衆に媚びる姿勢は希薄で、一気に本音で勝負した強い姿勢が感じられる。感情は抑制すべきものであり、みだりに感情にのめり込むことを戒める風潮があった当時、このように主情の嵐が吹き荒れる作品は極めて破格の存在だっただろう。

波乱に満ちた不安感を湛える結末は、ロマン派小説、特にゴシック・ロマンスに通底し、[15]主人公だけでなく作者も抑制できないエネルギーに翻弄され激動のうちに幕を閉じる場合が多いが、『フロス河』の場合にもこのような衝動が働いたと考えられないだろうか。

アイデンティティーを公表する

一八五八〜九年はエリオットの作家人生の中でも、最も多事多難な時期であった。といっても、今回はいつものような創作上の悩みではなかった。社会的な制裁や身内からの絶縁が続いていた上に、リギンズ問題が湧き起こる。身元未公表に乗じた低俗な噂の拡大に業を煮やして、アイデンティティー公表に踏み切るが、今度はブレイスブリッジなる人物が『牧師生活』と『アダム』には素材とモデルが実在すると噂を流し、更には仲介に入ったブレイまで巻き込み騒動を拡げる。その上、『フロス河』の出版をめぐってブラックウッドとエリオットとの間で深刻な不協和音が持ち上がる。このように、相次ぐトラブルで平安を乱されたこの時期のエリオットの心境が執筆中の二作品に影を落とし、起伏の激しい独特の作風を生んだことは推察に難くない。

一八五七年文壇にデビューしたエリオットは、『牧師生活』を匿名で『マガ』に発表し、翌五八年一月、二巻本出版の際に初めてジョージ・エリオットという筆名を使用している。しかし、身元に関しては公表しなかった。この時点で彼女が『牧師生活』と『アダム』の作者だという真相を知っていたのは、ルイス以外にスペンサーのみである。ブラックウッドでさえ、正式に知らされたのは五八年二月であり、その際、身元を絶対公表しないことを全員一致で決めている。当時の出版界は、ただでさえ女性作家への蔑視がひどい上、エリオットの場合はルイスとの非合法結婚による社会的追放状況にあったため、アイデンティティー公表は作家生命に関わりかねなかった。ブラックウッドは家庭向け雑誌『マガ』の出版者という立場から市場への影響を危惧し、エリオットたちは作品評価への影響を配慮したからだった。

しかし、作品が読者を魅了し出版市場での存在感を増すにつれて、作者の身元について噂が広がり始める。エリオットは噂の張本人として、真相を打ち明けたスペンサーを疑い、更に親友のチャップマン、ブレイ兄妹へと疑惑を広げている。ブレイ兄妹への猜疑は後に事実無根と判明するが、彼らに宛てた当時の手紙の感情的な文面からは、この間のエリオットたちの神経過敏とも言える状況が窺われる。「ヴェール」では、透視能力によって身近な人間の思いもかけぬ浅ましい胸中が明らかになり愕然とするラティマーの心境が綴られるが、ブレイを疑う手紙はその場面を彷彿とさせ、当時、被害妄想的な強迫観念にとらわれた不安定な精神状態にあったのではないか、と推察される。

更に追い打ちをかけるように、一八五八年二月頃からナニートン在住のジョゼフ・リギンズが『牧師生活』の作者であり、エイモス、トライアンのモデルが実在するという噂がウォーリックシャーに広がり始める。身元を公表したくないルイスたちは、格好の隠れ蓑として、当初はこの噂を面白がり楽観視していたのだが、地元の上流階級や聖職者たちも巻き込んで噂が一人歩きし始め、『タイムズ』誌上に『牧師生活』と『アダム』の作家としてリギンズを称賛する短評が出るなど、目に余る進展を見せ始める。

『書簡集』三巻前半は、殆どがこれらの件に関わるものであり、エリオットの不安と怒り、傷ついた彼女を守るために表に立って当事者に抗議するルイスの憤りが生々しく綴られ、当時彼らが如何にこの問題に苦慮していたか、が伝わってくる。

この件から次の二点が浮び上ってくる。先ず、当時の小説が如何に読者の心をとらえ、生活に浸透した大きな存在であったか、という点である。新進作家のデビュー作に対して、たとえ野次馬的であれ、一般読者と出版社がこれほど熱っぽく興味を持ち、謎の作者と作品の素材をめぐって推理し、事実を探ろうと噂が噂を呼び、話題を独占した状況を見ると、当時、小説が如何に一般読者の心を引きつける大きな娯楽であり強い関心事であったかが分かる。出版界も面白おかしく反応し、騒ぎに乗じて売り上げ増大を狙っている節もある。事実、アイデンティティー公表前のアンソニー・トロロープのように、「作者は誰でしょう」路線によって読者の興味を煽る、という巧妙な作戦を実行した例もあった。[16] ブラックウッドですら『アダム』にとっては良い宣伝になると考えていたようだ。考え方や感性がほぼ同じ基盤をもつ、作者・読者・出版者が熱烈な関心をもって作品世界を共有していた当時の状況が垣間見られる。

次に、人物と素材の実在モデルに関して多方面から指摘された点については、素材がいささかでも生の形を留めているから憶測を招いたのであり、想像力で肉付けする造型の際のエリオットの力量不足が考えられないだろうか。「『アダム』には一つとしてポートレート（実在モデルに基づく人物造型）はない」（『書簡集』三巻一五五）と断言し、想像力による造型をエリオットは力説しているが、例えば、ヘイスロープの学校教師としてかなり重要な役割を担うバートル・マシーと同名の人物が地元に実在するなど、ずさんな点もある。これでは地元から疑惑が持ち上がるのも当然だろう。また、「ギルフィル」の舞台となるシェヴァレル・マナーは、図書室、広間、回廊、礼拝所の間取りや構造をはじめ、特に優雅な浮き彫り装飾を施した天井の個性的な外観など、ほぼアービュリー・ホール（ニューディゲイト家の館）そのものと言ってもよいほど酷似し

アービュリー・ホールのダイニング・ルーム

ている。さらにパラジオ風の平凡な邸を壮麗なゴシック様式の城郭に改造した、という特異な功績から、クリストファー卿のモデルがロージャー・ニューディゲイト卿だと家族が即座に見抜いたのも頷ける。創作の初心者として熟知する素材の使用は自然な発露かもしれないが、このように実在する人物・背景・事件を指摘する声がウォーリックシャーから広がっていることを考えれば、原型を消化し独自の表現へと熟成させる点でのエリオットの未熟さを指摘出来ないだろうか。

一年以上もの間続いた出口のない膠着状態に決着をつけるべく、エリオットたちは一八五八年六月末、遂に身元の隠匿を止めることを決める。ところが、『フロス河』の出版形態をめぐって、エリオットとブラックウッドは真っ向から対立してしまう。三巻本を主張するエリオットに対して、ブラックウッドは『マガ』に匿名で発表することを提案したのだ。九月十三日付けのブラックウッド宛の手紙では、いつものような挨拶も前置きもなく、エリオットはいきなりビジネスライクに交渉に入る。「『アダム』の売れ行きが大変良いため、次作の出版計画を変更しなくてはなりません。……今や私には多くの熱心な読者がついていますので、『アダム』程ではないにしても、初版本は確実によく売れるでしょうし、かなりの利益が見込まれます」（『書簡集』三巻一五一）と強い口調で切り出している。ブラックウッドが提案するように『マガ』先行で出版すれば、読者は価格の安い『マガ』に飛びつき、その後に出版される三巻本の売り上げが大幅に減少するばかりか、再版にも大きく響く、と憂慮したのである。

しかし、それ以上に彼女にとって屈辱的だったのは、『マガ』での匿名出版という彼の方針ではなかったろうか。最後まで身元公表に反対していたブラックウッドとしては、真相が明らかになった以上、エリオットの名前を付して出版するリスクを危惧したのだろうが、誇り高い彼女には耐え難かったと推察される。九月二十一日、ブラックウッドは『フロス河』の原稿料と四年間の版権として三千ポンドという当時としては破格の条件を提示するが、エリオットは翌日即座に拒否し、「どうも察するところ、私の次作を危険の伴う投機とお考えのようですので、そのリスクは私ひとりで負いましょう」（『書簡集』三巻一六二）と開き直っている。

この強気の一因は、『アダム』の圧倒的な好評と販売実績に各出版社が激しい争奪戦を仕掛けており、ブラックウッド社でなくとも出版社には事欠かなかったからだろう。ディケンズからは如何なる条件も呑むと、雑誌『オール・ザ・イア・ラウンド』への連載をオファーされている。また、ブラッドベリー・&・エヴァンズ社からは四千五百ポンドで『ワンス・ア・ウィーク』連載の申し出があった。

エリオットとブラックウッドの信頼に満ちた長い付き合いの中で、この時が最も危機であったと言われる。平素は非常に筆まめな二人だが、九月二十二日以降、文通は急速に減り、十月末を境に途切れる。沈黙を破ったのは、十一月二十六日付のエリオットの「誤解を解くため、率直にお聞きしたい、私としてはこれまでの関係に終止符を打つつもりは全くないが、そちらの意向はどうか」(『書簡集』三巻二一五)と問う簡略な手紙だった。これに対して、ブラックウッドは、エリオットの手紙を喜びつつも、九月二十一日付けの提案に対するエリオットの冷たい反応に悩んだことを言い、「もし他社が大金をオファーし、そちらをベストと思われるようなら、当方は決して邪魔をしません。ただ、当方の提案を鼻であしらうようなことは止めていただき、率直にご意見を伺いたい」(『書簡集』三巻二一六-七)と、丁寧だがきっぱりと意思表示しており、『ロモラ』出版の際に起こったトラブルの予兆を感じさせる。このような経緯の末、エリオットは自説を貫き、一八六〇年四月六日、『フロス河』を三巻本で出版し、当時としては斬新であった著作権も獲得している。

危惧したような身元公表による売上不振はなく、二ヶ月以内に六千部が完売された。急進的な宗教観を持ち、規範に反する結婚を決行したエリオットの文学的才能を、一般読者も批評家たちも徐々に認め始めており、[18] 彼女の生き方ではなく、作品そのものによって評価する気運が高まっている。出版形態の主張、著作権の獲得に見られるエリオットの強い姿勢は、このような動きに支えられた自信と誇りが大きな推進力となったのではないだろうか。

*『ヴェール』からの引用は、*The Lifted Veil*（Oxford: Oxford UP, 1964）に依り、（　）の数字は頁を表示。
*『フロス河』からの引用は、*The Mill on the Floss*（London: Everyman's Library, 1966）に依り、（　）の数字は頁を表示。

第七章

「家庭の天使」と新しい女　『サイラス・マーナー』

リギンズ問題に始まる一連のトラブルも一八五九年末までには片がつき、翌年九月末より執筆を開始した『サイラス・マーナー』[1]（以下、『サイラス』と略記）は、エリオットの生涯で最もくつろいだ安らかな境地で制作された作品と言われる。「古い昔の面影が残り」、「馬車の角笛も世論も聞こえてこない中央平野」という静かな田園に繰り広げられるストーリーは、語り手の成熟した口調といい、選挙や政争といった社会的な波乱の少ない穏やかなプロットといい、独特の落ち着いた静謐の雰囲気に包まれている。実際、前作の『フロス河』や「ヴェール」の、起伏に富んだプロットの展開、語り手をはじめ登場人物たちの激しい感情表白、作品に漲る不穏な情念とは著しい対照を見せている。

『サイラス』は小品だが、完成度の高い作品として評価されてきた。ダブル・プロットより成るストーリーは、構造的にも完璧と言ってよいほど綿密に考慮されている。前半、平行して夫々独自に進展するサイラス・プロットとゴッドフリー・プロットは、赤屋敷での舞踏会の場面で初めて、サイラス、エピー、ゴッドフリー、ナンシーの主要人物が一同に会し、エピーの養育をめぐるサイラスとゴッドフリーの道徳的選択という前半の山場となる。そして二人の対照的な選択をターニング・ポイントとして、それ以降は夫々の行為の結果である応報のプロセスが繰り広げられていく。二つのプロットは交互に登場し、時間の経過につれて見事に対照的な結末に至るネメシスの模様を織り上げていく。

こうして、金貨とエピーをめぐる因果の展開は、図式的と言ってもよいほど骨太で単純に具現される。道徳的寓意があまりにも明白で、絵に描いたような結末へと向かうその整然とした構成とサイラス・プロットに於ける愛の思想の称揚は、リアリズム風に読むと不自然であり、白々しい読後感を禁じ得ない。更に、サイラスは、「平凡な人物」を主人公とする意義を強調してきたエリオットの人物造型の中でもとりわけ地味で生気が乏しく魅力に欠ける。

このように『サイラス』はエリオット通例の魅力が希薄な点は否めないが、ダブル・プロットや結婚の悲劇といった後期作品で繰り返し追求される技法や主題の萌芽が見られる点や、炉辺（家庭）の幸せの枠内に安住せず、自己の信念を貫くエピーやプリシラのような新しいタイプの女性たちが登場した点では興味深い作品である。本章では、『サイラス』に取り上げられた様々の結婚と家族のあり方に焦点を当て、「家庭の天使」への懐疑と、それに代わる新たな価値観の台頭について論じたい。

(1)「家庭の天使」ナンシー

ヴィクトリア朝時代、大英帝国のめざましく繁栄する経済と産業を支えたのは、主として実業を経営する中産階級の男性たちであった。そして、その激しい仕事に邁進する男性を陰で支えたのは家庭を守る女性であり、彼女たちの内助の功は国富に資する強力な底力と考えられ、家庭を賛美する風潮が強かった。女性が本領を発揮すべき場は「炉辺」にあり[2]、「炉辺」すなわち家庭の幸せを主題とする小説が多く書かれている。『サイラス』にも「炉辺」の言及は非常に多い。しかし、家長として君臨する男性が外の勤め(仕事)を果たし、女性は「家庭の天使」として無私の愛を捧げるという、ヴィクトリア期の社会通念が理想とする家庭像は、『サイラス』では影が薄い。むしろ既婚女性にとって著しく不平等だった当時の結婚制度と実態に潜む影が、あちこちで仄見え、聖なる結びつきとされた結婚への懐疑の念が顕著である。更に、サイラスとエピーのように血縁の絆ではなく心情で結ばれた親子・家族の新しいあり方が主筋として脚光を当てられたり、プリシラのように強い意志のもと独身を貫く例など、家父長社会・階級社会に磐石に定着していた伝統的な結婚制度の枠を超えた新しい家族のあり方、新しい結婚の選択が取り上げられる。以下、ナンシー、プリシラ、エピーに見られる家庭像と結婚観を検討し、後期小説で繰り返し取り上げられる結婚の主題がここで萌芽として見られることを検討したい。

ゴッドフリーはラヴィロウの階級社会の頂点に立つスクワイア、カス家の長男であり、ナンシーも所領を持つラメター家の娘である。共に地主階級に属する二人は、村人たちからも似合いのカップルとして結婚を待ち望まれる存在である。早くに母親を亡くして淋しい家庭に育ったゴッドフリーは、清潔で秩序ある家風のもとで育ったナンシーとの結婚を「楽園」のように憧れている。ゴッドフリーがナンシーに求めたのは、「炉辺に笑い声の起こる家庭」であり、つまり時代が理想とする家庭の幸せである。当時流行の手引書、サラ・ルイスの『女性の使命』がモットーとして教えたのは、家庭における女性の道徳的影響力の大きさであり、心地よい家庭を築くこと[3]であった。しかし、「居間や台所の、健全な愛や威厳の源泉となる妻であり母たる存在が欠けた」(三章)カス家には、勤勉・誠実といったヴィクトリア人が志向する道徳律が崩壊している。父親のスクワイアは居酒屋に入り浸り、息子たちも働くことをせず無為の生活に流れている。家族間には挨拶も礼儀もなく、心の交流もない。嘘言や賭け事が日常茶飯で、兄の弱みに付け込み恐喝したり、遂には盗みに至るダンスタンの堕落ぶりは言うまでもない。ゴッドフリー自らもモリーとの秘密結婚、更に彼女の死を傍観しエピーを見捨てるというやましい過去がある。

ヴィクトリア朝の社会通念は、結婚を聖なる場と称揚し、厳しい性的モラルを強要したが、その一方で未婚・既婚、階級の如何を問わず風紀の乱れがひどかった。激増する娼婦の存在を必要悪と認めるなど、性規範における男女の落差（ダブル・スタンダード）は大きく、公認の一夫一婦制を逸脱する男性が多かったと言われる。[4] 特に結婚に関しては、十八世紀以降、聖職者立会いの上、教会で挙式するという正式の結婚制度が乱れ、秘密結婚、重婚、未成年の結婚などが激増している。野放し状態になっていた性の紊乱に歯止めを打つべく一七五三年ハードウィック法が成立するが、[5] その後も依然として秘密結婚をはじめ、男性の放縦は続いている。特に中流階級の裕福な男による貧しい労働者階級の女の誘惑――見捨て――転落、の増加は社会問題化し、一八五〇年代の小説と絵画のテーマとなる程であった。[6]

ラスキンが家庭を「あらゆる恐怖、疑い、不和を締め出す避難場所」[7]として神聖視したように、当時、家庭は俗悪とは無縁の聖域と考えられていた。このような聖なる場に入る資格のない致命的な罪をかかえているゴッドフリーだが、ダンスタンの逃亡、モリーの死によって秘密を葬り去ったと思い込んだ彼は、心置きなくナンシーとの婚約を進める。

将来の生活像は、まるで戦う必要のない約束された国のように思われた。この世のありとあらゆる幸福が自分の「炉辺」に集まり、子供と戯れる自分に向かってナンシーが微笑みかけ

るのを思い描いた。（十五章）

こうして、第一部は「炉辺」の幸せを確信し、明るい未来を思い描くゴッドフリーの夢で幕を閉じる。

罪と恥を嫌う潔癖なピューリタン精神のもとで育ったナンシーは、カス家に嫁ぐと、一家に蔓《はび》延《こ》る放縦を是正し、家具を磨きたて、見違えるように清潔な心地よい家庭を造り上げている。夫ゴッドフリーも無為の生活から足を洗い、今や赤屋敷の当主として酪農を始めるなど事業を拡大し、農場経営に勤しむようになった。更にナンシーは亡きスクワイア（義父）の遺品を記念の場所に丁寧に保管し、親に孝養を尽くすという娘の義務も申し分ない。こうして「家庭の天使」の役割を見事に果たしたナンシーは幸せになれただろうか。

「サイラスが炉辺に彼の新しい宝物を見つけてから、十六年の歳月が経った秋のよく晴れた日曜のことである」という文章で幕を開けた第二部は、礼拝を終え教会から出てくる主要人物の描写から始まる。ラヴィロウのような小村にも、階級制度は厳然と定着しており、赤屋敷での宴会で客が座る座席の位置、舞踏を始める順番といった年中行事にまで階級序列は深く浸透している。この場合も礼拝を済ませると高位の会衆から順に教会から退出することになっており、先ずゴッドフリーとナンシー、続いて村人に混じってサイラスたちがクローズ・アップされる。

第一部と第二部の間に設置された十六年という空白期間によって、第二部の冒頭、読者が先ずひきつけられるのは、時が刻んだ人物たちの鮮やかな変化だろう。十六年の歳月は、容貌や体格といった外観のみならず、人物たちの生活や運命にも変化をもたらしたことが、礼拝を終えた群像の描写から視覚的に伝わってくる。少し太って貫禄がついた以外さほど変化のないゴッドフリーに比べて、ナンシーの変貌は著しい。依然として美しいものの、花の輝きは失せ、「引き締めた穏やかな口元、澄んだ褐色の誠実そうな眼差しは、幾たびも試練を経て、しかもあくまでその高い資質を失わなかった彼女の人柄を物語っている」（十六章）とあるように、苦しい試練に遭遇したことが窺われる。

ナンシーの結婚生活には「痛ましい経験という一本の糸がその真ん中を貫いて」（十七章）いる。彼女の深刻な悩みは、「家に子供がいないということが夫の心に慰めるすべもない淋しさとなって宿っている」ことにあった。当時、女性は、男性の妻・母・娘としての存在意義を重視されるものの、一人の人間としての存在感は極めて希薄だった。妻・主婦・娘としての勤めを立派に果たしているナンシーは、模範的な妻・主婦として夫からも敬愛され近隣の評価も高い。しかし、第一子の死産後子供に恵まれない彼女にとって、カス家の後継者を産めなかったという精神的苦悩は大きい。直系子孫が家を相続することによって維持される家父長制に於いて跡継ぎたる子供の欠落は致命的であり、母としての役割を果たせなかったナンシーは、埋めようのない空虚な思いを抱いている。

礼拝があったその日曜の夕方、排水工事によって干上がった石抗から行方不明だったダンスタンの遺骸が発見され、「秘密は早晩露見する」と痛感したゴッドフリーは、ダンスタンの件と共に、今まで隠してきた秘密結婚とエピーについての事実を打ち明ける。真相を告白されたナンシーは、目を伏せたまま彼の目を見ようとしない。激しい怒りや嘆きはなく、「蒼ざめ、物思いに耽る塑像のように静かに、手を膝の上に固く握り締めて」いる。「何事も前もって思い描くほど良いものではありません——私たちの結婚だってそうでしたわ」（十八章）。そう言ってかすかに浮かべた悲しげな笑みには、期待とはほど遠い結婚の現実への諦念と自嘲の色が濃い。

(2) 新しい女、プリシラ

ナンシーの姉、プリシラは結婚の実態を見据えた上で「家庭の天使」たることを潔く放棄し、独自の生き方を貫いている。女性の定番コースである結婚を乾いた口調でバッサリと切り捨てるプリシラの発言は印象深い。ヴィクトリア朝の時代精神の一環として、男は逞しく強く、女はか弱く優しく美しく、を理想視する男女の性別のステレオタイプ化が挙げられる。しかし、この理念は主として中産階級に根づいたものであり、上流階級はある程度この束縛から免れていた。例えば狩猟のような男性的娯楽なども男女平等であったり、か弱さを徳目とする風潮も希薄であった。[8]小規模ながらも父親が地主であるプリシラは、中産階級が信条としたこの理念を頭から一蹴している。舞踏会に姉妹は同じ衣装を着るべきとのナンシーの主張に合わせて、似合わぬ衣装に身を包み「私はナンシーを引き立てるカカシ役」と朗らかに言ってのける。美醜が女の評価基準となる世間的な価値観を笑い飛ばし、美しくあることを要求され男性に選んでもらうのを待つような結婚など歯牙にもかけていない。思わせぶりな態度を取りつつ、一向に求婚しないゴッドフリーの煮え切らない態度に苛立つ妹ナンシーについて、プリシラは辛辣に言う。

「私は男性をえらいと思わないわ……男性が自分のことをどう思っているだろうと、朝から晩まで一喜一憂したり、自分がいないところでは何をしているのかしらと心配するなんて馬鹿馬鹿しい。立派な父親と素晴らしい家があれば、気に病む必要などないの。そんなことは、財産も力もない人に任せておきなさい。大きな所帯を張り大樽などの扱いに慣れていたら、他人の炉辺に鼻を突っ込んだり、やせこけたまずい肉を食べたりするのはつまらないと思うわ」（十一章）

当時、男性は精神的、肉体的、更には道徳的にも女性より優れていることが、「自然の法則」として公認されていた。無力な存在である女性は男性に依存し庇護される代わりに、服従・謙虚・無私の献身を要求され、制約や不公平に甘んじねばならなかった。特に既婚女性は「夫の庇護下にある婦人」という法律上の呼称からも明らかなように、実質的な地位がなかった。[9] 当時よく読まれた手引書『イギリスの妻たち』に於いて、エリス夫人は「妻は何があっても夫を尊敬せねばならない」[10]と教えている。しかし、プリシラは「私は男性をえらいと思わない」と公言し、男性優位の時代の規範に愛想を尽かしている。自活するのが非常に難しく男性に依存せねば生きていけなかった中流階級の女性と違い、地主の父を補佐して所領を逞しく切り盛りするプリシラには、「他人の炉辺に鼻を突っ込む」といったささやかな結婚の幸せなど眼中にない。「『好き勝手にしろ』氏(Mr Have-your-own-way)が最高の夫よ。そんな男性なら大人しく従いますよ」(十一章)という彼女にとって何より大切なのは物心両面における自由である。

この台詞の背後には、当時の既婚女性が法律上、如何に無力で惨めな存在だったかという実情がある。「夫婦は一体であり、夫がその主体である」という大儀名分の下で、妻は夫の法的存在の中に融合され、法的権利を喪失する。動産・不動産を問わず妻の財産権は全て、婚約の段階で夫のものとなった。また結婚後の相続権や金銭収入も、やはり夫のものとなった。[11] 財産権、所得権以外にも、自由の権利(夫が妻を監禁する権利は一八九一年まで存続)、子供の保護権利等が夫に属しており、既婚女性の法的地位は非常に惨めであった。財産権の喪失に関しては、階級の上下を問わず実施されるので、プリシラとて結婚すれば、経済力に関しては無力になる。引用の彼女の台詞には不合理な結婚制度への義憤の念が汲み取れる。

多くの女性を苦しめたこの悪法の改正を求めて、エリオットの親友バーバラ・ボディションたちによる尽力の結果、妻が自分の収入のうち二百ポンドまで使用できる権利を認める財産法が一八七〇年に、完全管理権を認める財産法が一八八二年に成立する。しかし、『サイラス』が書かれた六〇年代当時、既婚女性は「家庭の天使」といううたい文句で祀り上げられるものの、実際は幽閉同然に家庭に閉じ込められ、庇護を受ける代わりに全財産を夫に捧げ、多くの権利を奪われる結婚制度が横行していたのである。

一八九〇年代のイギリス小説には、伝統的な女性の役割を拒否し、自己が求める生き方と結婚を実行する新しいタイプのヒロインが登場する。いわば「家庭の天使」とは対極の女性が出現し、独身主義を貫いたり、従来の結婚制度の枠を超えた自由な男女の結びつきを実行したのだった。[12] 引用したプリシラの文言は赤屋敷での宴会の際の発言であり、一八一五年頃と推定されることを考えると、時代の規範を見限り自己を貫くプリシラは、九〇年代の新しい女たちに先駆ける極めて進んだ存在であったと言えるだろう。

(3) エピーとその家庭

これに対し、エピーの場合はどうだろうか。大晦日の夜、雪の中で凍死する母のもとから、サイラスの小屋の光を目指して「炉辺」(hearth) へと辿り着いたエピーは、サイラスの古い外套に包まれて眠り込む。

完全な愛情は、教養の低い人々の間の関係を高揚させる一種の詩の境地をもっている。そしてこの詩の境地は、明るい光がエピーを彼の炉辺に招きよせた時以来、彼女の身の回りを取り巻いているのだった。(十六章)

暖かい炉辺でサイラスの外套に包まれて眠るエピーの姿は、これから始まる愛に包まれた家族のあり方を象徴している。酒場女のモリーとの秘密結婚の末、生まれたゴッドフリーの隠し子エピーと、傷心をかかえて北部から流れてきた他国者のサイラスは、どちらもラヴィロウ社会に属する場のない異分子的存在である。実の父に見捨てられた幼子と、親友と婚約者から裏切られたサイラスとの、虐げられた弱者同士の再生、血の繋がりのない親子を結ぶ完璧な愛情は、前記の引用にある「詩の境地」として非現実的なほど美しく昇華される。

あどけないエピーは、村人だけでなく、犬や猫、鳥や虫といった小動物をも惹きつけ、更に咲き乱れる花々が取り囲む。サイラスのエピー養育は植樹のイメージに喩えられ、愛する大切な苗木が立派に育つように、他者に教えや助言を乞い、あらゆる知識を吸収しようとしている。また、村人たちもサイラスを一種特別の存在と考えており、支援を惜しまない。こうして、「エピーが来て、再び彼と外界を結びつけてくれた。そういうものを一つに渾然とする愛が、エピーとサイラスにはあった。そして子供と外の世界――男や女から、赤いテントウムシや小石に至るまで――の間にも同じような愛があった」（十四章）と、大自然から村人に至るまでコミュニティーの万物に広く愛された二人の世界はユートピアのような理想の境地として称揚される。教養もなく織工として階級社会の底辺に喘ぐサイラスの無私の愛はこのように美化されるが、その対極に、放縦で身勝手なゴッドフリーたち上流階級のモラリティーの腐敗が見据えられているのは言うまでもない。

第一部に於いて、無垢の美しさで万物を結びつける寓話世界・聖書世界の「天使」として語られるエピーは、生身の人間らしさが希薄であり、漠とした造形に終始している。しかし、第二部では、養女の申し出、結婚といった運命を左右する重大な選択に当たって、明確な自己の意志を断行する芯の強い乙女として描かれていることに注目したい。

先述したように、第二部の幕開けは、十六年後の人物たちの変化を鮮やかに印象づけた。礼拝を終えたゴッドフリー夫妻に注目した後、語り手の視線は貧しい会衆へ移り、サイラスたちのグループへと読者を誘う。すっかり年老いたサイラスに寄り添うのは、咲き始めた花のような十八歳の乙女に成長したエピーと今や若者となった幼なじみのエアロンである。歩きながら三人は熱心に庭造りの計画を話し合っている。「家に庭が欲しい」というエピーの願いを聞いたサイラスとエアロンは快く賛成し、土堀りや植える植物などについて楽しく話し合っている。

ところで、ヴィクトリア朝小説のコンヴェンションでは、「庭造り」はそれに従事する人たちの愛の絆、即ち、家庭作りを示唆すると言われており、[13] この場合もエピーとエアロンの結婚と、愛で結ばれた三人の豊かな人間関係が暗示されている。そして庭造りが三人の協力によって行われるように、結婚はエピーとエアロンだけの結びつきではなく、エピーが再三念を押すとおり、「エピーがサイラスのもとを離れるのではなく、エアロンという息子が増える」というプラス志向のものである。こうして第二部の冒頭では、ナンシーの顔に刻まれた深い苦悩とは対照的に、明るい未来を予感させ幸せな雰囲気を放出するサイラスたち三人の仲睦まじい様子によって、物語後半の幕開けから既に二組のグループの運命の明暗が如実に示されている。

エピーの出生の真相をナンシーに告白した後、夫妻は心から話し合い、エピーを引き取ることに一致する。しかし、エピーに実の父であることを告白し、彼女を養女として引き取りたいとのゴッドフリーの申し出を、エピーは丁重な礼儀を尽くした上できっぱり断る。

「私はレディーになんかなりたくありません。働く人たちが好きです、そういう人たちの食べ物や暮らしが、好きなのです。それに」感極まって言葉を切ると、涙が落ちた。「労働者と結婚する約束をしました。その人は、お父さんと一緒に暮らして、私と力を合わせてお父さんの面倒をみてくれるのです」(十九章)

階級と権力への上昇志向はヴィクトリア人に共通する顕著な傾向だが、リスペクタビリティーを渇望する時代精神とは逆に、エピーは裕福なジェントリーのレディーになるのを拒絶し、連帯感(fellowship)で結ばれたサイラスとの絆を躊躇なく選んでいる。カス家の正当な相続者はエピー以外にいないため、彼女の拒絶によってカス家は断絶することとなる。ラヴィロウ階級社会の頂点に立つゴッドフリーを拒否したことは、単に彼個人の否定だけではなく、家父長制度の否定でもあり、コミュニティーの秩序に反旗をひるがえす行為でもあろう。

更に彼女は労働者との結婚を力強く宣言している。エピーが結婚相手として選んだ庭師エアロンは、カス家やオズグッド家などラヴィロウでも上流階級に出入りしているが、権威や地位に対して決して卑屈ではなく、「土地が出来るだけよく利用され、誰もがほんの一口でも食物を口にできるようになったら、食べ物に困るものはいなくなると思う」(十六章)と、地主による土地の独占に批判的で、貧しい同胞のために土地の有効活用を望む労働者である。モラル・フェイブルのコンテクストの中で進むサイラス・プロットでは詳細に追求されないが、エアロンのこの台詞の背後には、囲い込みによって地主たちが更に所有地を増やす一方で、労働者や小規模小作農たちは、かつて自由に利用し生計を立てていた共有地を取り上げられ、暮らし向きが格段に貧しくなった飢餓の実態がある。

エピーの家庭は、サイラスとエアロンに加えて、衣食の世話から躾まで体験に基づく親身な援助で当初からサイラス親子を支え続けたドリーを事実上の母として、他人の集合による合成家族だが、誰一人として身勝手に自我を貫く者はおらず、他者への愛と思いやりに溢れている。結婚式を終え、沿道の村びと達の祝福を受けつつ花嫁行列が家に向かう物語の最後を、「私たちのお家は何てきれいでしょう。私たちほど幸せな人は他にいないわね」というエピーの言葉が締め括り、連帯感で結ばれたサイラスたちの愛が高く称揚される。

(4) チャールズとの絆

『サイラス』執筆前後のエリオットの生活で特筆すべき変化は、ルイスの息子チャールズとの同居が始まったことだろう。『フロス河』完成の三日後、例によって書評の煩わしさを避けてイタリアへ逃れたエリオット達は、ローマ、ナポリ、フィレンツェ、ベニスに六月末まで滞在する。帰途スイスに立ち寄ったエリオットは、ホウフヴィールの寄宿学校に学ぶルイスの息子たちと初めて顔を会わせる。卒業後の進路を模索する長男チャールズを連れて帰国後は、就職を目指し受験勉強する彼の支援に追われる毎日だった。八月半ば、郵便局の就職が決まると、通勤に便利なようにとロンドン市中へ引越すなど、生活は更にチャールズ中心に明け暮れている。その多忙の中から『サイラス』は、九月三十日に着手されたのだった。

当初心配していた義理の息子との同居は、エリオットにとって思いのほか楽しかったようだ。「息子のチャーリーのことで心は一杯。毎日してあげたいことが山のようにあります――身体を四つに切り分けねばならないほどよ」（『書簡集』三巻三二四）。七月十四日付けのチャールズ・ブレイ宛の手紙をはじめ、『書簡集』からは、気立ての良いチャールズに恵まれた幸せを喜び、かいがいしく彼の世話をするエリオットの心の弾みが伝わってくる。「人生も晩年になって、彼女と息子たちの間の完璧な愛を見ることは、最高の幸せです。長年、家庭生活に縁がなかった私ですが、今は滅多にないほどの家庭の幸せに恵まれています」（『書簡集』三巻四二一）とのブラックウッドに宛てたルイスの手紙からも分かるように、エリオットと息子たちとの仲は極めて良かったようである。チャールズとの同居を契機に、ルイスの母をはじめ以前とは異なるタイプの人たちとの付き合いも始まり、人脈の輪は大きく広がっている。音楽という共通の趣味にも恵まれ、創作の不調な折にはチャールズのバイオリンに合わせてエリオットがピアノを奏でたり、一緒にコンサートに出かけるなど、生活は格段に活性化している。老いた父に孝養を尽くしたコヴェントリー時代以降、ひたすら文筆に打ち込む生活を続けてきたエリオットに思いがけず訪れた新たな人間関係の絆。そこから開けていく豊かな人脈と活気に満ちた生活。他者に尽くす幸せと新鮮な喜びが『書簡集』第三巻を通じて伝わってくる。

チャールズはルイス亡き後に付き添うことを許された唯一の存在としてエリオットを支え、一八八〇年五月六日（ジョン・クロスとの結婚当日）付けの遺書では、唯一の遺言執行人に指定されるなどエリオットの信頼は深かった。後年、さる婦人から「ルイスはメアリアン・エヴァンズを愛したため、妻のもとを去ったのか」と聞かれたチャールズは、「邪推だ」ときっぱり否定した上で、「ジョージ・エリオットは崩壊した家庭を素晴らしい生活へと変えてくれた。母親のない哀れな我々兄弟に対して彼女がどれほど尽力してくれたか、誰にも分からないでしょう」[14]と言っている。

「幼子こそ、老いゆく人にとりて／この世の与えうるいずれの賜物にもまさり／希望と期待する思いをもたらすものなれ」。ワーズワス作「マイケル」のこの一節をエピグラフとして作品の冒頭に掲げ、更に十四章の末尾では、『旧約聖書』創世記十九章の、破滅のソドムから市民たちを救う天使のエピソードを引き、この現世で天使に代わって静穏な明るい境地へと導いてくれるのは、幼子ではないだろうかと喚起する。物語の冒頭や掉尾といった目立つ重要な位置にエピグラフや引用を配置して、希望と救いを与えてくれる子供の力を強調している点に注目したい。

執筆時期から考慮すると、『サイラス』はエリオットが四十一歳にして義理の息子を育て、親子として初めて緊密な絆を結ぶことになった新鮮な体験の真ただ中から生まれている。「チャールズはかわいい大切な息子です。純粋で美しいあの子の心を守るためなら、どんな犠牲も惜しくはありません」（『書簡集』三巻四四九）を一例に、チャールズの性格の美点は書簡で繰り返されている。成長過程にある若者が撒き散らす多彩な喜怒哀楽。親子の絆を通して増殖していく人間関係の交流の広がり。この間の心境や実体験がサイラスとエピーの愛に何らかの形で投影していることは否定できないだろう。

結婚による男女の結びつきを聖なる絆、家庭を聖なる場と称揚した当時の単純な考えに、エリオットはかなり懐疑的だったのではないだろうか。結婚という最も基本的で最も密接な男女関係には、自我の闘争が不可欠であることを、彼女は決して無視できなかった。「結婚はかつて多くの物語の到達点だったが、アダムとイヴの場合同様、今なお大きな出発点である」（『ミドルマーチ』）と言うエリオットには、従来の作品のように、めでたし、めでたしと結婚で物語を締めくくる楽観性はない。男女の生々しい喜怒哀楽はむしろ結婚後にこそ始まるのであり、その前途多難は人類生誕の原初からの普遍的事実であることを見逃せないのである。ジェイン・オースティンの作品を始め、当時大半の小説が夫探しのプロセスを主筋とし、結婚というハッピー・エンディングで締め括るのが常だったが、エリオットの場合は結婚後の試練に光を当てた点を注目すべきだろう。

『サイラス』ではナンシーの結婚やプリシラの風刺の効いた言動に、「家庭の天使」の不幸な現状が垣間見られた程度だが、『ロモラ』をはじめ後期小説ではさまざまの結婚のあり方を見据えて、特定の時代やフェミニズムの域を超えた、結婚に必然的に潜在する「夫婦の自我の葛藤」という永遠の問題を繰り返し追究することになる。

一八六一年三月十日に完成した『サイラス』は直ちに印刷され、四月二日、一巻本（十二シリング）にて出版される。書評は好評で売り上げも良く、再版（一八六三年）、三版（一八六八年）、キャビネット版（一八七八年）と版を重ねた。

第八章

歴史小説と絵画　『ロモラ』

エリオットの執筆活動において印象的なのは、常に発展・変身しようとする向上意識である。翻訳――評論――創作という推移から自己発展への志向が明らかだが、特に創作活動では、一作ごとに新たな可能性を開拓しようとする積極的な姿勢が顕著である。一見、リアリズム、モラリズムという文学信条を固く守っているかに見えるエリオットだが、同じ路線からの脱出願望も常にあった。この、現状からの飛躍という点で、『ロモラ』（一八六三）はとりわけ興味深い作品である。エリオットは読者層が変わり、人気も大幅に減ることを予想した上で、書き慣れた英国の田園世界を離れ、歴史小説という新しい領域に取り組んだのだった。

『ロモラ』に於いて印象的なのは、絵画的表現の豊かさ、美しさであろう。十五世紀末フィレンツェを舞台に鮮やかな色彩と華麗な形象の溢れるルネサンス絵巻が繰り広げられる。絵画に関する言及も多く、実在の画家、ピエロ・ディ・コジモ（一四六一―一五二一）が登場して独自の絵画論を披露したり、彼の描く三幅対の絵が作中、重要な役割を担うなど、作品に占める絵画的要素は大きい。一八六〇年五月、イタリアを旅し、初めてフィレンツェを訪れたエリオットは、壮大な芸術に圧倒され、その美しさに心酔している。「私たちの旅はますます楽しくなってきました。といいますのも、近世美術史と深い係わりのあるフィレンツェに来て、ローマよりはるかに強い興味をかき立てられた私は、いささか野心的な企てを思いついたのです。でもこのことは、あなたとジョン・ブラックウッド氏以外にはまだ秘密にしておきましょう」(『書簡集』三巻三〇〇)と、ウィリアム・ブラックウッド[1]に書いたように、エリオットは先ずフィレンツェの豊かな美術に触発され、歴史小説という「野心的な企て」を着想したのだった。

町全体が美術館と言われるフィレンツェには、神話世界・聖書・歴史的事件などを主題とする絵画や彫刻が氾濫している。絢爛たる美術の饗宴に感動した彼女が、絵画衝動を刺激され、花の都フィレンツェを舞台としたルネサンス絵巻創造へと夢を膨らませたことは容易に推察される。豪華な上流社交界、きらびやかな祭礼儀式、躍動感に満ち自由を謳歌する市民、といった華やかな繁栄の一方で、相次ぐ政争と終末観に怯え、託宣や予言が飛び交う激動の歴史ドラマを壮大に彩り描くことは、平凡な日常を主題とするリアリズムからの脱皮願望を潜在的に持つ彼女にとって、極めて魅力的だったに違いない。

ところで、「この作品を書き始めたときは若かったが――書き終えた時は老女でした[2]」というエリオット自身の感慨どおり、『ロモラ』制作が大変な苦行だったことは有名だが、とりわけ彼女にとっての難題は、(1)十五世紀末フィレンツェ世界の再現、(2)特定の時空を持つ歴史の中にエリオットの永遠の主題である愛の思想を如何に展開するか、にあったと思われる。彼女はこの難題をルネサンス絵画の参考と応用によって乗り越えようとしており、以下その成果について見ていきたい。

(1) ルネサンス絵画による歴史の再現

エリオットは歴史小説制作には、「現存するあらゆる証拠（資料・文献）を活用した正確さと共に、想像力を駆使した歴史の忠実な再現が肝要」[3]と述べており、その基本的態度はリアリズムである。「登場人物自体だけでなく、彼らが行動する生活環境についても可能な限り充実した映像化を努めるのが、私の想像力の特長です」（『書簡集』四巻九七）という有名な文言からも分かるように、エリオットは登場人物に劣らず、環境の精細な描写を心がけている。こうして、十五世紀末フィレンツェの再現に当たって膨大な資料と文献を渉猟しているが、中でもルネサンス美術を深く参考にしている。

一八六〇年五月二十一日、歴史ロマンスの着想を得た彼女は、早速翌日より精力的な美術館巡りを開始する。先ずアカデミア・ディ・ベッレ・アルティへ行き、フラ・バルトロメオによる『サボナローラ像』を鑑賞。サン・マルコ修道院ではフラ・アンジェリコの『キリスト磔刑』に感動し、更にウフィッツィ美術館へも足を伸ばしている。その二日後にはコルシーニ宮殿を訪れ『サボナローラの死』を鑑賞する。フィレンツェ以外にも、大英博物館、王立美術院の国立肖像陳列館、ルーブル、ヴァチカンなど多くの美術館を訪れ、実在の人物・事件の参考とした。[4]

やはりイタリアを舞台とした歴史物語を多数書いている塩野七生は、実作者の立場から歴史小説制作と絵画との関係を次のように言っている。「歴史物語を書いている私にとっては、絵画は美術作品以上の存在理由をもっている。何故なら絵画こそ資料の宝庫だからである」[5]。そして文字や数字による説明では決して理解できないもの——例えば、全体の雰囲気とか印象、衣服・髪型など風俗の微妙な点——が感得できる有力な手段として絵画を第一に挙げている。

『ロモラ』の場合、サボナローラの風貌を一例に考えると、資料をどれ程読んでも文字による説明では伝達不可能な種々の印象も、フラ・バルトロメオの『サボナローラ像』を見れば、文字通り一目瞭然だろう。また、『ロモラ』には広場の描写が非常に多く、四季折々の祭礼、フランス軍入城、虚栄の火祭り、サボナローラの処刑など、多彩な行事・政争・事件の場として当時の息吹を伝えているが、このような際の市民の熱狂ぶり、建物の飾りつけといった臨場感ある広場の再現には、ヴェッキオ宮にある多数のフレスコ画が有効な参考資料となったのではないだろうか。例えば、フィレンツェの守護神、サン・ジョヴァンニの宵祭りが語られる八章では、祭りの呼び物である聖人や天使たちの巨像が練り歩く見世物の描写の際、「今日でもペルジーノの絵の中にそれらの姿を見ることが出来る」と、実在の絵画の参考をそれとなく記している。

エリオットが「要点を押さえた入念な歴史の再現」[6]のために絵画を何よりも参考にしたことは、例えば、サンタ・マリア・ノヴェッラ聖堂にあるドメニコ・ギルランダイオのフレスコ画『マリアおよび洗礼者ヨハネの生涯』に寄せる態度からも推察される。ギルランダイオは細密な客観写実で、宗教画の中に実在名士の生き生きした肖像を描き込み、正確な図像的記録を残したことを貴重とされる画家である。[7] 全十四図にわたって聖書の物語が展開されるこの絵巻にも、宗教的主題とともに当時の華麗な風俗が描かれている。その中の一図、『マリアの誕生』では、画面の前景に聖アンナと幼児イエスを抱く女たちが描かれているが、左方に立ってその様子を見つめる五人の女たちは全て当世風の衣装に身を包んでいる。当時の寄進画はその中に寄進者の肖像を描き込むのが顕著な流行であり、この女たちも注文主のジョヴァンニ・トルナブオーニゆかりの人々で、例えば先頭に立つ豪華な金の縫い取り模様の着物の女は、彼の娘ロドヴィガであり、その後に従う白い頭巾の四人も当時の著名な女たちである。ギルランダイオは衣装の模様や室内の建築様式、柱や壁の装飾など細部にわたって精緻な写実描写を施し、当時の忠実な風俗図録を

ドメニコ・ギルランダイオ『マリアの誕生』(1485-90)(部分拡大図)
サンタ・マリア・ノヴェッラ聖堂(トルナブオーニ礼拝堂)、フィレンツェ

ドメニコ・ギルランダイオ『マリアの誕生』(全図)

『ロモラ』10章「スズカケの木の下で」(フレデリック・レイトンの挿絵、1880)

描き上げている。「かの大画家、ドメニコ・ギルランダイオがフィレンツェの現実の生活を教会の壁画に写し始め、それまでの縹渺とした宗教画の画風を一変して、自分が知っている人達の顔に見出した深い色彩と強い線を表現していた頃……」（一章）とあるように、ギルランダイオの絵の特長を見抜いたエリオットは、『ロモラ』制作にそれを応用したのである。『ロモラ』初版本の挿絵を担当したフレデリック・レイトン宛の手紙より、十章でのテッサの被り物はこの絵の四人の女たちの頭巾を参考にしたことが分かる。

サンタ・マリア・ノベッラ聖堂の唱歌壇の側壁を飾るギルランダイオのフレスコ画を見に行かれるのなら――四人の女たちが光沢のない地味な布を頭に被っていないか、特に注目して頂きたいのです。あの布が私の脳裏に焼きついています。修理中のため、あのフレスコ画を一度しか見せてもらえませんでしたが、「白い頭巾」が確かに描かれていたという強烈な印象があります。（『書簡集』四巻四三）

このように頭の被り物一つにさえ時代考証を怠っていない。エリオットは画家を全面的に信用出来ないと言いながらも、「（我々が）到達できるのは、おおよその真実でしかない。しかし、少なくともそれに向かって努力せねばならず、好き勝手に虚偽へと進んではいけない」（『書簡集』

四巻四三）と、絵画を参考にした歴史の正確な再現をレイトンに強く勧めている。

こうして、『ロモラ』では、絵画が正確な時代考証の貴重な資料として大きな役割を果たすのだが、とりわけ興味深いのは、ルネサンス絵画様式を応用した特異な表現による時代再現が見られる点である。ルネサンスは、人間の無限の可能性を約束する溌剌とした明るさを持つ反面、来世での永遠の救済がもはや得られない虚無感と破壊衝動に満ちた影の面が色濃い。当時の画家たちは、時代のこの危機意識を幻想的に表現しようと求めた結果、抽象概念をイメージ化するルネサンス期特有の象徴表現が生まれたと言われる。エリオットは『ロモラ』制作に当たって、ジョルジオ・ヴァザーリの『美術家列伝』をはじめ、ジョン・コインデの『イタリア絵画史』、スタンダールの『絵画史』、フランツ・セオドル・クグラーの『絵画史案内』等、多くの美術書を読破しており[8]、ルネサンス絵画への理解は深かったと思われる。色彩と形象と量感の中に時代精神を凝縮するその独特の様式と象徴表現は、エリオットにとって新鮮で興味深い手法だったに違いない。彼女の筆によって描き上げられた『ロモラ』の世界は、他の作品には見られない鮮やかな色彩と華麗な装飾美に溢れ、当時の精神風土を大胆に際立たせている。

『ロモラ』の中でも、美しい絵画性によって最も印象深いのは、ティートが婚約の贈り物としてロモラに捧げる小箱に描かれた三幅対の絵であろう。当時のフィレンツェの裕福な中流家庭には、婚礼用の結納として絵画装飾を施した長持ちを贈る習慣があり、その絵の主題はギリシア・

ローマ神話の愛の物語に人気があった。ティートの注文を受けてピエロ・ディ・コジモが描く絵は、オウィディウスの『変身物語』に基づくルネサンス好みの主題と意匠に包まれている。多数のルネサンス画家の中からピエロが選ばれ作品に登場したのは、時代的な一致に加えて、ギリシア神話を主題とする幻想性豊かな画風の持ち主だったからだろう。もちろん、三幅対の絵はエリオットの独創による架空のものだが、ルネサンス絵画とギリシア神話の知識を基に、ロモラとティートの愛の様相を象徴すると共に、その時代精神をも視覚化している。

「若いバッカスが船の中に腰かけ、頭の周りに葡萄の房を垂らしている。手には葡萄の蔓がからまった長槍を握っている。帆柱にも帆にも黒い実をつけた蔦が巻きつき、櫂はテュルソスの杖と化し、船尾楼には花づながめぐっている。バッカスの前に豹と虎がうずくまり、海上ではイルカが踊り戯れている。ところで、僕はバッカスの傍に金髪のアリアドネを配したいのだ。彼女が黄金の冠を戴いて不死の神となるところを。……そして二人の頭上には幼いキューピッド達が、先に薔薇の花をつけた矢を射ている」(一八章)

船の中央に座す金髪のアリアドネに、バッカスが黄金の冠を授ける。空からはキューピッド、海上ではイルカの群れ、船上では豹や虎が二人を祝福し、至る所にキューピッドの射る薔薇が散りかかる。この構図と主題、そして華麗な色彩は、ルネサンス期の聖母戴冠図に通じるものがある。エリオットはとりわけフラ・アンジェリコを好み、彼の『聖母戴冠図』に深い興味を示して

フラ・アンジェリコ『聖母戴冠図』(1435)
ウフィツィー美術館、フィレンツェ

おり、三幅対の絵にも『戴冠図』の連想が働いたのかもしれない。

ウフィツィにあるフラ・アンジェリコの『聖母戴冠図』は、聖母が女王としてキリストから冠を授けられる天上の儀式を細密画風に描いたものである。構図は、中央に聖母とキリスト、その上方には金色の光が放射状に広がり、天使たちが賛美の楽を奏で、近景には厳粛な面持ちの使徒や聖者たちが配されている。使徒たちの足下には雲がたなびき、強い金地のバックに衣裳の赤・青・緑が映え、栄

光の天上的雰囲気を醸し出している。当然のことながら、三幅対の絵にはこのようなキリスト教的荘厳さはない。構図は同一でも、妙なる楽を奏でる天使の代わりにキューピッドが愛の花を撒き散らし、使徒や聖者の代わりに野獣が陣取り、足下には天上の雲ではなく陽気な目をした海の怪物が戯れている。全体に悦楽と酒祭神的雰囲気が充満し、異教的な愛の賛歌、それも性的なヘドニズムの甘美さがたちこめている。

このように三幅対の絵では、キリスト教的な主題と構図を、異教的な意匠と雰囲気が包みこんでいる。ところで、ボッティチェリの絵を例にしても、ヴィーナスを描いては聖母が宿り（『ヴィーナスの誕生』）、聖母を描いてはヴィーナスが宿っている（『柘榴の聖母』）ように、ルネサンス絵画にはキリスト教信仰と異教主義という二元的なものの微妙な結合は常だった。ルネサンスの現世謳歌には深い宗教意識が脈打っており、特に十五世紀後半のフィレンツェでは、古典とキリスト教神学とを結合しようとするネオ・プラトニズムの思想が高揚しつつあった。ルネサンスを、中世の神から解放された現世享楽の新時代と考える一元的な見方が強かった一八六〇年代初頭に、エリオットは既にルネサンスの文化と芸術の本質を洞察している。例えば、序章で「霊」となって蘇るルネサンス人のことを、「信仰と不信のあの奇妙な網目模様を受け継いだ普通の十五世紀人」、「享楽主義者の軽薄と偶像崇拝者の畏怖が混在」、「放縦な異教主義に傾くかと思うと人間的良心に縛られてもいる」と説明し、当時のフィレンツェ人の精神構造を端的に要約している。この正確な時代分析を基に、ヘレニズムとヘブライズムが、人文主義とキリスト教信仰が、対立しつつ微妙に結合したフィレンツェ・ルネサンスの精神的背景を、エリオットは三幅対の華麗な絵に表現したのだった。

さて、この絵はルネサンスの時代性に加えて、時代のかかえる病巣をも暗示していないだろうか。この絵の甘美さ、華麗さとは逆に、絵の典拠である『変身物語』の世界ははるかに暗く深刻である。絵の主題は『変身物語』の三巻と八巻を折衷したものだが、三巻によると、イルカはバッカスを奴隷として売ろうとした悪徳水夫たちが変身させられた姿であり、バッカスとアリアドネを陽気に祝福する気持ちは毛頭なく、逆に敵意に満ちていた筈である。またアリアドネもテセウスにナクソス島で棄てられ悲嘆にくれていた時、バッカスから愛と救いを受けたのであり、アリアドネ自身は必ずしもバッカスに魅かれていない。

原典を正確に把握していないティートは、浅薄にもこの絵に愛の勝利を形象化したつもりでいるが、原典本来の文脈を考慮すると、甘美な幸せの足下に怨念と不本意な悲しみが暗く潜んでおり、むしろ愛の挫折がより暗示的である。事実、結婚後まもなく、「王冠を戴いたアリアドネは、雪のように降りそそぐ薔薇の花には、思いもかけぬ棘のあることをますます切実に感じるのだった」（二十七章）。そして父バルドの蔵書売却というティートの裏切りを知り、出奔の決意をするロモラにとって、この絵は自分を冷笑するものでしかなく、苦々しい自嘲をこめて、「何て愚かなアリアドネ！」と嘆息している。このようにこの絵は、愛の賛歌よりも愛の挫折を実感させる皮肉な存在である。
エリオットは『聖母戴冠図』とギリシア神話を結びつけて、一枚の絵の中にティートとロモラの愛の移ろいを凝縮したが、この絵が象徴する儚さこそ『ロモラ』の世界を蝕む時代の病いであった。

かくも美しき青春よ　　そは日々に逃れ行く！
歓びを味わえよ　　明日の日の頼みなし（十三章）

愛の告白を交わし、幸せ一杯のティートが歌うこの有名な謝肉祭の歌は、愛の破鏡を予感させて切なく印象深いが、この歌がもともとロレンツォ・デ・メディチ作の『酒神バッカスとその妻なるアリアドネ』の一節であることを考えると、三幅対の絵の象徴的意味は更に深まるだろう。このように『ロモラ』では、愛・青春・美を含む生全般の謳歌とともに、それを凌ぐような生の儚さへの危機感がたちこめ、幸せの傍に不幸が、光の直後に影が待ち構えている。『ロモラ』の世界の基調は、この光と影の交錯が織りなす不安感にあるだろう。その様相が象徴的な絵画性によって、明暗のコントラストも鮮やかに表現されるのが二十章である。

ロモラとティートの婚約式が語られる二十章は、第一巻の最後を飾るにふさわしい華やかさと重さをもつ美しい章である。しかし、絵のようなこの美しさに不安定な脆さを予感する人は多いだろう。ニンフやキューピッドが花鳥と戯れる空想画や笛を吹く牧神像を飾った優美な部屋で愛を誓う二人。白絹の衣に金色の帯を締め、美しい金髪を白いヴェールで包んだロモラと、赤の縁取りをした紫の上着のティートは、三幅対の絵姿よりも美しく、むせかえるように華麗な装飾美が溢れている。西の空が夕焼けに染まるもと、ルビコン橋からサンタ・クローチェ教会へ向かう行列の悠然たる歩み——嘆息が出るほど美しい箇所である。だが、その幸せと美しさの前に、不気味な影が不意に姿を現わす。式を終えた一行を包むのは深い夕闇。そして、「神よ、憐れみ給え」ともの悲しい詠唱が続き、凍りつくような異様な光景が目前に拡がる。大鎌と砂時計を持った「時の翼」(Winged Time)の巨大な像が、「時刻たち」(Hours)を従えて、黒い雄牛の引く黒布で覆われた山車の上に乗って、暗闇の中を幽霊のようにねり歩く。列の後には死人の群れのような経帷子の一団が付き従う。この行列は、折りしも謝肉祭の出し物の仮面行列なのだが、ロモラを言い知れぬ恐怖へ突き落とす。華麗な色彩と光輝に包まれた婚約式。そしてその直後に襲いかかる影のまがまがしさ。「時」の像のアトリビュートである大鎌と砂時計は、時の移ろいやすさを象徴し、二人の愛と幸せの崩壊を予告している。このように、二十章ではいささか図式的なほど、めりはりの強い光と影の対象が生の無常を印象づける。

『ロモラ』には活気溢れる広場や祭りの描写が多く、躍動するルネサンス人の輝きを見る反面、死・闘争・破壊性といった影の面も強烈である。数々の暴動、虚飾の火祭り、サボナローラの処刑の異様な雰囲気は、千五百年の到来を目前にして終末観に怯え、神秘思想が蔓延したこの時代の危機意識を象徴するものだろう。また、死の匂いも濃く、ロレンツォの死によって物語は幕を開け、ディーノ、バルド、ベルナルド、サボナローラ、バルダサッレ、ティートと男性主要人物はことごとく死ぬ。しかも、その死の場面は、いずれも重々しく印象的だ。時代の波の大きなうねりの中で種々の価値観が乱立し、激しい新陳代謝にもまれて、ある者は滅びある者は再生するのだが、『ロモラ』では滅びの比重が圧倒的に大きい。ロモラがあれほどひたむきに絶対的な指針、精神の永遠の拠り所を希求した背景には、このような不安定な時代背景があったのである。三幅対の絵に、祭りの仮面劇に、ディーノやサボナローラの幻視のイメージにと、エリオットが塗りこめたルネサンスの世界は、鮮烈で衝撃的である。ルネサンス芸術は決して明るい生の謳歌ではなく、生の儚《はかな》さを知り死を恐れた人々が、芸術に永遠の力を求めた結果、開花したものと言われる。[9]「暗黒の中世からの夜明け」といった輝かしさのみを強調するルネサンス観が横行した当時、その影の部分、特にルネサンス芸術に根強く浸透する死の意識への洞察は鋭く、ルネサンスの時代と芸術の確かな分析が『ロモラ』に見られるルネサンス絵巻の基礎となっている。

(2) 聖母像とバッカス像

それではエリオットは『ロモラ』に於いてどのような主題を展開しているのだろうか。歴史の彼方の遙かな異国というロマンス的設定にもかかわらず、『ロモラ』の世界に生きる人々の様相は、十九世紀半ばの英国人との類似の色が濃い。エリオットが描いた十五世紀末フィレンツェの精神風土の特色は、開放的な現世謳歌であり、同時に終末的虚無感である。

『ロモラ』では市民たちが集い、フィレンツェの政・財・宗教界に関する噂や評判をめぐって議論の花を咲かせる場面が多い。誰はばかることなく思想と発言の自由を享受する彼らだが、同時に自由と表裏をなす疎外の不安に脅かされている事実に注目したい。彼らの議論を読んで常に感じるのは、同じ一つの事象を話題にしても、発言者の数だけ意見や認識が異なるという点である。「炎の角を持つ大きな雄牛が天から降ってくる」という託宣について喧々囂々《けんけんごうごう》の討論の末、ネッロが結論づけるように言う「お前さんの言う奇跡の雄牛も、フィレンツェ中の人間が考えるだけの数の意味を持っていると信じなけりゃ、神様への冒瀆というものだ」(一章)という台詞や、ネッロの店に飾ってある一枚の絵について「その絵のことでは誰もがそれぞれ自分流の解釈をするさ」(三章)という台詞が飛び交うように、フィレンツェ市民世界には相対的な価値観や見解が渦巻き、市民の心の拠り所となる絶対的な存在はない。もちろんエリオットは人々の多彩な意見を網羅することによって、噂や事象の真相に近づくことを狙ったとも考えられるが、ここでは開放的・動的社会に溢れる自我の主張、そして、その結果である精神の共通基盤を失った人々の意識の断絶を描いている。

このようにエリオットは当時のフィレンツェを、自我の主張を謳歌しつつも中世における神のような絶対的な精神的拠点が欠落している故に、群小の価値観や不完全な認識の中を彷徨《さまよ》いあぐねる不安定な世界としてとらえているが、これはまさしく『ミドルマーチ』の精神風土に他ならない。『ミドルマーチ』に於いてもエリオットは、隣人の評価から新しい伝染病院設立問題に至るまで、事あるごとに市民たちの多彩な反応をくまなく羅列し、伝統宗教を捨て指針を喪失した末の相対的価値観の氾濫の中で、如何にすれば真実を洞察できるか、断絶の不幸から脱して、連帯へと到達できるかを追及した。『ロモラ』は、ルネサンスの粉飾のもとにヴィクトリア朝にも通底する精神的危機状況を展開し、問題を提起している。

『ロモラ』では強烈な自我に駆り立てられ、がむしゃらに自己の信じる価値体系を実現しようとして、親子・夫婦・師弟間の軋轢に傷つき滅んでいく人々が描かれる。そういうルネサンス群像の中でロモラのみが愛の精神に辿り着くのだが、そこに至るには種々の試練を経ねばならない。人生の門出に立つロモラの前には、父であるバルドのストア学派哲学、ティートのギリシア異教思想、ディーノやサボナローラのキリスト教など、当時のフィレンツェの種々の価値観が次々に登場し、彼女に影響を及ぼしていく。

『ロモラ』を貫く大きな主筋は、こういった多彩な生き方や信条を試行錯誤し、結婚の試練の末、愛の思想（Religion of Humanity）に至るロモラの精神成長の軌跡であり、ティートは彼女のビルドゥングを明確に示す対照的生き方をする対照的人物として描かれている。「人生の目的とは愉しみを最大限に味わうこと以外に何があろう」（十一章）と言うティートの行為の基準が自己中心的な快楽主義であるに反し、ロモラのそれは他者への愛・思いやりというアルトルーイズムである。結婚を契機に人生を共に出発した若い二人が、夫々の信条を指針とした結果、相反する方向へ進み、最終的にロモラは伝説のマドンナとして後世に語り継がれ、ティートは売国の極悪人として殺害されるという対照的な人生を展開する。道徳寓意劇を思わせる図式的なこの構成のもとで、エリオットは愛の思想の完璧な具現を求めたのではないだろうか。

この目的に効果的な表現として、聖母とバッカスの図像が応用されている。特にロモラは聖母像の種々の様式を踏襲して描かれ、愛の勝利が燦然と美しいイメージによって高められる。ロモラとティートの外貌に関しては、リアリズムの手法は全く見られない。ロモラの場合、具体的な風貌描写は、「流れるような金髪」という一点しかなく、一貫して「丈高き白百合」の比喩で表現される。ティートもまた、「浅黒い顔、黒髪」とだけ記され、「彼の輝かしい顔、のびやかな微笑、澄み切った声は人生に祭りの楽しさを添えるようだった」（九章）というように、輝く若さ・美・快楽の雰囲気を強調する抽象的表現が際立っている。ロモラとティートは外貌だけでなく、衣装・付属物・動作においても生身の人間として描かれず、エリオットのモラル世界の立役者としてアルトルーイズムとエゴティズムをシンボリックに体現する者としての色彩と形態を担っている点に注目したい。

ロモラの特長である金髪と白百合は、聖母像の常套的な属性であることは周知のとおりである。大天使ガブリエルが純潔の象徴として白百合を捧げる『受胎告知』の聖画は勿論のこと、それ以外にもボッティチェリの『ざくろの聖母』、ギルランダイオの『聖母子と四賢者』など、ウフィツィには白百合に飾られた聖母図が多い。テッサがロモラのことを「聖母さま」とか「神々しい貴婦人」と呼び、「教会の聖画」を連想するように、ロモラは明らかに聖母像を原型としている。それ故結婚式の彼女の装いも、白絹の衣に金色の帯、金髪を包む白いヴェールと、白と金色で統一されている。白は宗教的純潔を、金色はフラ・アンジェリコなどの聖画につきものの天上の光輝のシンボル・カラーだからだろう。しかしロモラはキリスト教的栄光の象徴のみで終わってはいない。

『ロモラ』では、白百合はまたフィレンツェゆかりの花としての意味を持っている。フィレンツェの昔日の王、フィオリィーノがアルノ河のほとりに埋葬された際、白い百合が咲き誇り、そこから花の都（フィオレンツァ）と命名され、百合が市の紋章となったと言われる。四十三章、

「見えない聖母」では、厨子の奥深くに安置された聖母像の行列が描かれる。飢饉と疫病に苦しむフィレンツェの救済を聖母に祈願する市民挙げての行事である。それと対をなす四十四章、「見える聖母」では、自宅を解放して病人を看護するロモラの奉仕が語られており、彼女はフィレンツェを救う聖母として位置づけられている。このように、白百合に喩えられるロモラはフィレンツェというコミュニティー、即ち人類同胞に献身する聖母的存在の暗示が強い。

一時はサボナローラの説くキリスト教に救われるものの、やがて彼の矛盾と狭さに気づいたロモラは、叔父の処刑を契機にフィレンツェを離れ、地中海を漂流した末、静かな海辺で目覚める。水は「新しい誕生」を与える力を持つ[10]と考えられており、全てを捨て水に一身を託した彼女は再生を得る。彼女の再生を象徴的に描いた六十八章のタイトルは「ロモラの目覚め」であり、悲しみや苦悩を絆とした連帯意識への開眼が語られる。彼女は今や物事を新たな観点から眺めるようになり、以前のように行動の理由を考えたりせず、自然な感情の発露として他者を思いやる愛の行動が生まれている。この同胞への愛が聖母の美しい絵画的イメージとして表現される。疫病のため絶滅寸前の村で、生き残った赤子を右腕に抱き、瀕死の病人に水を与えようと井戸の傍らに立つロモラは、まさしく伝統の聖母子像そのものである。井戸は生命の根源として古くから聖母の象徴的付属物であった。廃墟同然の村にある井戸の傍らに立ち生命をもたらしたロモラを、「海の彼方から遣わされた後光を戴く聖母」として、村人たちは長く後世まで語り継いでいく。

更にエピローグでのロモラを取り囲む家族の描写は、聖家族図を思わせる構図と静謐典雅な雰囲気に包まれている。「最高の幸せは寛い考えをもち、自分ばかりでなく世間の他の人たちにも深い思いやりを持って初めて得られるものなの」と静かに話すロモラには、「若い時には見られなかった穏やかさ」が宿っている。祭壇、柔らかな光、花輪を編む天使のような少女が囲み、遠景には城門とはるかな山並みが霞んで見える。ルネサンス絵画の「聖なる会話」――聖者たちと話す群像形式の聖母像――には、背景として岡の上の聖堂や塔、明澄な山など、都市の野外風景が描かれることが多いが、厳かな山脈を遠くに見て、花と安らかな香気に包まれたエピローグの聖画的表現は、愛の思想によって得られる魂の平安を最終的に盛り上げる効果を上げている。こうしてロモラはキリスト教に於ける聖母ではなく、疎外という精神の死に瀕した現代人を再生させる聖母として、エリオットの倫理思想の栄光を象徴している。

一方、若さと美に輝くギリシア人のティートは、豊饒の牧歌世界の住人として悦楽の雰囲気が漲り、ネッロの付けた愛称どおりバッカスを彷彿とさせる。エリオットはバッカス像に関しても、ヴァチカンの『バッカス』、ルーブルの『バッカス』、『幼いバッカスを連れたシレヌス』など多くの作品をティート造型の参考にしており、[11] 酒祭神的雰囲気、小道具、衣服の色などに応用の跡が見られる。ティートにはリュートを奏でて皆を愉しませたり、酒盃を手にするポーズが多い。また、婚約式の服装はバッカスの色である赤と紫である。中でも最も華麗で印象深いのは、ティートの似姿としてバッカスを描いた三幅対の絵である。この絵のティートは頭のまわりに葡萄の房を垂らし、手には葡萄の蔓がからまった長槍を握っている。しかし容姿の具体的な描写は皆無であり、外貌に関する限り、ティートは人間としてより異教的快楽主義の象徴としての存在意義が強い。

このようにロモラとティートは異なる世界を象徴する者として対極的な図像に染め分けられ、その大胆で単純なイメージは、道徳的寓話色を強めている。ところで、歴史ロマンスを着想した時、エリオットにひらめいたのは、十五世紀末フィレンツェという非日常のロマンティックな世界こそ彼女の思想を理想的な形で成就させる格好の領域だという直感ではなかっただろうか。例えば『ミドルマーチ』のような同時代の設定では到底望み得ないことを、現実洞察に優れた彼女は悟っていた筈である。そして、この愛の思想称揚を太く強く表現するために、ルネサンス絵画特有の鮮やかな象徴的技法が用いられたのだろう。

このようにエリオットを『ロモラ』制作へと駆り立てたフィレンツェ美術への感動は、絢爛と豊かな絵画表現へと昇華され、彼女の永遠の主題を華麗に展開している。しかしその一方、図像の強烈な印象が物語を歴史から離脱させていることも事実である。エリオットはもともとフィレンツェのルネサンス美術に於いて非常にポピュラーであった聖母とバッカスの図像の応用によるルネサンス色反映を意図したのかもしれないが、結果的には、キリスト教と神話世界での永遠の存在である聖母とバッカスは、ルネサンスという一時代を超越し、はるかに普遍性あるモラル・フェイブルを創り上げることになった。例えば、疫病の村を献身的に救いマドンナと崇められる六十八章のエピソードは、ロモラを典型的な聖母像として描くことによって、愛の栄光を称えるが、その舞台となる小村は地中海沿岸というだけで、具体的な場の説明は全くない。強烈な普遍性を放つ図像が、歴史の背景を切り捨てた中で道徳的主題と強く結びついているために、現実離れした抽象的な道徳寓話色が強くなり、歴史小説として迫力の弱いものになっている点は否めない。

『ロモラ』の評価は概ね否定的だが、念入りな構成と誠実な考証が印象的で、歴史小説という新分野への並々ならぬ意欲が痛感される力作である。歴史の壮大なうねりを背景に、当時の状況が鮮やかな絵画的表現によって再現され、その中を倫理思想が大筋となって強く流れている。スペクタクルも華やかに、恋あり、復讐あり、ルッチェライ・ガーデンでティートとバルダサッレが対決するスリリングなエンターテインメント的要素も随所にあり、それらが決して安っぽい通俗性に堕していない。完璧ではないが、『ロモラ』は水準の高い歴史小説と言えよう。

問題は人物造型における外貌と心理の分裂にあるのではないだろうか。単純な図像の枠にはめ込まれた類型的な外貌に反して、ロモラとティートの内面は実に複雑であり、細部にわたって追求されている。「博物館の中を歩くようなもの」[12]と評された『ロモラ』で、エリオットの筆が冴え力強い生気が漲るのは、常に心理描写に於いてである。優しいけれど酷薄、卑怯でいて魅力的という一ひねりした性格を持つティートの心理描写の妙は言うまでもなく、一貫して理想化を非難されてきたロモラも、一巻・二巻の心理描写を見る限り、理想化にはほど遠い。反発的な誇り高さ、世間知らずの洞察力のなさなどの弱点に加えて精細に追及されるのは、結婚後ティートとぶつけ合う凄まじい自我の闘争である。二人の不和の原因は、性格的なものよりも経済面での軋轢という現実的なものであり、万事に奢侈を好む夫と質素倹約を旨とする父の間に立つロモラの抑圧された苦悩が、蔵書売却の件によって破局のクライマックスに達する心理過程は綿密に書き込まれている。その際二人を単純に善悪で区別せず、骨肉の情にとらわれるあまり父の悲願に潜むエゴティズムに気づかぬロモラの狭さ、貴重なコレクションを独占せず諸外国に公開すべきと説くティートの詭弁の一面の正当性への配慮も忘れていない。

このようにロモラもティートも黒白に選別されるような単純な二元論的人物では決してない。『ロモラ』に登場する人物たちは悉く不完全な存在であり、サボナローラさえ例外ではない。自我を貫き挙句に傷つく彼らの様相は、夫婦や親子という最も密接な人間関係のあり方に追及され、自我を背負った人間の生きることの難しさが切実に描かれ、時代を超えた共感を呼んでいる。

『ロモラ』の失敗因の一つは、このように切れば血が噴出すように生々しい夫婦・親子・師弟間の心理の葛藤と、人物たちの外貌の類型的な抽象性との断絶にある。精細に書き込まれた心理は、生身の人間の苦悩や動揺が歴史を超えて現代の我々にも強く訴える迫力をもつが、心理の主体たる人物の外貌は、聖画や神話界の非人間的な図像に塗りこめられている。特に六十八章以降の極端に聖化されたロモラにはその傾向が強く、父と夫の間で苦悩し、夫の裏切りに怒り狂うロモラと、聖母像の漠としたイメージは結びつき難い。これはエリオットのロモラへの姿勢の不安定さによるものだろうが、歴史小説を制作する過程でリアリズムとロマンティシズムに揺れる彼女の葛藤を示していないだろうか。

日常の枷《かせ》からの解放を願ってエリオットが夢想し想像したルネサンスは、愛の思想が見事に開花する華麗な世界だった。しかし、この非日常の世界に於いても、そこに生きる人々は自我に苦しむ不完全な存在であり、彼らの懊悩は現代人と同じ様相を呈している。エリオットはもともと歴史ロマンスを構想しており、六十八章以降の「ロマンス風の象徴的要素」(『書簡集』四巻一〇四)も最初からの計画だった。一方、「歴史的想像力」に於いて歴史小説創作の基本態度として誠実なリアリズムを挙げている彼女にとって、非現実のロマンスに没入することにも抵抗があったと思われる。このように『ロモラ』にはリアリズムに基づく小説的要素とシンボリズムが横溢したロマンス的要素が拮抗し、作品をぎこちないものとしている。

『コーンヒル・マガジン』に進出

『ロモラ』制作での並々ならぬ苦労は、異国の歴史小説という新領域への挑戦だけでなかった。彼女はまだ書き上げてもいない作品を月刊誌に連載するという苦行を初めて体験することになる。当初はいつものようにブラックウッド社での出版を予定していたのだが、一八六二年二月二七日、ジョージ・スミスから『コーンヒル・マガジン』連載を一万ポンドという出版史上では前例のない破格の原稿料でオファーされ、検討の末、五月十九日に申し出を受けている。

一八四六年、二十二歳の若さで父の創設したスミス・エルダー社を継いだスミスは、大胆な辣腕でたちまち売上高を十倍に伸ばし、スミス社を当時最大の出版社へと躍進させ、「出版界のプリンス」[13]の異名を取るほどだった。『コーンヒル・マガジン』は、一八六〇年一月サッカレーを編集長に据えて創刊された一シリング月刊誌であり、裕福な新興中流階級をターゲットに、毎号人気作家による二本の小説を質の高い挿画つきで連載するという付加価値をつけて発行した。創刊号は十万部を売り大成功を収め、一八六〇年代の一シリング雑誌のブームを引き起こしている[14]。成功の原因は一シリングという安い価格と共に、知名度が高い作家の新作の小説が連載されたからだった。スミスは、人気の高いエリオットの導入を更なる読者獲得の起爆剤と考えたようである。当時ディケンズをはじめ多くの作家が連載方式を好んだが、エリオットは締め切りに追われる時間的拘束を嫌がり、この方式をこれまで避けてきた。契約の結果、ルイス自身もスミス社の「編集顧問」として年収六百ポンドの役職に就いたことを考えると、この契約には交渉に当たったルイスの意向も大きく働いたのではないだろうか。

『ロモラ』は一八六二年七月から翌六三年八月まで、フレデリック・レイトンの挿し絵付きで『コーンヒル・マガジン』に連載され、六三年七月には三巻本が出版された。結果的には、まだ六十頁しか書けていない段階で引き受けたエリオットには、危惧したとおり締め切りの時間との闘いに大変な無理がかかり、心身ともに疲弊することとなった。また、スミス社にとっても売り上げは伸びず、期待した効果は少なかったため、エリオットはその埋め合わせとして、原稿料なしで短編小説「兄ジェイコブ」を提供している。

この件で印象的なのは、ジョン・ブラックウッドの高潔な姿勢だろう。ブラックウッドにとって、自分が見出し、励まし、支え、育てたと自負するエリオットが他社へと去って行くのは苛立たしく失望を禁じ得なかったに違いない。しかし、「あなたの新作が当社から出版されないのは、もちろん、私にとって残念なことですが、素晴らしい契約を結ばれたことをお聞きして喜んでおります」(『書簡集』四巻三五)と祝福し、これまで共に幾つかの作品に取り組み成功させたことと、楽しく交わした文通への感謝の念を淡々と書いている。この書簡に対し、エリオットは「紳士らしさと善意という理想的な精神を湛えた手紙[15]」と日記に認め、ブラックウッド社を離れる悔いをにじませている。大金を積み上げて有望な作家の引き抜き合戦が繰り広げられた時代に、他社にさらわれた『ロモラ』の広告を『マガ』に載せるほどの度量が広く、誠意と紳士的態度を貫いたジョン・ブラックウッドの「道徳的勝利[16]」が光る結末となった。

第九章

悲劇・笑劇・幕間狂言　『急進主義者フィーリクス・ホルト』

(1)　溢れる演劇性

「ジョージ・エリオットの小説はいわゆる小説ではない――ドラマである、『ハムレット』や『アガメムノン』をドラマと言うのと同じ意味で[1]」。この引用文は、『急進主義者フィーリクス・ホルト』(以下、『フィーリクス』と略記) 出版直後の一八六六年、『ウェストミンスター・レヴュー』に発表された書評の一節である。古典悲劇の傑作中の傑作と同列に位置づけたこの評は、最高の賛辞と受け取ってもよいだろう。小説と劇の領域を大胆に裁断したこの表現はいささか乱暴でそのまま同意しかねるが、彼女の作品の特長である演劇性への着眼は正しい。中でも『フィーリクス』は、様式・手法・目的意識などに於ける演劇的要素の豊かさの点で、エリオットの作品の中でも際立つ存在である。十五年ぶりの息子の帰還に揺れ動く不安と期待、再開したとたんに希望を悉く打ち砕かれていくトランサム夫人の心理を辿った冒頭の一章を読むだけで、読者は悲劇の強烈な印象を抱くに違いない。また、貴族の使用人や市井の人々が織りなす様々の滑稽な場面、まさしくステージで演じられている幕間狂言を思わせる十二章のエピソードなど、『フィーリクス』には演劇性が満ち溢れている。原稿に初めて目を通したブラックウッドは、「通常の小説とは違い、我々の前で人物が話したり演技している一連のパノラマを見ているようだ」(『書簡集』四巻二四〇-二四一)と述べているが、彼の慧眼は即座に『フィーリクス』の演劇性という際立つ特色を看破したのだった。

『フィーリクス』に於ける演劇的要素の横溢は、作品成立当時の彼女の環境を考えても頷けるだろう。執筆に先立つ一年間、エリオットは演劇世界と極めて密接な関係に包まれていた。『書簡集』や『日記』には、この時期ルイスと共に多くの演劇、オペラ、コンサートを楽しんだという記載が多い。特に一八六四年春より始まった著名な悲劇女優、ヘレン・フォーシットとの交流は、エリオットにとって劇を見る立場から書く立場へ転換するきっかけとなった点で注目すべきである。フォーシットと急速に親しくなったエリオットは、ルイスの勧めもあって彼女のための戯曲の執筆を考える。グラスゴーまで打ち合わせに行き、彼女の主演するシェイクスピア劇に数日通いつめる程の打ち込みようだったが、残念なことに衝動的ともいえるこの思いつきは結実しなかった。しかし、この体験によって、作風を模索していた当時のエリオットが、新鮮な領域である演劇世界への興味をかきたてられ、劇作への衝動に火をつける契機となったことは想像に難くない。

事実、その直後（一八六四年夏）エリオットは初めての詩劇『スペイン・ジプシー』に取り組んでいる。しかし、スペインを舞台とする劇作は難航し、二幕を書き上げた十月以降深いスランプに陥ってしまう。遅々として進まぬ残り三幕のためにインスピレーションを求めて、アイスキュロスやソフォクレスの作品、クレインの『演劇史』、『ギリシアの劇場』などを読み漁っている時、難航する『スペイン・ジプシー』をよそに、突然『フィーリクス』の構想が浮かび、徐々に形を成していったのだった。このような成立事情を考える時、『フィーリクス』の萌芽は詩劇創作の懊悩の中から派生したものであり、執筆開始当時のエリオットの意識には、依然として劇作への衝動が渦巻いていたのではないだろうか。前記の読書以外にも、以前読んだアリストテレスの『詩学』を読み直し感動を新たにしたり、悲劇の元祖としてディオニシアの儀式について研究していることからも分かるように、この頃エリオットはギリシア悲劇に関心を抱いている。当時の作家にとって、作劇の範は古典――ギリシャ劇――にあったが、エリオットも例外でなく、『フィーリクス』構想当初は古典の規範に基づいた悲劇の制作が念頭にあったと思われる。

物語に先立つ「著者序文」の末尾で、語り手はそれまでの穏やかな懐古調を捨てると、トランサム家にまつわる罪深い暗部に脚光を当て、ネメシス（因果応報）による血縁の悲劇の主題をドラマティックな詠嘆調で宣言している。物語の基本方針について著者が直接語りかけ、読者の注意を引き付ける「序文」に於いて、「哀れみと恐怖」という『詩学』のキー・ワードを早々に掲げていることからも、悲劇創作への並々ならぬ姿勢がうかがわれる。更に、(一)トランサム・プロットの「家門にまつわる物語」という主題、(二)トランサム夫人の造形に見られる「欠点をもちつつも高貴な精神の主人公」という人物設定、(三)恐怖を喚起する出来事、特に「互いに親しい間柄にある者たちが知らない間に犯す恐ろしい行為」の追及、という三点に於いて、『詩学』で挙げられた悲劇の構成と理想条件に合致する。実の父とは知らぬままジャーミンを憎み、訴訟によって徹底的に糾弾しようとするハロルドの、真相発見と運命逆転のプロセスは、ソフォクレスの『オイディプス王』のプロットを思わせるものがあるし、一八三二年九月に始まり翌年五月に終わる物語の時間構成も、時の一致に則ってハロルドの逃れられない運命を力強く凝縮している。このように、『フィーリクス』はギリシャ古典劇の影響が濃い悲劇性を特色としており、先の引用(註1)もこの点を指摘したものだろう。

ところで、『フィーリクス』執筆の一八六五年当時は、ちょうど選挙権の拡大と腐敗選挙区の撤廃を掲げてグラッドストーンが第二次選挙法改正法案を議会に提出し、世論が沸きあがった時期であり、また、政治色の濃さが売り物の『フォートナイトリー・レヴュー』(以下、『フォートナイトリー』と略記)に携わっていたルイスの影響もあって、エリオットの胸中に政治的関心が急速に芽生えたようである。『ジャーナル』、『ノートブック』によると、この頃から彼女の読書対象に政治・経済関係のものが目立って増えてくる。人間を社会的存在とみなし、個人と社会との相互関係を常に追及してきたエリオットは、トランサム夫人の個人的な悲劇に選挙法改正に揺れ動く世情を書き添えることによって、作品に広い社会的スコープを付加しようとしたのではないだろうか。この結果、トランサム・プロットとモルトハウス・ヤード・プロットというダブル・プロットの構造を『フィーリクス』ももつこととなったのである。

トランサム・プロットの悲劇性が強烈なために、目立たず言及されることも稀だが、無視できないのは『フィーリクス』の多くの場面を彩る豊かな喜劇性である。実際、エリオットの作品中、これほど喜劇的表現に富む作品も他にないだろう。トランサム・プロットに於いて緊迫感をはらんで重苦しい悲劇が進行する一方で、モルトハウス・ヤード・プロットではライアン牧師やホルト夫人をはじめ個性豊かな脇役たちが様々な笑いを展開する。更に、鉱夫や石工たち労働者がたむろする居酒屋、広場での演説会や学校での公開宗教論争など、大勢の市民たちが集う場面では、笑劇、パロディー、カリカチュア、バーレスクといった様々の喜劇的手法を駆使して、陽気な世界を繰り広げる。初期小説で見られるほのぼのとしたユーモアとは一風異なる辛口の風刺や、時にはいささか過剰と思えるほどの滑稽な場面も続出し、エリオットには珍しく派手で騒がしい喜劇色の氾濫には目を見張るものがある。以下、『フィーリクス』にひしめく多彩な喜劇的表現とその目的を考察したい。

(2) 悲劇と笑劇——トランサム夫人とホルト夫人

トランサム・プロットの優れた完成度ゆえに、『フィーリクス』の評価は悲劇のテーマの礼賛に終始してきた感が強いが、エリオットが意図したのは単一の悲劇ではなく、悲劇も含む様々の色調が溶け合ったはるかに複雑で多様な世界の構築であろう。「あの記念すべき一八三二年の九月一日、トランサム・コートではある人の帰還を今か今かと待ち受けていた」で始まる書き出しからも、物語を第一次選挙法改正という政治社会的文脈のもとに展開していることは明らかである。

当時ルイスは『フォートナイトリー』設立を目指していたトロロープより編集担当を依頼される。「前進と秩序」をモットーに掲げ、趣意書にも徹底的なリベラリズムを謳っている『フォートナイトリー』は、政治的にも思想的にも何ものにも拘束されず自由に筆を揮うことを独自色とした。ルイスは病を押して創刊に向けて働き、エリオットも一八六五年五月発行の創刊号にウィリアム・レキィ著『ヨーロッパ合理主義精神の起源と影響の歴史』の書評を署名入りで寄稿し協力している。このように時代背景と密着した政治的関心に強く触発されて、当初構想していた悲劇に、選挙法改正にからむ生々しい葛藤が織り込まれた結果、主題が拡大し、変革への期待と不安に動揺する選挙法改正を背景に、数組の男女の運命が悲喜こもごもに描かれることとなった。

当作ではトランサム夫人の登場する不安と緊張に満ちた場面の前後に、大抵コミック・レリーフのように滑稽な場面が配されている。例えば、一章でトランサム夫人を中心に圧倒的な悲劇の雰囲気が醸成されると、続く二章では、国教会の聖職者でありながら堅苦しい教義にとらわれない人間味豊かなリンゴン氏が登場し、ラディカルとして立候補するというハロルドの突然の宣言に仰天するものの、彼の熱弁を聞くや瞬く間に熱狂的なトーリーからラディカル礼賛へと豹変する氏の無節操ぶりをユーモラスに披露する。或いは、七章で孫のハリーにすら疎んじられ、手を咬みつかれるトランサム夫人の寒々しい孤独を描いたエピソードの前後には、ハロルドの帰還を知り味方に抱き込もうと駆けつけたダバリイ卿夫妻のコミカルな言動や、乱痴気騒ぎに興ずるダバリイ邸の下男たちの陽気な世界が展開する。このように『フィーリクス』はトランサム夫人の悲劇に、モルトハウス・ヤード・プロットの種々の滑稽な脇筋が絡み、更に祝祭的な喜劇色をふりまく多彩な市民たちの饗宴の場面から構成されている。この三つの要素は孤立せず、選挙と相続というヴィクトリア朝小説で人気のあった二つの主題によって結ばれ統一されて、全体として第一次選挙法改正に揺れる当時の社会のパノラマを創出している。

こうして『フィーリクス』は悲劇一色ではなく、それと平行して大勢の人物の種々の生き方、感情、意識が力強く追及されるのだが、特筆すべきは脇を固める個性的な喜劇的人物の多彩さであろう。先述のリンゴン氏をはじめ、聖書を引用した古めかしい晦渋な言葉を大仰に高揚した口調で語るライアン牧師、無責任で悪戯っぽいダバリイ教区牧師といったように、聖職者だけでも夫々一味違った滑稽な人物が三人も登場する。その他、ホルト夫人、ダバリイ卿夫妻、家政婦のリディなど多種の副次的人物から等距離に立って、エリオットは彼らのコミカルな個性を細かく描き分けている。彼らの登場によって不安と緊張は笑いのうちに解放されるが、同時に彼らとはあまりにも対照的なトランサム・プロットの悲劇性が一層くっきりと浮かび上がることとなる。

例えば、強烈な喜劇性によって光彩を放ち爆笑の渦を巻き起こすホルト夫人の造形には、トランサム夫人の対照的人物としての意図が明らかに感じられる。彼女たちには、(1)共に一人息子が、(2)久方ぶりに母のもとへ帰ってきたものの（フィーリクスはグラスゴーから、ハロルドは中東から）、(3)ラディカルだと宣言して母を失望させる、という共通項がある。しかし、この二人の母親像とその生き方は対極にあり、エリオットは「母と息子の愛と葛藤」という永遠のテーマを、一八三二年英国中部の町を舞台に、悲劇と喜劇の両面から描き分けてみせる。

落ちぶれたとはいえ、旧家の女主人として黒いビロードのドレスと宝石を身につけたトランサム夫人は、「威厳ある女王」、「生まれついての正当な女帝」に喩えられ、射すくめるような黒い瞳と鷲を思わせるその風貌には、「高貴な生まれの者特有の尊大さ」が身に染み付いている。一方、裏通りに住むしがない医者の未亡人、ホルト夫人は色褪せた喪服に伸びた付け前髪という冴えない外観である。全てに対照的な二人だが、最も大きな違いは、己の胸中を他人に明かさずひた隠しにするか、或いは解放するか、という点であろう。

激しい苦悩に喘いでも何一つ訴えず、苦しみ悶えるほど動揺を受けても、ただ慌しい生の怒号にかき消されるか細い呟きに終わる場合の何と多いことか。突き刺すような憎悪の眼差しも、人殺しという叫びを挙げることはない。盗みを働けば男も女も永遠に平和と喜びを求めて彷徨う乞食に成り果てるが、それでも当のその本人はじっと黙するのみである――夜ひそかに苦悩のうめきを洩らすほかは何一つ声に出して訴えもせず、懊悩を押し殺し、かはたれ時にそっと涙をこぼして、生気なく幾月かを過ごすうちに顔に刻まれる苦渋の表情以外に人の目につくものはないのだ。

「序文」の末尾で語り手は、後ろ暗い罪を背負った人の秘めた苦悶、痛み、悲しみについて語る。ダンテの『神曲』（地獄編）を引用する語り手の口調は冷静な客観性からほど遠く、人知れずじっと苦しみを耐え忍ぶ孤独への深い同情と理解に溢れており、トランサム夫人の悲劇を予告している。所領を我が物顔に管理するジャーミンの横領行為を糾弾すれば、自分の過去の罪を暴露することになるのを知っている故に、夫人は悲しみを極力押し隠し、実の息子にすら苦悩や涙を見せない。こうしてエスターに救われるまでは、自我の殻に閉じこもり、意地と虚栄で身を鎧い、他者に胸中を吐露してカタルシスを得ることもない。

一方、ホルト夫人の最大の特長は際限のない饒舌である。夢と期待を裏切ったフィーリクスへの愚痴を誰かれなくエネルギッシュにぶつけるが、そのたびに彼女が決まって口にするのは、自己の正当性である。「善良な私はこれまでずっと正しいこと、いえ、それ以上のことを心がけてきました。だのに、皆さんから尊敬されるようになった挙句に、実の息子に責められることになろうとは夢にも思いませんでしたよ」とか「私は高慢でも頑固でもありません。だのに何故こんな災いが選りにも選ってこの私にふりかかるのでしょう」（四章）と言って、品行方正な自分が何故このような悲運に会わねばならないのか、と彼女一流の独善的な論理を展開する。喋り出すと止まらない長広舌に必ずこの趣旨が組み込まれ、何度も繰り返される。単純な繰り返しは笑いを生む[2]と言われるが、喜劇的人物の造型の際にディケンズも度々使ったこの繰り返しの効用によって、やりきれないおかしさと騒々しさを醸し出している。

ホルト夫人は基本的にはポイザー夫人（『アダム』）やドリー（『サイラス』）と同様、エリオットの作品によく登場する世話好きで善意に満ちた主婦の系譜上にある人物だが、彼女たちよりもはるかに戯画化されている。その造型には常にファース（笑劇）が採用され、家庭内で自己中心的に生きてきた恐れを知らぬ主婦、というといつの時代にもよくあるタイプの母親像を、主として台詞と仕草の点で外部から滑稽に誇張したものであり、トランサム夫人に見られるような深い心理描写はない。彼女が登場すると、どのように深刻なシチュエーションも爆笑を生む喜劇へと化してしまう。四十三章では無実の罪で投獄されたフィーリクスの助命嘆願のために、ホルト夫人がトランサム・コートへ乗り込むエピソードが語られるが、本来なら悲壮な切迫感に重苦しいはずの状況も、一人息子を救うべく必死になった夫人の滑稽な言動によって、作中で最もコミカルな場面になっている。

更に、場の雰囲気のみならず、他の人物までも喜劇的キャラクターへと同化する力が夫人にはある。作品の当初、病の後遺症のため当主でありながら心身ともに生ける屍として哀れを誘う存在だったトランサム老人も、嘆願に訪れたホルト夫人と接するこの場面では、別人と見紛うような喜劇的人物に変身する。午睡を終えてハロルドの中東土産のスカーフを膝まで羽織った珍妙な格好で現われた老人は、力いっぱい嘆願をまくし立てるホルト夫人に圧倒され、「表情作りに失敗した蠟人形」さながらの面持ちで恐怖におののく。孫のハリーは愛する祖父の一大事と勘違いし、夫人を玩具の鞭で打ちのめし、咬み付く。ドミニクがハリーを叱り、犬たちは吠え、怯えたペットのリスは柱のてっぺんへと駆け上り、広間が騒然となる中を老人はいつにない逃げ足の速さで一目散に退散する。ここでの老人は、麻痺のため手足が不自由で常におどおどと弱弱しかった前半の彼とは別人のような動きと明るさを放っている。こうして四十三章は、恥を自覚する繊細さもプライドもないまま逞しく自己主張するホルト夫人を中心に、大勢の人物が登場し、更に無邪気に走り回るジョブとハリーたち幼児に加えて、リス、サル、犬といった小動物まで巻き込んで、活気と騒々しさに満ちた徹底的に陽気なスラップスティック（ドタバタ喜劇）を作り上げている。このバイタリティと喧騒が、体面と自我の鎧を取り払った時のトランサム夫人の実体――死と孤独の世界――の対極にあることは言うまでもない。ハリーに手を咬まれるという同じ体験をしながら、トランサム夫人とホルト夫人の心境には天と地ほどの差がある。この二人は互いに一度も会いまみえることはないのだが、悲劇と笑劇、威厳とグロテスクという対極性のもとで、互いの世界を背後から照らし出し、読者にその真実の姿を凝視させる。

限られた人物との関わりしかなく社会との接点も少ないトランサム夫人の閉鎖的な世界に対し、どこへでも押しかけて行って臆せず胸中を吐露し、大勢の人物とダイナミックに関わるホルト夫人の開かれた世界では、多彩な人々の感情・意見・価値観がエネルギッシュに飛び交い、豊饒ともいえる生の多様性を見せている。緊密だが閉鎖的で求心的な悲劇のヴィジョンだけでなく、相対的な個性が複眼的・立体的に躍動する喜劇的ヴィジョンとの共存によって、広いスコープをもつあるがままの生が再現されている。こうして貴族の荘園から鉱夫たちのたむろする居酒屋まで多数の市民たちが登場し、一八三二年当時の第一次選挙法改正に揺れ動く様々な意識をとらえた『フィーリクス』は、実人生のあらゆる事象を網羅して多様性豊かな社会を構築し、個人と社会の有機的関わりを見事に再現した『ミドルマーチ』の先駆的存在となっている。

(3) 饗宴――風刺と幕間狂言

エリオットの作品には『サイラス』のレインボウ亭をはじめとして、人々が寄り集まって罪のないお喋りに興じる場面がしばしば取り上げられ、そこで展開するユーモアと機知は定評高い。中でも『フィーリクス』は市民たちが飲食をしながら談話する場面が多く、陽気な会話を通してトリビイを構成する様々な階層の実体が、エリオットには異色の狂騒的と言ってよい明るさで描かれている。こういう場面を見ていると、コモス（饗宴）こそ喜劇の語源である、[3] との説が無理なく納得できる。

七章後半でのマナーの使用人たちの饗宴は、その典型だろう。革新の気運が高まる中で、如何にして貴族の身分と家督を維持すべきか、腐心する館の主人ダバリイ卿の目を盗んで、広大な邸の裏にある下男たちの世界では夜な夜な飲めや歌えの酒宴、恋の戯れ、賭け事が繰り広げられ、派手な乱費と愚行が横行している。執事・小間使い・料理人・厩の下男といった下々の者たちが、夫々の部屋で生きる悦楽を享受する模様を、ホガースの絵を思わせる痛烈な風刺の目で概観した後、語り手は執事の部屋へと興味の焦点を絞る。

マナーの執事スケイルズを中心に、召使・出入りの商人・小作人・庭師の面々が、ハロルドが中東から持ち帰った財産の額について、噂話に興じている。活きのよい毒舌、饒舌、駄洒落が丁々発止と飛び交い、粗野なバイタリティが軽快なタッチで描かれ、笑いを誘う。ここでは言葉遊びが目立ち、無教養な小作人クラウダーが背伸びして間違ったフランス語を得々と披露したり、ヴィクトリア人が好んだ地口もさかんに飛び出す。きびきびと軽妙なテンポで交わされる言葉の応酬は、文字表現の固定した静止性を超え、生き生きした表情と動きに溢れ、演劇のような生命力を放っている。資料に基づき創造された『ロモラ』での十五世紀末フィレンツェ市民たちの会話が生硬で生気に欠けていたのに反し、ここには溌剌とした活気が満ちている。

執事スケイルズと下男のクリスチャンは事あるごとに角突き合う犬猿の中である。邸に出入りする粉屋サーカムに便宜を図ってやる見返りとして、結構な額の報酬を懐にしているスケイルズの不正を知るクリスチャンは、スケイルズの名前を粉を計る秤《はかり》と更に古来より正義の判断の象徴である秤に掛けて、「サーカムが売る小麦粉はいかがわしいし、分量も怪しい――だから、スケイルズ（秤）に調べてもらったら、目方の不足が分かるだろうよ」とか、「スケイルズ（秤）がなくなると、正義は一体どうなるのやら？」と言ってからかう。するとスケイルズも負けじとクリスチャンの名前をもじり、「クリスチャンという名前のくせにちっともキリスト教徒らしくない男のことを聞いたことがあるぜ」とやり返し、クリスチャンの疑惑に満ちた過去を暗示する。このように彼らのたわいない議論から、火の車であるトランサム家の内情、その原因となった訴訟の経緯など、ストーリー展開上の重要な情報が明かされ、この点で彼らはギリシャ劇のコーラスの役割をも担っている。彼らの会話を前面に出すことで、状況にリアリティが生まれるだけでなく、多数の人物から多様な情報が発せられるため真相への多角的なアプローチがなされ、読者にとって客観的な判断が可能となる。

十二章は短いながら一篇の滑稽な幕間狂言とも言うべき存在だ。スケイルズとクリスチャンは機会をとらえては悪戯をして、相手の鼻を明かそうとするのだが、マナーの召使たちの世界では芝居に匹敵する娯楽であった悪戯合戦を、エリオットは笑劇としてまさしく演劇の様式で展開する。

悪戯を仕掛けたり誰かれなく馬鹿な目に遭わせるのが、マナーの奥の召使たちの世界では最も痛快な機知の表現として、芝居に取って代わる娯楽の役割を常に果たしていた。こういう茶番劇は扮装とか「化粧」という点では物足りなかったが、悔しがる姿を目の当たりに見るという迫真性に於いて勝り、居合わせるもの全てに笑いの渦を巻き起こしたものだった。ところで、見よ！　あの腹立たしいほど冷静で傲慢なクリスチャンが、頭を肩にもたせ上着の後ろの裾を丸木作りのベンチの肘置きの下にダランと垂らしたまま、手も足も出ない状態で寝込んでいるところを襲われるのを。スケイルズ氏の悪戯心にヒントを与えたのは、この上着の裾だった。指を上げてチェリー夫人に注意を促し、「シー、静かに——ちょっとした笑いの種を見つけたぞ」と言うと、ポケットからナイフを取り出し、何も気付かぬクリスチャンの背後に忍び寄ると、垂れ下がっている上着の裾を素早くちょん切ってしまった。……こりゃあ、面白くなるぞ——グズグズためらう暇もなかった。上着の裾を思い切り遠くへ放り投げた彼は、自分たちが今まで歩いていた楡の木立の中にそれが落ちたのを認めた。そしてチェリー夫人を手招きすると、荘園の木立のまばらな方へと急いで立ち去ったのである。眠っているクリスチャンを起こす心配のないところに来るまで、ワッと笑い転げたい気持ちをどうにか抑えて。……高らかに笑いつつスケイルズ退場。いよいよクリスチャンの「運命」の秘密を知る者が待ち望む「ドラマティック・アイロニー」の見事な見本の始まりである。

（十二章）

主人の使いを果たして帰る途中、神経痛の発作に見舞われたクリスチャンは、痛み止めの阿片を服用したため、主人から預かった大切な紙入れを上着に入れたまま、丸木作りのベンチの上で眠り込んでしまう。たまたま来合わせたスケイルズは、日ごろの鬱憤を晴らす絶好のチャンスとばかり、紙入れの入った上着の裾をちょん切って木立の向こうへと放り捨て、意気揚々と引き上げる。人通りの少ない荘園、プラタナスの木立を背景にベンチに正体もなく眠りこける伊達男クリスチャン、その背後にそっと忍び寄り悪戯を首尾よく終えて、彼を目覚めさせる心配のない距離まで来ると、わっと笑いこけながら退場する執事。書割のような背景といい、彼らの姿勢・挙動といい、まさしく芝居を思わせる。全てがアクションとして鮮やかな視覚性のうちにリアル・タイムで展開し、読者はさながら芝居の観客のように彼らの動きを眼前にして、滑稽な雰囲気を実感として受け止める。一部始終を知る読者は、語り手と連帯感を共有しつつ、固唾を呑んで成り行きを見詰め、目覚めたクリスチャンの驚き慌てぶりに抱腹絶倒し、ドラマティック・アイロニーを楽しむのである。引用に見られる「芝居」「茶番劇」「扮装」「ドラマティック・アイロニー」という演劇用語の多用、更に劇のト書きの叙述様式に他ならない最後の文からも明らかなように、ここでは笑劇という演劇的状況を意識的に創出している。

この上着の裾切り事件は、息抜き的なエンターテインメントであると同時に、木立に投げ捨てられた紙入れの行方をめぐって、ストーリーにはエスタの出生に関わるエピソードが派生し、相続というもう一つの大きな主題が発展する契機となっている点で注目すべきだろう。このように、作品の随所に差し挟まれる笑劇は、新たな人物の導入や、連鎖の輪で結ばれている複雑な人間関係の解明や発展の場として、ストーリー展開上重要な役割を果たしている。

当時のイギリス演劇界の傾向を考えると、劇場法（一八四三）の制定によって検閲の制約から解放された結果、シリアスな本格的演劇の人気が凋落する一方、大衆娯楽の全盛期となっている。[4]メロドラマやパントマイム、ひいてはホース・ドラマといった人目を引き付けるセンセーショナルなものがもてはやされ、特にファース（茶番劇）とメロドラマが最も受けたと言われる。笑劇仕立てのエピソード（七、十二、四十三章）以外にも、エインズワースにまつわる史実のバーレスクと言われるライアン牧師が国教会に挑戦状を突きつける宗教論争の滑稽な顛末（十五、二十三、二十四章）はそれ自体で茶番劇を成しているし、アネットがライアン牧師に救われ結婚するメロドラマ風のエピソード（六章）など、当作品には大衆演劇的な軽い娯楽があちこちに散りばめられており、読者の好みへの配慮がうかがわれる。

ところで、饗宴の場が居酒屋になると、前述のような無邪気な喜劇色は消え、一転してアイロニーと風刺が色濃くなる。そしてここにこそエリオットが『フィーリクス』創作に込めた大きな目的があったと思われる。当時は秘密選挙ではなかったので、有権者の買収、脅迫が日常茶飯であり、巨額の金が動き、賄賂の多寡が勝敗を決することが多かった。居酒屋は選挙の際の集会所として腐敗選挙の実行現場となることが多く、飲食の無料切符を配って供応し、選挙民の歓心を買う不正行為が横行していた。当作でもシュガー・ロウフ亭（十一章）、マーキス亭（二十章）、クロス・キーズ亭（二十八章）等の居酒屋や旅籠が舞台となり、そこにたむろする労働者・小作人・商人たちの会話を通して、そもそも投票の仕方すら知らない市民たちの驚くほどの無知、金品や供応によって易々と買収される倫理観の欠如の実態が生々しくクローズ・アップされる。供応にありつくことしか眼中にない労働者たち、その労働者の無知と欲につけ込んで紙幣をちらつかせては対抗馬の攪乱に利用しようと企む選挙参謀、選挙を金儲けの好機としか考えない居酒屋の主人、二人の立候補者に二股をかける悪徳運動員たち。私利私欲が渦巻く選挙の裏舞台の腐敗の実情が、暗く深刻にではなく、彼らの生のままの会話の再現によって滑稽に描かれる。批判の槍玉に挙がっているのが、保守派ではなく、ラディカルの悪徳運動員と彼らに利用される労働者の無教養にある点に注目したい。

エリオットが『フィーリクス』の構想を練り、執筆に取り組んだ一八六五〜六六年は、第二次選挙法改正法案の通過をめぐって世論が大きく分かれ、混乱のるつぼにあった。特に問題となったのは労働者階級への選挙資格の拡大である。選挙権獲得を求めてチャーティスト運動は着実に進み、遂に一八六五年グラッドストーンは改正法案の提出に至る。しかし、保守派を中心とする反対論者は、労働者の道徳の欠如、酒浸り、無知、買収され易さを理由に、選挙権拡大を暴挙と見做した。基本的に保守主義者であり、「人間の状況を改めるには、少しずつ努力して修正していく以外に方法はない」[5]と考えるエリオットも法案には反対であり、急激な改革を危惧したのである。彼女には十三歳の時、故郷ナニートンで第一次選挙法成立後最初の選挙の際の労働者による暴動騒ぎを目のあたりにするという生々しい体験がある。第一次選挙法改正後は、腐敗選挙区、指名選挙区が廃止されたものの、現金や利益誘導による選挙民の買収や供応、選挙の際の地主・雇い主・債権者による圧力、脅迫、報復は相変わらず横行していた。むしろ運動員たちは選挙技術として不正行為にますます辣腕を揮っていたのである。選挙権には利益ばかりではなく、責任と義務が付随する。労働者たちに果たして一票の重みを自覚し、正しく有効に票を投じ得る倫理と常識があるだろうか。保守派や知識層が何よりも懸念したのはこの点であった。警告の念を込めて政治倫理という問題に取り組んだ『フィーリクス』に於いて、エリオットが活用したのが喜劇的手法である。

憂うべき実体に対して怒りをむき出しにした直接攻撃は効果が少ないことを、彼女は察知していたのではないだろうか。作中、「相手を殴ると、辛らつな風刺も愚行に転じてしまう。しかし、機知という方法によれば、四肢を行使しなくとも威力を発揮できる」（三十章）と言って自制しながらも、激しい性格のフィーリクスは恥さらしな非道を眼前にすると真正面から対決せずにおれず、その結果暴動の主犯として誤認される不運に見舞われる。エリオット自身はフィーリクスの失敗の轍を踏まず、彼が自戒としたこのモットーを守り、対象から十分距離を置いた上でブラック・ユーモアという一捻りした形で選挙現場での悪徳を告発している。古来より人間の無知は喜劇に於ける笑いの対象であった。無知なもの、醜いものに人々が気づかない場合、笑うべきものを白日のもとに引き出して批判の俎上に載せるカリカチュアは、人々に反省を促す力がある。選挙の際の悪弊、暴挙、無知、偽善を暴露し、実態を世人に凝視させることによって選挙権拡大阻止を願ったエリオットにとって、「娯しませつつ教える」力を持つ喜劇は、有効な手段だったのではないだろうか。

(4) 語りかける演劇的スタイル

以上見てきたように、『フィーリクス』では、トランサム夫人の悲劇を中心に、ホルト夫人をはじめ様々な市民たちの織りなす喜劇が随所に展開し、全編に演劇性が満ち溢れている。特に、笑劇・風刺・カリカチュアといった喜劇的表現の多彩さは、エリオットの作品としては異例で、バイタリティ溢れる独特の雰囲気を醸し出している。

『フィーリクス』でエリオットが演劇的手法に傾いたのは、演劇の持つ独特の力に引かれたからではないだろうか。演劇では観客は単なる傍観者ではなく、彼らもまた作劇という共同作業に参加している。場面に応じて拍手・称賛・笑いを与えて舞台を支え、俳優が気を抜くと野次を飛ばして叱咤激励するし、迫真的な場面では水を打ったような沈黙で感動を伝える。このように観客の熱意ある反応が俳優を励まし、雰囲気を盛り上げるのに貢献しており、演劇は俳優と観客が一つの場を共有して為す共同作業と言える。連日のように観劇し演劇世界に没入していた当時のエリオットにとって、目の当たりにした観客をも巻き込む演劇独自の積極的な力は魅力的だったに違いない。

というのも、エリオットの読者意識は創作初期から一貫して強く、読者を作品世界へ引き込もうとする積極的な姿勢が常に見られるからだ。ヴィクトリア朝小説は基本的に読者の方を向いてのアピール、ジェスチュアであり、フィクティシャス・リーダーはそれに同意・参加できるとの暗黙の自信があったと言われる[6]。その傾向が顕著であり、基本的に読者と理解し合っているという信頼感と一体感があったエリオットにとっての創作上の課題は、如何に効果的に読者の共感を拡大するかにあり、そのために種々の叙法と技法が模索され駆使されたのである。

やみ雲な改革への危機意識を抱いて筆を進めた『フィーリクス』は、とりわけ読者に訴えかける姿勢が強く、独自の工夫がなされている。例えば、物語に先立ち、「著者序文」を設けて、物語の背景を説明し主題を暗示することによって、作品の基本方針を打ち出し、物語世界への読者のスムースな感情移入を図っている。また各章の冒頭に必ずエピグラフを掲げ、その章の内容を解説・予告・暗示し、読者の物語理解の誘導と促進を意図している。序文もエピグラフも形式・役割に於いて芝居の前に俳優が登場し口上によって必要な情報を観客に提供するプレリュードとまさしく同じである。エリオットは読者に近づくために、文字言語に頼りつつも文字を超え読者に直接働きかける文体による演劇的表現を試みたのではないだろうか。

この「読者に語りかける演劇的スタイル」は、第二次選挙法通過後に発表された「フィーリクス・ホルトによる労働者への演説」に於いて更に徹底する。一八六七年八月、第二次選挙法が遂に成立するが、同年十一月エリオットはブラックウッドから熱心に勧められてこの評論の執筆に取り掛かり、翌六八年一月『マガ』に発表した。タイトル通り、新たに選挙権を拡大した労働者に訴える演説が全編を貫き、『フィーリクス』での主旨を一層明瞭、直接に訴える。彼は例によって情熱に溢れる強い口調で、選挙権にともなう義務と責任を諭し、この貴重な一票の使い方次第で一国の命運が決まること、知識・能力・誠実さを身につければ、為政者の不正を判断することも可能なのだから、悪徳・堕落・愚考を次代の子孫に継承してはならないことを、労働者にも分かりやすい具体的な比喩を多用して説得する。中でも最も強調するのは、倫理と教養の必要性であり、大衆の教化を願うエリオットの思い入れの強さが感じられる。

芸術家の第一の課題は、芸術享受者の共感を拡大することにある、とエリオットは考えていた。だから彼女の創作には常に読者意識が強烈に働き、作品を媒介として読者の意識を喚起し、共感を促し導こうとする意図がある。時代への警告を明瞭に打ち出した『フィーリクス』と「フィーリクス・ホルトによる労働者への演説」は、その姿勢が最も積極的な形で現われた作品であり、目的のために効果的な叙法として、直接訴えかける演劇的表現を試みたのではないだろうか。

大衆の教養レベル、政治倫理の向上へのエリオットの願いが、『フィーリクス』と「フィーリクス・ホルトによる労働者への演説」によってどの程度効力を発揮したかは定かでないが、一八六七年、法案可決後、教育局総裁のロバート・ロウによる初等義務教育の改革案が注目され始めた。一八七〇年、フォスター法が可決され、初等教育が民衆の間に普及すると、大衆の政治意識は次第に高揚し、十九世紀末には労働者による政党の組織が実現している。

再びブラックウッド社で

『フィーリクス』の執筆完了は一八六六年五月三一日、初版は六月十五日、三巻本にてブラックウッド社より出版された。ところで、それに先立つ四月、ルイスはジョージ・スミスに最初の部分を見せた上で出版を打診するが、『ロモラ』での失敗に懲りたスミスは、「利益のある企画ではない」と判断し、即座に拒否している(『書簡集』四巻二四〇)。エリオットにこの件を伏せたまま、ルイスは四月八日、ブラックウッドとの交渉に臨んだ。再び自社に呼びかけてくれたことに感謝しつつも、スミス社が『ロモラ』で多額の損失を被ったことを見抜いていたブラックウッドは、「原稿を見せていただいてからご返事する」(『書簡集』四巻三〇七)と答えている。とはいえ、エリオットと組んで作品を成功させたい思いは強く、書留で送られてきた原稿を読んで感動した彼は、即座に五年間の版権を含め五千ポンドをオファーしている。こうして、エリオットは再びブラックウッド社に戻ったのだった。

書評は概して好評だったが、売れ行きは不振で、五二五〇部印刷したうち四百部の在庫が残った。そのため、再版に向けて効果的な出版形態を検討の末、六六年十二月、二巻本が出版されるが、半分以上の売れ残りが生じている。芳しくない在庫状態を報告するブラックウッドは、「三巻本での販売はそろそろ終わりにしなくてはならないようです」と三巻本の限界を示唆し、「次回我々が共に戦う時には、新しい出版形式を試みねばなりません」(『書簡集』四巻三〇七)と、停滞の現状を打開する新たな方策の検討を促している。

第十章

三巻本と貸本屋に挑戦する　『ミドルマーチ』

「地方生活の研究」という副題どおり、ミドルマーチの実際の主人公は、ドロシアでもリドゲイトでもなく、ミドルマーチ市そのものと言ってよいだろう。序曲と終曲を読む限り、ドロシアを主人公と錯覚しがちだが、個人をはるかに超えた広がりをもち、多数の人の刻々と流動変化していく運命を併せ呑むミドルマーチ市こそエリオットの追及する対象である。

ドロシアと彼女を取り巻くブルック家のエピソードから始まる物語は、まるでアミーバの増殖のごとくその擬足は四方八方に広がり、人と人は複雑に関連しあい、事件は事件を生んで、作品世界は、生と死、愛、結婚、殺人、遺産相続、選挙戦等、およそ人生のあらゆる事象が網羅された一つの小宇宙――エリオットが青年期を過ごしたコヴェントリーの擬似世界――の規模へと拡大されていく。

さながら現実の生そのものを思わせる『ミドルマーチ』に於いてエリオットが意図した主題

は、フィールディングと十九世紀小説家の創作態度の違いを述べる十五章冒頭にあるように、人間の運命という織物がどのように織られ編まれているかの解明にあった。古風な田舎町にすら微妙な変動があり、時の経過とともに如何に平凡な人間でも大なり小なり変化していくことが度々言及され、数組の男女の運命に関心の焦点が据えられる。

エリオットは人間の運命を左右する要素として、個人の意思と社会の圧力を考える。四章のモットーに、

紳士1「人間の行為は人間自らがつくる足枷だ」
紳士2「まさにそのとおり。だが、その材料である鉄を供給するのは世間だと思う」

とあるように、人は自己の行為によって（因果）応報の重荷を負うが、その行為へと駆り立てるのは世間なのである。こうしてエリオットは、主要人物の運命の解明に当たって、二つの面——行為に至るまでとその結果を背負う個人の心理の追求と、そういう運命へと追い込んでいく社会の分析——を、現実の生を思わせる深さと広さの中で追及していく。

このように、社会の広がりと個人の心理の内奥という異方向の追及によって再現された立体感に加えて、『ミドルマーチ』では人物の運命に仮借ない変動をもたらす時間の作用にも光が当て

られる。こうして、複雑な網目（web）で相互に結ばれた人物たちの運命が、時の推移に従って微妙に影響し呼応し合って、刻々と流動変化していく様相が綿密な構成のもとで展開される。『サイラス』以来、頻繁に使用してきたダブル・プロットよりも更に複雑多岐に発展させた多重プロットに取り組んでいるが、四つのプロットが独自に発展しつつ徐々に集結し、現実の人生さながらの規模と精細さでコミュニティーの全容を構築していく神業的な手腕を見ると、エリオットは一体どのような頭脳をしていたのだろうと驚きを禁じえない。『ミドルマーチ』の偉大さは、このような時間・空間・心理の精細な追求による立体的な構成力にあるのではないだろうか。

こうしてドロシア、リドゲイト、フレッド、バルストロードなど市民群像の流動変化する運命が辿られるが、本章では、ドロシアに焦点を当て、彼女の形成の歩みを考察する。

(1) ヴィジョンの発展

『ミドルマーチ』に一貫して流れているのは変化の概念だろう。この世に固定するものは一つとしてなく、全てが流動の中にあるという観念が主調となっている。人間の運命や性格もその例外ではなく、時とともに変化する。ドロシアの場合は愛の精神に開眼する形成のプロセスが辿られているが、特にものの見方の成長・進化に力点が置かれる。

他のことは全てもとのままであったにしても、光が変わってしまったのだ。真珠色のほのかな曙は真昼には見ることが出来ない。　（二十章）

十章の婚約披露宴での輝かしい姿を最後にドロシアはしばらく物語から姿を消すが、再び登場する二十章では、冒頭からハネムーン先の宿舎で激しく泣いている。結婚前と後のこの対照的な差を語り手は、カソーボンという対象は同一でも、それを照射する光――ドロシアの視点――が変わったため、昔のような夢はもはや見られないのだと説明し、時の経過とともにものを見る目もまた変化することをほのめかしている。エリオットの作品に常に感じられるのは、「ものの正しい見方」への関心であり、「ヴィジョン」の表現は作品理解のいわば鍵[1]となっているが、特に『ミドルマーチ』では、登場人物たちの会話や語り手の注釈に「ヴィジョン」に関する言及が多い。以下、ドロシアに関する「ヴィジョン」の表現を見ることによって、彼女の成長を辿っていきたい。

まことに愛想がよくてあどけない容貌のシーリアにひきかえ、姉である令嬢の大きな目は、その信仰とともにあまりに並外れていて、目立ちすぎた。かわいそうなドロシア!

（一章）

ドロシアがティプトンに与えた印象を語るこの短い文は、彼女のヴィジョンの特異性を明確に表わしている。市民たちにとって異様に思えるその瞳は、単に個性的な外観というだけではなく、狭く旧弊な地域社会には異質の「ものの見方」を暗示している。さらに、愛想良く周囲と共存できるシーリアとは違って、その異質性によって社会から遊離し安住できそうもない彼女の運命までも予感される。しかし、「かわいそうなドロシア!」と詠嘆する語り手の口調には、同情だけではなく、ここではむしろ皮肉の響きの方が強い。

「第一部　ミス・ブルック」では、知識と学問を偏重するドロシアの風変わりな面が、辛辣に紹介される。熱烈な信仰心から質素な衣服に身を包んで理想を追い求め、貧民救済計画に没頭したり、パスカルの『瞑想録』を暗誦し、ジェレミー・テイラー、ヘロドトス、キーブルを読みふける彼女を、世間は「ずば抜けて頭のいい令嬢」と評するものの、常に常識家の妹と対比し、極端なことに走るドロシアを一種の変人として、遠巻きに敬遠している。

彼女は常々「自分の人生を偉大なものに捧げたい」と熱望していた。しかし、その対象が何なのか、どうすれば実現できるのか、明確に分らず、苛立ちが「夏の濃いもやのように心に立ち込め彼女を苦しめるのだった」（三章）。つまり彼女のヴィジョンは、アスピレーションという「濃いもや」に厚く遮られ、自己中心的、閉鎖的にならざるを得ない。世評とは異なり、スイスで受けたドロシアの教育は「清教主義に基づく僅かな知識」（二十章）でしかなく、壮大な道へと導いてくれるものを渇望の末、人生の真理を解明できるのは絶対的な知性だと短絡的に思い込んでしまう。

こうして宗教史を研究する地元では高名な学者、カソーボンとの結婚へと邁進する過程が、皮肉と風刺のうちに描かれる。二章のモットーには、「ごく普通の男を黄金の兜に身を固めた武者だ」と言い張るキホーテの台詞が引用され、熱望に駆られ真実が見えないまま独りよがりの正義感に溺れ、無分別な行動へと突き進むキホーテ的人物として、ドロシアのヴィジョンの歪みに焦点が当てられる。

「ミイラ同然」、「棺桶に片足を突っ込んだ男」と、初老の学者カソーボンを酷評するチェッタムを筆頭に周囲の猛反対の中で、「この人こそ学者と聖者の栄光を兼ね備えた現代のアウグスチヌスだわ」、「そうなれば、偉大な人たちと同じものの見方で真理を理解できる」（三章）と願望の実現を彼との結婚に託すのだ。彼女が思い描くカソーボン像には、ボシュエ、パスカル、ロック、ミルトン、フッカー等いにしえの大学者、大宗教家が名を連ねる。周囲の辛辣きわまるカソーボン評との落差からも、ドロシアの未熟なヴィジョンは明白だろう。「君の意向には干渉しないよ。まあ、好きなようにやってみなさい」と無責任なほど寛大な後見人の伯父は、二十七歳もの年の差に不安を感じつつも、彼女の意志を尊重する。こうして熱烈な清教徒的憧憬に駆り立てられ理想を渇望した結果、無謀な結婚へと猪突猛進していく過程が、冷めた客観的な口調で語られる。語り手の視線は経験豊かな円熟したものであり、人生には如何に誤解や幻想が多いかを述べ、またそのお蔭で人生は何とか曲がりなりにも進むのであり、結婚前のこうした夢想があればこそ、前途多難な結婚へも恐れることなく嬉々として飛び込めるのだとして、やみ雲に突っ走ったドロシアへの理解も示している。とはいえ、独りよがりの夢を追い求めた結果として、二十章のモットーの「突然目覚めた幼児」さながら、ドロシアは結婚後すぐ夢から目覚め、現実との落差に戸惑うことになる。

ローマはミドルマーチ市以外に作品に現われる唯一の場だが、井の中の蛙のドロシアを初めて現実洞察へと導く壮大な歴史の都として象徴的な色が濃い。死の仮装舞踏会のようにひしめくおびただしい過去の遺物に、彼女はカルチャー・ショックを受ける。何より失望したのは、自分の学問以外興味も共感も示さないカソーボンの枯渇した感性であり、熱烈な思いに満ちた彼女は寒気を覚える。このような時、夫とは全く対照的なウィルが登場する。

ウィルを見て先ず心を打たれるのは、明るい日の光のような輝きだった。……彼が素早く顔を振り向けると、髪の毛が光を撒き散らすように思えた。だからこのきらめく光は、彼に天賦の才のあることを示している、と考える人もいた。それに引きかえ、カソーボン氏からは一筋の光も射してこなかった。（二十一章）

ドロシアの前に立つカソーボンとウィルは光のイメージに於いて対照的である。きらめく光のイメージをもつウィルに対し、カソーボンは「ろうそくの灯りだけの、光の入る窓のない部屋」（二十章）に喩えられ、一貫して薄暗い闇のイメージが濃い。光はものを見るための必須の条件であり、また、**Enlightenment**（啓蒙）の語に光の意味が内包されていることを考慮しても、ウィルはドロシアのヴィジョンの形成にとって不可欠の肯定的存在と考えられる。こうして正当なヴィジョンの形成に寄与する存在として、ウィルとカソーボンは対極的な位置にある。

生来美しいものに敏感でありながら、芸術作品にすら道徳的有用性を求めずにいられないドロシアに、倫理偏重を指摘し感性の素直な享受へと導いたのがウィルであり、その場がローマだったことは意義深い。当時のローマは、フリードリッヒ・オーヴァーベックをリーダーとする若きドイツ人画家たちが、情熱的にロマン主義運動を繰り広げていた都だった。画家ナウマンを友人とし、自らも「シェリーのような人物」、「バイロン風の男子」と評され、「善と美を愛すること」を信条とするウィルは、ロマン派詩人の中でもエリオットに多大の影響を与えたワーズワスではなく、シェリーやバイロン風の自由奔放、情熱、悪く言えば放縦という資質が与えられている。職業も拠って立つべき地盤もない根無し草の彼が果たしてドロシアにふさわしい男性か否か、論議の的になってきたが、エリオットは彼の主情的な視点にヴィジョンの理想を見ていないだろうか。

結局、本当のものを見るのは心の目だ。絵は不完全なくせにしつこく肉眼に訴える。そのことを僕は特に女を描いた絵について感じる。女とはまるで彩られた外面だけのものとでもいうようじゃないか。本当の女が分かるのは、その人の動作や声の調子だ。女は息づかいそのものまで夫々違っている。彼女たちは刻々変化する。（十九章）

ウィルが画家にならないのは、「スタジオ風の視点」という「一面的視野」が嫌いだからである。絵は対象との間に一定の距離を置くことによってはじめて成立するものであり、本質的に阻害性から免れない。それゆえウィルは視覚のみに頼る「疎外されたヴィジョン」を拒否し、聴覚、触覚などあらゆる感性を駆使した魂による対象の把握を志すのである。彼の言う「心の目」とは、「ギルフィル氏の恋物語」で、登場人物に思いやりという「心の目で接してやってほしい」と語り手が訴えたものと基本的に同一であろう。

「(人間の行為の)正体は望遠鏡で注意深く観察すれば看破できるだろうか。全く駄目だ」(六章)とか、「一滴の水に顕微鏡をあててみても、我々の下す解釈はお粗末なものである」(六章)と、語り手は視覚のみに頼る認識は、如何に正確であっても不完全だと示唆する。それはまた、科学や知性による洞察の限界をも指摘している。我々は既に、「人生の真相を知りたい」と願ったドロシアが、知識と学問によって把握できると信じた結果、カソーボンを選択し夢破れた例を見ている。正しいものの見方には、理性による厳正な観察以上に対象への共感が肝要だとするウィルの言葉に、他者との断絶を埋める鍵が暗示される。

旅から帰ったドロシアを待っていたのは、ロウイックでの孤独と幻滅である。夫と心を交わすこともなく、外部との交流もない「精神の牢獄」のような結婚生活の中で唯一安らぎを覚えるのは、ジュリアの肖像画だった。ロウイックの全てが萎縮していく中で、この絵のみが光と拡大のイメージで表現されている。

この肖像画を初めて見た日から今日まで、ドロシアは何と多くの経験をしてきたことだろう。その絵に彼女は今までにない親しみを感じた。それは彼女の声を聞き取る耳をもち、それを見つめる彼女の心を汲みとってくれるかのようだった。ここに描かれてあるのは、結婚にまつわる難しさを多少は知っている女性だった。いや、そうではない、画面の色は濃くなり、髪の毛や目は光を放つかと思われた。それは男の顔になり、じっと彼女を見つめて晴れやかに微笑んだ。その目は、あなたは本当に興味深い方ですね、だからあなたの瞼のどんなかすかな動きも見逃しはしませんよ、その意味も汲み取りますよ、と告げていた。あざやかに浮かんできたその顔は、心地よいほてりをドロシアに伝えるようだった。彼女は自分も微笑んでいるのが分かった。（二十八章）

彼女はこの絵を単なる傍観者として眺めておらず、不幸な結婚という共通体験から生まれた共感を寄せて接している。その結果ドロシアと絵の間には親近感を抱いて相互に見つめ合い、声を聞き、理解し合う心の交流が生じている。ジュリア像が徐々に変形した男の顔は、ローマ以来彼女を理解してくれるウィルに他ならず、彼と微笑を交わし彼の目の中に自分への積極的な働きかけを認め陶然とするこの冥想の場面は、『ミドルマーチ』には珍しく感覚的であり性的なニュアンスさえ感じさせる。ここでは魂の交流を基盤とした彼への思慕が既に芽生えている。しかし、他者との共感を切望しつつも、ドロシアのヴィジョンは今なお自己中心的である。ジュリアはドロシアにとって、共通体験を媒介とした自己の分身的存在であり、彼女は画像を通して自己を見つめている。また微笑みかけるウィルも彼女の願望の産物であり、この絵に寄せる彼女の視線はナルシスト的な色が濃い。

「夫にドロシアの心の苦悩が見えないように、彼女もまた彼の内なる苦しみには盲目だった」（二十章　傍線、筆者）とあるように、カソーボンもドロシアもパートナーの心の内に目を向け思いやることが出来ない。『ミドルマーチ』では他者の心中を洞察することの難しさが度々言及され、とりわけ人間関係の中でも最も基本的で最も密接な夫婦の認識の乖離について克明に辿られる。例えば、ロザモンドとリドゲイトを語る時も、「哀れなリドゲイト！　それとも哀れなロザモンド！と言うべきだろうか。二人は夫々相手のあずかり知らぬ世界に住んでいた」（十六章）というように、相手の胸中が全く分からず、また分かろうとしないまま自分の思いを熱く育んでいく様相を見詰める語り手は、自我をもつ人間に免れない不幸な限界として、同情を寄せている。ドロシアにとっての課題は、自我を超え、夫の実態を正視し、その苦悩を「考えではなく感情の明晰さ」で汲み取ることだった。つまり、反省や強制でなく、直感としての感情の発露でなければ無意味で、その境地に至る道程は生易しいものではない、と語り手は嘆息するように言う。だが病に蝕まれ、実りのない研究に苦しむ夫の実態を知った時、ドロシアは初めて哀れみを覚え、同時にヴィジョンの拡大へと近づいている。

しかし、ドロシアは不思議にも落ち着いていた。ローマで同様のことがあった時と違って、その場ですぐ腹を立てなかった。……もはや事実を認めまいともがくのではなく、事実を出来るだけはっきりと認めた上で、それに自分を合わせようとしていた。夫の失敗を、と言うよりは失敗だとおそらく気付いている夫をはっきり見届けた今、彼女は優しくいたわることこそ義務である妻のとるべき道をじっと見つめるのだった。（三十七章　傍線、筆者）

ローマでウィルから夫の学問が如何に時代遅れで評価されないかを聞いた時の悲しみと怒りの反応はなく、ここでは夫への静かな同情の念が自我を滅却させている。願望に歪んだ主観的な認識は消え、実態を正しく認識し受容する境地へと成長しているが、それは同時に相手を思いやる愛の精神への開眼でもある。ここではドロシアの方から夫との距離を埋め、一体化しようとする積極的な意志が見られる。

だが、ドロシアの歩み寄りは結局、一方通交で終わる。エリオットは自尊心を、連帯感を阻むものとしてむしろ欠点とする。誇り高いカソーボンは、他者から哀れまれるのが耐えがたく、殊に妻から同情されるのを嫌悪し恐怖する。その結果、彼女を拒否し自我の殻を一層頑なに閉ざしてしまう。語り手はカソーボンだけでなく、人間に共通の一般論として、自尊心ゆえの孤立の克服には、それを卑しいものと自覚させるほどの深いフェローシップ（連帯感）しかないと語るが、残念ながらドロシアには彼の氷のような自我を溶かすだけの力はない。結局彼女が悟ったのは、「不信ほど心淋しいものがあろうか」という夫婦の断絶だった。

これに反し、強い連帯感に結ばれる夫婦の例がバルストロード夫妻である。半生をかけて信じ崇拝してきた夫の暗い過去を知った妻ハリエットの衝撃は大きく、世間体を大切にする彼女にとって、夫の罪は許しがたい恥である。しかし打ちひしがれた夫の姿を見て、「初めて知った憐憫と長い年月の愛情が大波のように」妻の胸に湧き上がる。夫に哀れみの念を寄せるという同一体験に於けるドロシアとハリエットの違いは、夫婦として喜怒哀楽を分かち合った絆による連帯感の差だろう。窮地に追い詰められた末にバルストロード夫妻が辿り着いた相互信頼の境地を描くこの部分は、ドロシア夫妻の葛藤を追及した膨大な頁に比べると、短く淡々としたものである。「無言のうちに夫は告白した、そして無言のうちに妻は変わらぬ心を約束した」(七十四章)。夫妻は事件について一言も触れない。にもかかわらず互いの胸のうちを理解し合い、力を合わせて世間の非難と屈辱に耐えていく決意を交し合っている。この場面は『ミドルマーチ』でも最も感動的なシーンの一つだが、夫婦が共感によって一体となり得る強い結びつきを示した例である。

エリオットの小説には多くの結婚生活が描かれるが、いずれも不幸な様相が濃く、その殆どが夫婦の深刻な葛藤を主題とする。特に「ヴェール」と『ダニエル・デロンダ』では、夫殺しに至る憎悪で結ばれた夫婦像を見せている。さすがに多様性を誇る『ミドルマーチ』では、ガース夫妻、フレッドとメアリ、危機に遭遇して一層強く結ばれるバルストロウド夫妻など、幸せな夫婦像も見られるが、圧倒的に印象深いのは、ドロシア、リドゲイトの不幸な結婚だろう。悪女の典型であるロザモンドを妻としたリドゲイトは言うに及ばず、ドロシアの場合を見れば、結婚とは如何に難しいものかが痛感されるはずだ。欠点も長所も持つごく普通の男女が、対等といってよい力関係のもとで、相互への幻滅から孤独、不信へと至る過程に見られる深刻な心理の葛藤、自我のからみ合いは実に精細を極め、その結果結婚生活の難しさはフェミニズムの域などはるかに超えた万人に共通の永遠の問題にまで高められている。

「あなたにはお分かりですね、結婚の束縛がどんなものかを。あなたなら何だって分かってくださるでしょう」(七十六章)と、リドゲイトは同体験をしたドロシアに、結婚が人生に及ぼす弊害を訴える。彼はわがままな妻のために大志を挫かれ、人生での敗北を自認している。夫婦の自我の闘争に敗れたこのリドゲイトに対し、ドロシアの場合、結婚の試練はむしろ精神成長に至るための大きな契機となっている。夫婦の相克という泥沼を経ることによって、初めて自己の未熟さに気づき、自己と他者の正しい関係に目覚めるとともに、夫への不満や怒りは影をひそめ、自己への厳しい内省が湧き上る。このようにドロシアの内的成長は夫との葛藤を大きな契機としているが、厳しい省察による自己否定から他者愛へと開眼する過程では、むしろ自己との戦いの熾烈さの方が印象的である。

ドロシアにとってカソーボンとの結婚は結局失敗だったが、試練の体験は無駄に帰したわけでなく、思いやりの精神に開眼した彼女は、悩める他者の救済行動へと進む。先に、第五章「禁じられた恋と楽園追放」に於いて、放浪の旅がエリオットのヒロインの開眼の大きな契機になっていると論じた際、『ミドルマーチ』のみ放浪の要素がないと述べた。およそ人生のあらゆる事象を網羅した『ミドルマーチ』に放浪のエピソードが扱われていないのは不思議な気もするが、エリオットはちゃんとドロシアに自宅に居ながら放浪の疑似体験をさせている。八十章のあの印象的な窓辺の開眼のシーンで、広大な外界と小さな自己という旅がよびさます対照のシチュエイションを応用している。愛するウィルがロザモンドと親しく同席しているのを目撃したドロシアは、嫉妬と憤りで一夜悩み抜く。早朝束の間のまどろみから目覚めた彼女は、悲しみの消えぬままカーテンを開け窓外に目を向ける。

彼女はカーテンを開け、通用門の外に見える道路とその向こうの牧場に目を向けた。道には荷物を背負った男と赤ん坊を抱いた女が居て、牧場には何か動くものが見えた――犬をつれた羊飼いかもしれない。はるか彼方に弧を描く空には、真珠色の光が漂っている。この世界の大きな広がりが、そして朝めざめて労働に出かけ、困難に耐えて生きていくさまざまな人の存在が感じられた。彼女もまた、おのずから脈打つ生命の一部であって、単なる傍観者として贅沢な自宅から眺めることも、利己的な不平不満で目を覆うことも出来なかった。

（八十章　傍線、筆者）

目の前に広がる広大な外界に触れたドロシアは、狭い自我に懊悩することの愚かしさを悟る。早朝から労働に勤しむ羊飼いと男女の姿に、仕事と家庭という重荷を背負って営々と生きる人間の宿命的な苦悩を知る。彼女の到達した境地は自我を超えた広大な世界であり、今までの自己中心的な独善性を脱し、人類の一員として謙虚なヴィジョンを得ている。こうして我が家の窓から臨む外界という設定によって、エリオットは放浪体験と同じ開眼効果を巧みにドロシアに与えている。悩める他者を傍観せず目を覆わず、心の目で思いやり苦悩を分かち合おうと、具体的行動へと乗り出していく。結婚の不幸という同一体験に苦しむリドゲイトを救おうと、ドロシアはウィルとの経緯による屈辱を捨て、ロザモンドに臨んだ結果、自我と誇りで凝り固まった彼女を感動させ、カソーボンに対しては不可能に終わったが、「誇りは二人の間で姿を消した」（八十一章）のである。

以上、ドロシアのヴィジョンの発展をさまざまな段階で見てきたが、対象の実体から目を背ける自己中心的な疎外のヴィジョンから心の目による対象との融合のヴィジョンへと成長していることが分かる。ドロシアがロザモンドを動かした場面、バルストロード夫妻が達した一体化の場面を見ると、人と人を結ぶものの探求というエリオットの課題は、思いやりによる相互理解に解決を見ていることが分かる。

興味深いことに、ドロシアが到達した「共感による対象との一体化」というヴィジョンを、エリオット自身、作家として創作信条としており、更に読者へもこの精神を求めている。『ミドルマーチ』でエリオットは全知の視点の可能性を最大限に活用して、社会の全体像を把握し、公平な客観性によって複雑に絡み合う人間関係の真実を捕らえ得ている。それでいて神の視点に特有の、人間を高みから傍観する非情さはない。「何故いつもドロシアは、なのだろう。彼女の側からの見方以外に、この結婚についての観点はないというのか」（二十九章）と言う語り手は、それまで延々と追求してきた、結婚後のドロシアの戸惑い、失望、懐疑、嫌悪などから視点を転じて、今度はドロシアの相手、カソーボンの心理に光を当て、結婚生活に悩む彼の胸中をすみずみまで解読してみせる。全力を注ぐ研究が完成しそうにない焦り、発表論文の不評、体力への不安、何よりも若い花嫁が独りよがりな情熱と過剰な期待をかけてくる重圧が明らかにされていく。このように始まったばかりの新婚生活に向ける思いや感情は、夫婦といえども決定的に異なり、一心同体には程遠い。語り手は臨機応変に種々の人物の内面に侵入し、どの人物からも等距離に立ち、客観的な成熟した視線で、あらゆる角度から対象にアプローチして、その内なる思いを見つめ真相に迫ろうとする。そして読者に対しても、人物たちに「無関心や冷淡な眼差し」ではなく、理解ある関心を抱くよう暗に要請している。ビルドゥングス・ロマン[2]は主題として人間形成を扱うのみならず、本来、読者のビルドゥングをも意図したと言われるが、作品世界への読者の共感拡大を創作の目的とするエリオットもまた、モラル・ヴィジョンの発展と精神成長をドロシアだけでなく読者にも求めている。

(2) 新たな冒険――分冊出版

三巻本で出版された『フィーリクス』の不振の打開策として、一八六七年三月、ブラックウッドは、新たな出版方式への画期的な冒険をルイスに提案している。

我々の次の冒険として、出版形態の刷新を試みねばなりません。現在の貸本業のシステムは間違っていると思うのです。ああいうやり方は凡庸な小説の制作を助長するばかりで、一冊一冊が何百回も繰り返し読まれる真に優れた良書の制作を促進しません。

(『書簡集』四巻三五二)

三巻本は、ウォルター・スコットが一連の「ウェイヴァリー小説」(一八一四～二九)で出版形態として定着させて以来、一八九〇年頃までフォーマットの標準として君臨している。当時、三巻本は平均三十一シリング六ペンスと大変高価だったため、読者は買うより借りる方を選び、その結果、貸本業者にとって三巻本は利益の大きい出版形態だった。また、出版社と作家にとっても、大手貸本屋ミューディーは読者の要望を満たす作品だと判断すれば、新刊本の場合、平均千五百冊を購入したため、三巻本は貴重な収入源となっている。[3] 特に作家にとってミューディーは作品を世に出すチャンスを与えてくれる大切な存在だった。しかし、ミューディはその代償として、三巻本にさまざまな制約を課し、タイトル・出版日・装丁・出版形態などの外的条件だけでなく、小説の内容にまで干渉し、道徳的趣旨を強制したり「検閲」するようになる。

こういったミューディの支配は、小説の芸術性を低下させるとして、一八六〇年頃より批判が高まっていく。元来、貸本屋の利益拡大を狙って考案された三巻本には、長さ（一巻が約三〇〇頁、三巻で九〇〇—九二〇頁）[4] を満たすため、頻繁に水増しが行われた。冗長な描写、脱線、複雑な脇筋などが脈絡もなく挿入されたり、不必要なエピグラフ・改行・余白が多かったため、低レベルの作品が氾濫するにつれてその弊害が問題視されるようになった。[5] 更にミューディは出版社より一括して大量の本を仕入れる場合、支配力を振りかざして高い比率の割引を要求しており、これにはブラックウッドも度々書簡で愚痴をこぼしている。貸本屋の横暴、三十一シリング六ペンスという三巻本の高価格に抵抗して、それまでにもスミス・エルダー社やベントリー社が反旗を翻し、廉価な方式を試みている。しかし、結局貸本屋の圧力に屈し、志半ばの挫折に終わっている。その原因の一つに、本は借りるものであり買うものではない、というイギリス人の固定観念がある。[6] 二八〇頁に引用した手紙（『書簡集』四巻三五二）で、ブラックウッドが貸本屋を批判し、何とか対策を講じねば、と呼びかけた背景には、以上のような出版界の事情があった。
その手紙の約四年後、『ミドルマーチ』の出版に当たって、ルイスはブラックウッドに画期的な提案をした。

ご考慮の上、検討して頂きたい件があります。ルイス夫人の予想では『ミドルマーチ』には三巻ではなく四巻が必要となるようです。当初、私はその考えにたじろぎましたが、スペースが足りないせいでストーリーが損なわれてはなりません。貸し本屋の裏をかき、読者大衆に借りるより買わせる方法を考案したいと、あなたは一度ならず言われましたが、ヴィクトル・ユーゴーがあの長い『レ・ミゼラブル』で実行した計画をヒントに、私は以下のような案を考えたのです。つまり一ヶ月か二ヶ月の間隔で、半巻という形態で出版するのです。一部五シリングで八部ならば、四巻で二ポンドです。二ヶ月に一度の刊行なら『マガ』よりも高価にならないでしょう。各部には夫々個別のタイトルを付け、統一とまとまりをもたせます。かくして、作品の題名は『ミドルマーチ』、第一部は「ミス・ブルック」と命名する予定です。

（『書簡集』五巻一四五-六　傍線、ルイス）

『書簡集』によれば、『ミドルマーチ』は一八六九年八月、先ずフェザーストーンとヴィンシーのプロットから書き始められたが、それとは別に、「ミス・ブルック」の執筆も平行して行われている。しかし、翌七〇年十二月初旬、計画を急遽変更し、この二つを結合することに決められた。二八二頁引用のルイスの手紙（七一年五月七日付）は、この決定の五ヵ月後に書かれたものだが、その時点で既に、価格、刊行形態、タイトル、といった主要事項が具体的に案出され、四巻本にする計画が整っている。貸本システムに抵抗すべく、同時進行していた二つの作品を一体にし、三巻本の域を超えた長大な作品の創造が着々と進んでいたことが窺われる。十九世紀小説に多いダブル・プロットは、三巻本の長さに合致するよう頁数の水増しのための対策の一環であったとも言われるが[7]、今回のエリオットたちの戦略はそれを逆手にとり、多重プロットによって四巻本の長さにすることで、三巻本と貸本屋の拘束に立ち向かったと考えられる。

こうして、『ミドルマーチ』の初版は、シーリアルという分冊方式で行われた。一八七一年十二月から七二年十二月まで、夫々半巻を隔月刊六回、クリスマス商戦に合わせて最後の二回は月刊にする。本を買う習慣のない読者にも買いやすい一部五シリングという値段を付けて、貸本屋を出し抜く戦略を実行した。市場を席巻する三巻本に挑戦し、流通システムでのミューディの独裁に一矢を報いたこの件は、英国小説出版史に於いて画期的な出来事と言われている[8]。

分冊小説は定期的に刊行されるため、各号が書評の対象となる。あら筋と見所の解説程度の記事でも、進行中の小説ゆえ宣伝効果も大きく、次号の展開を期待させる力が大きかった。例えば『ダニエル・デロンダ』もやはり分冊方式で出版されたが、小説の展開に一喜一憂する読者が如何に次の出版日を待ち焦がれたか、次号を待ち望む読者の白熱ぶりが、ヘンリー・ジェイムズの「会話・『ダニエル・デロンダ』」には生き生きと綴られている。このような熱い期待感の中で続きを読みたい読者は、妥当な価格なら次号を買わずにおられず、小説が完結し、製本され、貸本屋に並ぶまでじっと待つといったケースは少なかったに違いない。本は買うのでなく借りるものという考えが根強く染み付いていた当時の読者層の意識に新風を吹き込んだ功績は大きい。

分冊方式を採用した以上、『ミドルマーチ』も、如何にして読者を次号へと引き付けるか、という最大の課題に向けて、さまざまの点で工夫と配慮がなされている。巻末に山場をもってきて次号へと期待をつなぐ方法もその一つだろう。第三部末のフェザーストーンの急死、第四部末のカソーボンの突然の病、第五部末のバルストロードの暗い過去とウィルとの関わりの暗示、第七部末の窮地に立つリドゲイト、といったように緊迫感を湛えたサスペンス状態でのストーリーの中断が目立ち、是非この続きを読みたいと読者に思わせる展開を見せている。また、当時流行の扇情小説への同調も示唆されており、[9] 読者大衆の趣向をエリオットも結構配慮していたことがうかがわれる。しかし、何よりも彼女の念頭を占めたのは、質の高い作品を求める姿勢であり、作品を少しでも上質なものにすべく腐心している。

例えば、ドロシアがカソーボンとの婚約の宴を最後に物語から姿を消してしまうことを危惧したルイスは、「ドロシアと夫が第二部に全く登場しないのはまずい。もし、彼女のストーリーが第二部に多少なりとも導入されれば、ぐんと興味深く力強いものになると思う」（『書簡集』五巻二二四）とブラックウッドに相談した結果、ハネムーンで訪れたローマでのドロシア夫婦とウィルのエピソード（十九〜二十二章）を、第二部の末尾に配置することとなった。ウィルの登場によって新たな人間関係が進展するこの四つの章は、ドロシアが願望の夢から現実に覚醒する契機となる重要な部分である。第二部は「老いと若きと」というタイトルのもとに、若さにまかせて理想を追求する強気なリドゲイトに対する人生の垢に薄汚れた観のあるフェアブラザーやバルストロウド、若いフレッドとメアリに対する死を目前にしたフェザーストーン、という老若の生き方の相違が天職・相続・結婚のテーマをめぐって展開されるが、これに、光と情熱のウィルに対するカソーボンの枯渇、という強烈な対比が追加されることにより、更に対照が際立ち重層的な効果を高めることになった。

その他、「三部は一部より枚数が少ない。フェザーストーンの死は、巻を終了するにふさわしいエピソードだとルイスは言うが、他の部とのつり合い上、もう少し長くすべきではないか」（『書簡集』五巻二四九）とエリオットから長さのバランスに関する相談を受けたブラックウッドは「そんなことに煩わされませんように」、「リドゲイトがロザモンドに魅了されるあの部分（三十一章）だけで十分に価値がありますから」（『書簡集』五巻二五一）と答えている。このように、如何にして読者の共感を得るか、如何にして良心的な作品を創造するか、がエリオットの念頭に常にあり、出版界の動向に鋭い嗅覚をもつルイス、長年の円熟した体験をもつブラックウッドと検討を重ね、綿密な戦略が練られている。

更に市場対策として、ルイスが精力的に方策を案出し実行している。アメリカに市場の新天地を求めたのもその一環だろう。当時は国際的な著作権協定がなかったため、イギリスの人気小説がコピーされ大量に売られていた。いわゆる海賊版の出版が横行していたアメリカを相手に、ルイスはハーパー社と契約し、アメリカ先行で『ミドルマーチ』を出版している。ブラックウッドは本国での売れ行きに影響しないかと心配するものの、ルイスとの和を優先することに徹した。

『ミドルマーチ』は「当代で最も優れた小説である」[10]と圧倒的な評価を受けるが、同時に商業的にも初版後三年間で三万三千部以上を売る成功を遂げ[11]、エリオット、ルイス、ブラックウッド三者の作戦が実を結ぶ結果となった。ただ、ルイスたちが考案したこのユニークな出版形態も、エリオットが大作家であったから成功したのであり、他の作家が同様のことを企画しても、どのような結果になったか分からない[12]、とも言われている。事実、この後も三巻本と貸本屋は依然として小説出版界を支配しており、急速に影響力を失う一八九四年まで存続している。

第十一章

新境地を拓く　『ダニエル・デロンダ』

　ビルドゥングス・ロマン、風俗小説、ロマンス、シオニズム称揚小説など、『ダニエル・デロンダ』（以下『ダニエル』と略記）には、さまざまな鑑賞と読解を許容する多彩な主題が溢れている。また、ビルドゥングを一例に考えても、グェンドレン、ダニエル、レックスの三者三様の精神成長が追及されており、多様性に富む。このように出版の際の宣伝文句どおり『ダニエル』には当時の英国生活の諸相が広く精細に再現されている。ヒロインの二年間に渡る形成の歩みは、アーチェリー、舞踏会、音楽会、狩猟といった貴族の多彩な社交行事の中で華麗な風俗絵巻のように繰り広げられる。更に、エリオットの幅広く深い教養に基づく音楽、美術、建築などの絢爛たる世界が作品に溶け込んで情感溢れる美しい場面を展開し、質の高い総合芸術を作り上げている。このように当作は「深く豊かな英国的色調」[1]に満ちた大作なのだが、同時に従来の作品にはなかった斬新な取り組みが多々見られる異色作でもある。エリオットは最後の長編小説に思い切った実験を試みたのではないだろうか。

中期作品以降、エリオットは作風の発展を求め、しばしば創作の袋小路の中で呻吟しているが、今回彼女を襲った苦悩には、前作『ミドルマーチ』の素晴らしい成功が少なからず影を落としている。『ダニエル』を構想したのは、ちょうど『ミドルマーチ』出版と同時期だった。「次の大作に向けてじっくりと構想をあたためています。しかし、世人は『ミドルマーチ』を最高傑作と考えているようなので、今後私がどんな作品を書いても、きっと満足してもらえないでしょう」と一八七三年十一月五日付けの書簡で言及しているように、『ミドルマーチ』の好評と順調な売れ行きは、彼女にとって喜びと同時に重圧ともなっている。『ミドルマーチ』は「当代で最も優れた小説」として、一般読者と書評者、更にクラブ（アシニーアム）の熱狂的な賛辞を受け、商業的にも一八七九年までに三万部を超える売り上げを突破した。これほどの成功作の後に同種の物を書いても見劣るに違いないという不安が『ダニエル』創作の根底にあり、前作を凌駕する作風を求め未知の領域へと歩を進めたのではないだろうか。

この作品もダニエルを中心とする部分とグェンドレンを中心とする部分のダブル・プロットより成るが、前者では当時誰もが書くことを避けたユダヤ民族問題を、後者では上流社会を舞台に異色のヒロインの波乱の歩みを主題として、海外にも及ぶ広大なスケールのもとに追求した結果、従来とは一風異なる壮大な夢と華麗な美に満ちた個性的な作品が誕生している。『ダニエル』

はエリオット過渡期の作品と評され、[2] 主題に於いても技法に於いても、種々の意欲的な開拓が見られる。本論では『ダニエル』に於ける新たな取り組みを、(一) ヒロイン、グェンドレン像、(二) ユダヤ的主題、を中心に検討したい。

グェンドレン像

一八七二年秋、エリオットはルイスとともにドイツ、ホンブルグを旅した。二人は生涯頻繁に海外へ渡航している。原稿を書き上げ創作の重荷から解放されると、労働をねぎらい、書評に一喜一憂するプレッシャーから逃れるため外国へ向かうのが常だった。彼女にとって旅は英気を養い再び創作意欲を掻き立ててくれる万能薬[3]のようなものだったのである。事実、『ロモラ』、『スペイン・ジプシー』など旅行中に発想を得たものも多い。『ダニエル』もまたそうだった。ホンブルグの賭博場で、エリオットは若い娘が退廃した雰囲気の中で賭けに打ち興じている姿を偶然目にし、大きな衝撃を受ける。冒頭のあの印象的な場面はこうして生まれたのだった。

ディケンズやブロンテ姉妹の作品に比べると、エリオットの小説は少々単調で退屈だ[4]という評に時々お目にかかるが、実際、延々と続く複雑な構文や哲学思想の冗長な叙述など、頷けるところもある。しかし、ストーリー展開の面白さという点で、『ダニエル』は決して引けを取らないのではないだろうか。特にグェンドレンの結婚に至る四巻までは、起伏に富んだプロットもさることながら、グェンドレンの小気味よい魅力によって十二分に読者を引きつける。興味を掻きたて、物語世界へと引き込み、次の発展を期待させる手腕は抜群である。エリオットが先ず読者の意表を突くのは、第一章の衝撃的な書き出しである。

彼女は美しいのだろうか、美しくないのだろうか。その眼差しを力ある美しいものにしている形、あるいは表情の秘密は何なのだろう。その目の輝きを支配しているのは、善なる守り神か、それとも悪しき霊か。おそらくは悪しき霊であろう。（一章）

いきなり問いかけてくるこの冒頭を読んだだけで、従来の作品とは大きく異なる兆しが感じられるだろう。彼女の作品では登場人物が動き始める前に、時間的・空間的に舞台が設定されるのが常だった。時には平板とも思える静かな筆致のうちに背景が説明され、社会の中の一人物として位置づけることから始まった。ところが、『ダニエル』では第一行から緊迫感を湛えてヒロインに直接迫り、そのダイナミックな眼差しがクローズ・アップされ、読者に問いが投げかけられる。「彼女は美しいのだろうか」で始まる導入部は、ダニエルの問いでありながら、実は語り手（作者）の問いかけなのかもしれないと思わせる迫力がある。エリオットは先ず何よりもグェンドレンという新しいタイプの女性の創造に焦点を集中し、力を注いだのではないだろうか。

慎みと服従が女の美徳とされた時代に、異国の賭博場で男たちに混じって大胆な賭けを張り、華々しい負けっぷりで注目を集めるグェンドレンは、当時の読者には異例の新しい女、むしろ悪女のイメージが濃い女性像だっただろう。「自分で決めなくてはならないわ。私の人生は私のことだもの」、「他の女性のようには絶対なりたくない」と言う彼女は、小説の前半、美と才気、溌剌たる生命力で読者を魅了する。誰もが無気力に沈み込む雨の日でも、彼女が部屋に入ってきただけで気持ちが引き締まり、ホテルの給仕さえてきぱきと仕事にとりかかる。こういった簡潔だが的確なエピソードを積み重ねて、人々の尊敬をかきたてずにおかない彼女の卓越性が存分に描かれる。

中でもエリオットが力点を置いたのは、彼女の「果敢に挑戦する姿勢」だろう。冒頭の賭博をはじめ、一家の破産、グラシャー夫人、クレスマーとの会見、グランドコートとの結婚という人生の賭けなど、彼女には対決の場面が多いが、いずれの場合も臆することなく独力で対峙し、その結果の責任を一人で受け止めていく。特に印象的なのは、突然破算の報を受けた際の彼女の対応振りである。急遽帰国すべく夜を徹して荷造りを済ませた彼女は、鏡に映った自分の顔に思わずキスをして決意する。「事態を嘆かず、戦おう。友人の同情に縋ってはならない。私には不幸を打ち砕く力があるのだから」（二章）。語り手は思わず言う、「このような若い魔女がかつていただろうか」。恐れを知らぬ自己過信は若さの証左とはいえ、次々に襲いかかる不幸にも打ちひしがれず立ち向かっていく気概は、依存と隷従の型にはまった従来のヒロイン像から大きく逸脱している。一、二章でフラッシュ・バックを使い、災いに立ち向かう場面から始めたのは、自主的に運命を切り開こうとするグェンドレンの、時代の規範に収まらない強烈な個性を冒頭に掲げるためではないだろうか。

ところで、グェンドレンがエリオットの他のヒロインと決定的に異なるのは、その悪魔性である。聖女のようなロモラやドロシアは言うまでもなく、エスタにもせいぜい虚栄心程度の欠点しかなかったが、グェンドレンには「悪魔の血統の名残である人を刺して苦しめるような加虐性」（七章）がある。緑と銀色の装いに身を包んでパーティーに登場した彼女を、人々は賛美しつつも、「蛇」とか上半身人体で下半身が蛇である「レイミヤ」に喩えており、内に潜む悪の要素を本能的に嗅ぎつけている。「小動物を貪り食う不可解な美しい動物」（七章）としてグェンドレンを恐れる従妹アナ、少女の頃妹のカナリヤを絞め殺した件、アローポイント夫人をきわどい風刺で傷つけたことなど、第一巻では種々のエピソードを周到に積み重ね、彼女のこの危険な資質を浮き彫りにしていく。他者のために自己を捧げるドロシアやロモラと違い、葛藤の末とはいえ結局は他者を傷つけても自我を優先する女をエリオットはここで初めてヒロインとしたのである。

何よりも恐れよ、汝自身の心を。

死者を踏みにじり、彼らの戦利品を奪おうと
群れをなして殺到する欲望の影に、
じわじわと迫り来る死の苦しみの吐息の如く
姿なく、有無を言わさず、復讐が忍び隠れる。
そして、略奪した多くの美しい喜びに
蒼ざめた悪疫が息を吹きかける、その汝の心を。

巻頭のこのエピグラフは、人間誰もが持つエゴイズムの罪業をおぞましい語句で生々しく表現し、略奪は必ず報復を受けると警告する。人間の道徳的弱さについて、エリオットは何度も作品で言及してきたが、エゴイズムの暗部をこれほどまともに見据えた作品は他にない。エピグラフの意図は、十四章のモットーの、難破船の溺死者の指から宝石を略奪する凄まじい比喩によって更に増幅され、「妻の座を奪う」グェンドレンの罪と罰という道徳的主題へと発展していく。

さて人生の門出に立つグェンドレンが先ず直面するのは、「夫探し」という英国小説の最もポピュラーなテーマである。この陳腐なテーマをエリオットは起伏に富んだプロットと卓越した人物造型によって個性的な心理ドラマへと仕上げた。他のヒロインたちがさしたる障害もなく比較的すんなりと結婚に到達したのに反し、グェンドレンは紆余曲折の波乱を体験せねばならない。

グランドコートとの結婚に至る展開には、予期せぬ事件が続出し、運命が二転、三転する。例えば、十四章、機は熟し、グェンドレンの心の準備も整い、後はグランドコートのプロポーズを待つばかりという折も折、突然グラシャー夫人が登場して内縁関係を暴露するという皮肉な展開、くすぶる思いを抱いて外国に逃避し、新たな再出発を願って充電している時、降って涌いたように届く一家の破産の報、経済的破綻に立ち向かうため、歌手として自立したいとクレスマーの意見を仰ぐと、下されたのは思いもかけぬ厳しい評価。遂に家庭教師の道を選ばざるを得なくなったグェンドレンが初めて涙を流し、屈辱と絶望のどん底に落ちた時、「お会いしたい」という恭しい敬意を込めたグランドコートの手紙が届くという運命の激しい変転。ところが、三十一章、結婚式を済ませ高揚感で輝くグェンドレンのもとに届けられた呪いのダイアモンドによるネメシスの強烈な襲撃。このように日常の枠から逸脱した出来事が続出し、振幅の激しいドラマティックな展開を見せる。

特にクレスマーとの会見（二十三章）は、ギリシャ悲劇における「発見」と「逆転」にも該当する迫力をもつ。歌手としての才能に強い自信をもつグェンドレンが、初めて厳しい客観的評価に直面する場面である。最初のうちは傷つけないよう言葉に配慮していたクレスマーも、芸術家の道の過酷さを説得しても一向に分からぬグェンドレンに業を煮やし、芸術家特有の直情から彼女の歌手としての力量について次第に手厳しい意見へとエスカレートしていく。「年をとりすぎている」、「お座敷芸」、「その声では評判になるまい」。「では女優は」と食い下がる彼女に、「精一杯やっても二流どまり」、「無名の烙印を押される」、「舞台に立ったところで結婚相手を探すのに懸命な美人としか評価されない」と容赦ない酷評が下される。クレスマーの一言一言が今まで見えなかった自己の真の姿を暴いていく。非才の実体を完膚なきまでに知らされた衝撃は、グラシャー夫人の存在や破産以上にグェンドレンを打ちのめしている。

　女王の座を下ろされることは、他の格下げほどには辛くはない。だが己の神性を信じるように仕立てられていた人間が、全ての忠順の誓いを取り消され、その誓いを取り戻して自信を回復する奇跡を起こす力が自分にはもうないと知った時のことを想像してもらいたい。

（二十六章）

　これまでの絶大な自信を根底から否定されたグェンドレンは、まるで神性を剥奪されたかのような強い衝撃を受ける。この体験は、ギリシャ悲劇の重要な構成要素である「自己の真相の発見とその結果の位置の逆転」[5]を体現する劇的な場面となっている。エリオットはギリシャ悲劇に関心が高く、特にアリストテレスの『詩学』、ソフォクレスの『オイディプス』を愛読しているが、グェンドレン・プロットでは、欠点をもちつつも傑出した主人公、「発見」と「逆転」、そしてそれらが喚起する恐怖と哀れみというギリシャ悲劇の主要なドラマトゥルギーの影響が感じられる。グェンドレンの運命を翻弄する非日常の出来事の連続は、綿密に構築されたストーリー展開によって、作為性を感じさせないまま緊張感を高めつつ、グェンドレンのモラル・チョイスという山場に向かう。

エリオットの作品には必ずモラル・チョイスの場面があり、多くの登場人物がエゴティズムか義務かという選択の試練を受けてきた。[6] しかし、グェンドレンが直面する選択は、解決の難しさという点でマギーにも劣らぬ状況にある。グラシャー夫人といたいけな子供たちを不幸に陥れる邪悪な行為への恐れと嫌悪。かといって残された道は、侘しく屈辱的な家庭教師の生活。彼女の選択は破産による運命の激変という状況の中で行われている点で異彩を放っている。種々のドラマティックな出来事が連続するのは退路を絶たれた絶体絶命の状況を設定し、その極限状況での彼女の選択を鋭く凝視するためではないだろうか。自己中心的だが罪や不正に関しては潔癖なグェンドレンの良心と、屈辱と零落を身震いするほど嫌悪する彼女の自我がどのようにせめぎ合うか、崖っぷちまで追い詰められた人間がどのように迷い決断するか、の追究にエリオットは力を尽くしている。日常性を逸脱した展開に不自然さを感じないのは、グェンドレンの心理が手に取るように書き尽くされているからだろう。

こうして至難の選択に苦悩した挙句、遂に悪魔の申し出を受け入れてしまうプロセスが「精緻な心理分析によって、稀に見るほど鮮明に無駄なく再現」[7]される。グェンドレンはヒロイン造型の際のエリオットの弱点である理想化を免れた最も優れた人物造型と評価されている。圧倒的な筆力によって提示されたグェンドレンの退っ引《のっぴ》きならない心情は、読者に「あなたならどうする？」と問いかけ、道義上は誤りに違いない彼女の選択への同情と共感を掻き立てる迫力をもち、読者の共感拡大というエリオットの創作上の大きな目標が開花した見事な例となっている。

グェンドレンのモラル・チョイスの過誤は作品の後半において徹底的に罰せられる。彼女はグラシャー夫人への良心の呵責だけでなく、結婚の試練にも苦しまねばならない。グェンドレン・プロットで繰り広げられる人間性の暗黒の面は凄まじい。蝮、毒蛇のイメージをもつグラシャー夫人、蜥蜴、鰐、大蛇に喩えられるグランドコート、そして蛇のグェンドレン。彼らにまつわる爬虫類のイメージは、冷たく陰湿な人間関係を端的に表現しており、この三者の相克は戦慄を与えずにはいない。特に「洗練され蒸留された英国的残忍の権化」[8]と評されるグランドコートの底知れぬ退廃性、無言のうちにグェンドレンを呪縛する力の不気味さには、エリオットの人間尊重の精神は見られない。

彼女の結婚は愛に基づくものではなく、契約であった。地位、財産、母親の生活維持のために心を売り渡した彼女を、夫は徹底的に支配する。「優美なうろこを見せながら、とぐろを巻く危険な蛇」に喩えられるグランドコートとの結婚には、牢獄と拷問のイメージが一貫する。

壁が彼女を監禁し始めていた。この男は息をしている限り、私を支配し続けるだろう。彼の言葉には親指を締め上げる責め具のような力と、拷問台の冷酷さがあった。抵抗することは、結果を予測できない愚かな動物の行為も同然だった。

（五十四章）

霧のように陰湿な夫の呪縛から逃れられないグェンドレンは、夫への殺意とダニエルへの思慕によって鬱屈する憎悪を辛うじて抑制している。

ところで、当時流行した扇情小説は、家庭内犯罪を小説に導入し、特に夫の死と姦通をポピュラーなモチーフとした。グェンドレンのダニエルへの思いを精神的不倫と考えると、この二つのモチーフは共に本作でも重要な要素として取り上げられており、扇情小説が多くの女性読者に支持された時代の傾向にエリオットも無関心でなかったことが推察される。しかし、扇情小説が激しい怒りをこめたフェミニズムの主張に終始し、ヒロインの自己発見にはついに至らなかった[9]のに対し、『ダニエル』では扇情小説的要素を効果的に取り入れた上で、グェンドレンの堕罪とその後の良心の苦しみを精緻に追求し、試練の末の彼女の視野の拡大と自己洞察への道を丹念に跡付けている。

彼女が悪魔の仮面舞踏会に加わったのは、仮装することに酔いしれ夢中になったからである。だが最後には人間の仮面を脱ぎ捨て、本性をあらわに毒蛇のように音を立てて威嚇する悪霊の仲間に自分自身も成り果てたのではないかという恐怖に悲鳴を挙げながら、その結末を見届けたのだった。（六十四章）

扇情小説では殺人、重婚、陰謀、スキャンダルなど、プロットが主導であり、人物は事件や犯罪に翻弄され二義的な存在に終わるのが通例だが、厳しい運命に独力で対決するグェンドレンの造型は、綿密に描き尽された心理に力点が置かれ、その力強い存在感によって『ダニエル』は扇情小説の低俗と一線を劃すものとなっている。

グェンドレンは虚飾の結婚生活を振り返り、罪を犯してまで憧れ求めた上流社会の堕落と虚偽の実態を冷静に見据えている。彼女を取り巻きその運命を左右した根源的な意識は、リスペクタビリティーを重視し更に上層へ成り上がろうとするスノビズムであろう。グェンドレン・プロットでは収入や財産が絶大な価値基準となっているが、エリオットは特に限定相続のあり方に光を当て、ヒューゴー卿の財産をめぐる欲望の連鎖をアイロニカルに描いた。娘たちの有利になるようにと相続人である甥のグランドコートを相手に画策するヒューゴー卿。叔父の弱みを握り優越感に浸るグランドコート。その二人の間でスパイ行為をするラッシュ。グランドコートの不行跡を知りながら、彼が相続する爵位・屋敷・不動産を並べ立てて、奥方になるグェンドレンの名誉と栄光を讃えるガスコイン。しかし、グランドコートの死後、遺言によって彼女に残されたのは屈辱の相続でしかない。かくしゃくたる卿の死はまだずっと先のことだというのに、不確定な相続に踊らされ、「取らぬ狸の皮算用」に血眼になった愚行を、グェンドレンは虚飾の仮面舞踏会として自虐的に表現している。エリオットは『フィーリクス』の時と同様、フレデリック・ハリソンから法律指南を受けて限定相続に関して正確を期し、人々を翻弄する不合理な愚法の隠然たる存在感と威力を見事に描き出した。グェンドレン・プロットに見られるこの狭さ・閉塞感は、精神性が欠如した俗物主義への風刺であり、出口のない構造的な経済不況に喘ぐ一八七〇年当時の英国の投影でもあろう。

「自分で決めるわ、私の人生は私自身の問題だもの」と言い放ち果敢に人生に挑戦したグェンドレンは、結局利己的な欲望に負け、レディーの領域から踏み出せないまま因習に敗北している。働くことを零落だとする彼女には、良家の子女は生活の資を稼ぐべきでないとする当時の文化的規範に染まっており、マイラやメイリック家の娘たちのような経済的自立の道はない。また、ほぼ同時期に出版された『アンナ・カレーニナ』(一八七五–六)や『人形の家』(一八七九)のヒロインたちのように自己を貫き家を出るという過激な行動に走ることも出来ない。保守的進歩主義者のエリオットには、ヒロインを体制に背《そむ》かせ飛ばせることは思いもよらず、それどころか罪を犯したグェンドレンにはダニエルとの別離という最も過酷な罰を課している。

ダニエルとの愛による再生を唯一の救いとするグェンドレンは、彼がマイラと結婚しユダヤ民族再興のために近東へ旅立つことを聞いた瞬間、大地が鳴動するような衝撃を受ける。彼女の胸のうちではあれほど大きな存在だったダニエルも、現実には彼の出自すら知らず、遠くかけ離れた別世界に住む人だと分かった時の驚愕。数々の試練の後にもなお残っていたグェンドレンの優越感は、この瞬間に崩れ落ち、圧倒的に巨大な世界の前では如何に自分が卑小で無力な存在かを初めて悟るのだ。ユダヤ民族問題の構想はこの瞬間の衝撃に迫力を与えるために仕組まれたのではないか[10]という極論が飛び出すほど、グェンドレンの受けたショックは大きい。こうしてエリオットは最後の最後にグェンドレンを徹底的に打ちのめし、厳しい現実に動揺する彼女を残したまま、今までになかったオープン・エンディングによって読者に無限の展開をゆだね、この長大な物語の幕を閉ざしている。

以上のように『ダニエル』では異色のヒロイン造形が印象的だが、それ以外にも新しい手法が試みられている。過去から始まり連続する時の経過の中で、時系列的に人間の生き方をとらえるのがエリオットの際立った特色だが、先述したように劇的に現在の時点から始まり、フラッシュ・バックする時の操作に於いて新鮮な試みが見られる。また、グランドコートと初めて会話を交わすグェンドレンの意識を逐一、括弧の中に説明していく方法（十一章）には、「意識の流れ」の先駆けを思わせる新しさがある。

『ミドルマーチ』が英国小説の伝統の頂点に立つものとすれば、『ダニエル』は伝統を乗り越え、新しいヒロインの生き方を求めて新しい小説を目指す作者の姿勢が印象深い力作である。

ユダヤ的主題

「ユダヤ人の登場する部分は全て根本的に冷たい。グェンドレンの物語に比べると、ユダヤ主義を扱うダニエルの物語は、まるで月の光っている半分の傍に暗い方の半分を並べたようなものだ」[11]と評したヘンリー・ジェイムズを始め、出版当初から『ダニエル』のユダヤ的要素は、冗長で作品の統一を欠くものとして不評であった。この点を最も強調したのがF・R・リーヴィスであり、『ダニエル』の真価を発揮する最善の方法は、ダニエルとユダヤ主義の部分を切り捨てて、グェンドレン・プロット単独の『グェンドレン・ハーレス』という作品に仕立て上げることだ[12]と極論している。このように絶大な賛辞を一身に受けたグェンドレン・プロットに圧倒され、ともすれば陰に押しやられ軽視されてきた観のあるユダヤ的部分だが、作者の創作意図に関して言えば、グェンドレンの物語よりも大きな位置を占めていたのである。

「ユダヤ民族の歴史には激しい嫌悪を覚えます。ユダヤ固有のものは何であれ低級ですから」(『書簡集』一巻二四七)とあるように、若い頃のエリオットは西洋人の常としてユダヤ人に強い反感を抱いている。しかしシュトラウスやスピノザの翻訳をするうちに、次第に関心をもつようになり、以後プラハなど旅先のユダヤ教会を訪れては深い感銘を受けることも度々であった。しかし何よりも彼女をユダヤ主義へと目覚めさせたのは、エマニュエル・ドイチェとの友好だろう。ドイチェはシレジアに生まれ、ラビである叔父から薫陶を受けた後、ベルリン大学を卒業。大英博物館で目録作成者として働くかたわら、『クォータリー・レヴュー』にタルムードの論文を発表していた。一八六六年、エリオットと知り合った彼は以後彼女の私邸を頻繁に訪れ、週に一度ヘブライ語の個人教授をするようになる。ドイチェのシオニズムへの情熱は、一八六九年のパレスチナ旅行を機に大きくふくらむが、帰国後癌に侵され数度の手術の甲斐もなく、一八七三年、再び訪れたエジプトで客死、その地のユダヤ人墓地に葬られた。度々彼を見舞い、病に憔悴しながらもシオニズムに情熱を注いだ彼の姿を、ちょうどこの頃構想中であった『ダニエル』の中に現代のモーゼ、モーデカイとして蘇らせたことは想像に難くない。ドイチェの死後、エリオットは関連の書物を読み、彼の友人で近東事情に詳しいストラングファド子爵夫人から情報を得て、ユダヤ民族とその歴史について本格的に検討を始めている。

ユダヤ人が当時英国で如何に侮蔑と嫌悪の対象であったかは、作品中の種々のエピソードに提示されている。マイラの身の上に同情し、幼い頃別れた彼女の母と兄の捜索に協力するダニエルだが、ユダヤ人であるという唯それだけの理由で、まだ見ぬ二人に不安と恐れを禁じえない。寛大で思いやりの深いダニエルにすら染み付いているユダヤ人への不当な嫌悪。語り手は直接作品に介入し、ダニエルが幼い頃からユダヤ人の性格や職業についてぞっとするような物語を聞かされて育ったことを述べ、彼に限らず西洋人なら誰しもそうなのだ、彼を許してやっていただきたい、と弁護する。西洋には何の根拠もないのにユダヤ民族を唾棄すべき民として忌み嫌う反ユダヤ感情が根強くあるが、彼らの受難と悲しみの長い歴史は西洋人の偏見と無知によることを、エリオットはドイチェとの交流によって自ら悟ったに違いない。ダニエルだけでなくメイリック家の人々も、マイラと接するようになって初めてユダヤ主義について何も知らないことに気づき、書物を読んだりユダヤ教会に出かけて認識を一新しているが、これはエリオット自身の体験の投影でもあろう。

『オリヴァー・トゥイスト』のフェイギン像を見ても明らかなように、当時の小説に登場するユダヤ人は貪欲な悪党と相場が決まっており、その職業は金貸し・贋金つくり・盗賊といった陰険で卑しいもの、その容姿は大きな鷲鼻と身を飾るけばけばしい宝石を特長とするなど、タイプが固定していた。ユダヤ人を主人公にすることは小説の規範に反する時代に、エリオットはいわば禁忌の領域であったユダヤ人とその宗教を題材としたのである。彼女はハリエット・B・ストー夫人宛の手紙で、「ユダヤ人の要素が読者の嫌悪と拒否を招くことは百も承知だが、西洋文明がヘブライ人から多大の恩恵を受けてきたにもかかわらず、ユダヤ人への英国人の傲慢ぶりは目に余るものがある故に、出来る限りの共感と理解をもってユダヤ民族を扱おうという思いに駆り立てられた」（『書簡集』六巻三〇一）と言っており、ユダヤ民族への偏見是正の意図が強く働いていたことは明らかである。

その気負いが強烈だったせいだろうか、作品のユダヤ世界は極度に理想化されたものとなっている。グェンドレン・プロットが俗物精神に凝り固まった英国上流社会の排他的な狭さを描き上げたのと対照的に、ダニエルのプロットには広大な精神が横溢する。ダニエルをはじめユダヤ世界に関わるのは、英国に住みながらも一島国を超越した世界的な視野を持ち、崇高な大義への情熱に燃える人たちである。それは生涯をシオニズムに捧げるモーデカイ、ダニエル、マイラたちユダヤ人に留まらない。「私の名はエリアと申しまして、さまよえるユダヤ人なのです」（二二章）と精神的ユダヤ人を自称するクレスマーの、民族統合を主張するコスモポリタンとしてのスケールの壮大さ。彼のような偉大な芸術家を、「どこの馬の骨か分からない、ジプシーか、ユダヤ人か、人間の屑みたいな男」（二十二章）とののしるアローポイント夫妻や彼を敵視するバルト氏が、特権を振りかざす傲慢な英国上流社会の象徴として、クレスマーと鋭い対象のもとに描かれていることは言うまでもない。更にスコットランドとフランスの混血であるメイリック夫人にも、国籍にとらわれずマイラを暖かく保護する寛い愛があり、彼女の家は聖画に囲まれた「寺院」として俗世の悪を退ける聖域となっている。

このように愛と情熱と理想主義に包まれた広いヴィジョンをもつダニエルの物語だが、その主人公たるダニエルに、エリオットは惜しみなく崇高な属性と運命を与えている。彼はモーデカイが己の魂を受け継ぐ者として待ち望んだ理想像を満たす人物である。

その男はユダヤ人でなければならぬ。知的な教養を身につけ熱烈な精神の持ち主でなければならぬ。……その容姿は美しく強くなくてはならぬ。社交生活のあらゆる洗練に慣れていて、声は朗々と滑らかに流れ、その環境は忌まわしい貧困から自由でなければならぬ。その男はユダヤ人のあらゆる可能性を輝かせる者でなければならぬ。

（三十八章）

ティツィアーノ『献金』

注目すべきは、モーデカイがこの理想像を絵画の中に探し求め、抽象的な観念としてではなく、色彩と形象をもった視覚的なイメージとして思い描いていることだろう。「とても人目を引く方ね。イタリアの肖像画を見ているみたい」（二十九章）と称賛するダヴィロー夫人の言葉に見られるように、ダニエルの容姿もまた極めて絵画的に表現され、イタリア絵画、特にティツィアーノの二枚の絵、『手袋をはめた青年』と『献金』との連想によって、ダニエルに備わる聖性が高められている。

ティツィアーノ『手袋をはめた青年』

このようにイタリア肖像画を参考にしたユダヤ人造型が見られるが、特に顕著なのはヴェネチア派風の絵画表現だろう。ラスキンは『近代絵画論』に於いて、宗教精神の純粋な表現が巧みで色彩感覚に優れているとして、ヴェネチア派を高く評価している。『近代絵画論』を愛読していたエリオットは、ユダヤ世界の宗教的雰囲気を描く際、ヴェネチア派のこの特性を考慮に入れているようだ。例えば、ダニエルが初めて訪れたコーエン一家の晩餐の様子は、「ヴェネチア派風の色彩」（三十四章）が溢れる一幅の絵画である。暗く霞んだ天井と壁を背景に、真鍮製のランプの光を浴びて輝く純白のテーブル・クロス。その周りを囲む一族の、赤・黒・緋色の色鮮やかな衣服、宝石や金のチェーンが放つ光と色彩が、安息日の儀式に集うユダヤ人たちの栄光と威厳を醸し出している。

中でも際立って荘厳な美しさが溢れるのは、四十章冒頭の場面である。夕日を浴びながらブラックフライアー橋の欄干に佇むモーデカイの前に、金色の入日を背に受けて小船に乗ったダニエルが燦然と登場する。紫色の雲がたなびき、少しづつ暮色を増していく華麗な空、陽光を反射する水面、茶色の帆とはしけの煌めき……。光と宗教的荘厳に包まれたダニエルの登場は神の到来さながらに高められている。

エリオットが創作に一貫して追求してきた愛の思想が、このダニエル・プロットほど壮大なスケールで開花したものはない。「己を捧げ他者のために生きること」をモットーとするコントの人間愛の精神を具現するものとして、悲惨な歴史に耐えてきた民族の再興に一身を捧げるというダニエルの使命ほど華々しく崇高なものは先ず望めないだろう。『ミドルマーチ』では物語に先立つ「序曲」に於いて早々に後世の聖テレサたちの悲劇を嘆いて、ドロシアの挫折を予告したが、ダニエルには彼女が渇望して得られなかった「叙事詩的生涯」が開かれる。可能な限り理想化されたダニエルには、熱望に燃えるドロシアやリドゲイトの前に立ちはだかった社会の圧力はなく、天職を得た彼の理想は未来に向けて大きく羽ばたき、明るい可能性を予感させながら小説は終わる。ここではいつもの厳正な現実洞察を忘れ、エリオットは無条件に愛の思想を謳歌している。

この理想化がユダヤ人たちの存在感を希薄にしている。理想化はエリオットの人物造型の最大の欠点だが、ダニエル・プロットでは特にその弱みが露呈されている。ユダヤ世界に関わる人たちは、偏狭な英国性に相対する広大な精神という資質を称えられていたが、その結果彼らは本来人間が拠って立つべき特定の社会とのつながりがない存在になってしまった。モーデカイやマイラは言うまでもなく、ダニエルもメイリック家の人々も英国に住みながら英国臭が感じられない。出生の不明ゆえヒューゴー卿の世界にもケンブリッジにも安住出来ず、英国社会のアウトサイダー的立場に留まり、最終的には英国を離れシオニズムに生きるダニエルが、如何に現実の生から遊離した超絶的な人物になっているかは、終始英国上流社会との密接な関わりの中で追求されたグェンドレン像と比較すれば明白だろう。グェンドレン・プロットでは独自の生活様式、価値観、時代精神をもつ社会が、如何に彼女の行動や考え方を支配したかが辿られ、その間の揺れ動く心理が説得力豊かに描かれた。エリオットが熟知するヴィクトリア人の感受性が息づくグェンドレンの世界と比べて、願望と思想から生まれ研究と調査によって肉づけられたユダヤ世界は、幻のように実在感の乏しいものに終わっている。理想主義とリアリズムの共存融和は、最晩年に至るまでエリオットにとって至難の業だったのである。

『ダニエル』のユダヤ的要素に対して、世間はエリオットの予想に違わず、反感、無関心、非難を浴びせたが、それ以上に多くの人々が強い関心を寄せ、欧米での売れ行きは『ミドルマーチ』を凌ぐほどであった。特にユダヤ色が濃くなる五巻は素晴らしい勢いで売れ、民族への読者の興味を大いにかき立てたことは間違いない。そしてエリオットを感激させたのは世界各地のユダヤ人からの感謝の手紙だった。「我々ユダヤ人をかくも好意的に、また学識豊かな筆致で魅力的に描いてくださったことを感謝します」と言うユダヤ人集団の長をはじめ、「『ダニエル』は必ずユダヤ民族の魂を鼓舞するのに多大の貢献をするだろう」[13]との米国在住のユダヤ人からの手紙もあった。このように『ダニエル』は多くの人々の目を、不当な差別に苦しんできたユダヤ民族理解へと引き寄せたのである。

当時はユダヤ的要素に好意的でダニエルやモーデカイに共鳴する批評家たちの間でさえ、ダニエルが使命とするシオニズムは結局夢に終わるだろうというのが専らの結論だった。その志は素晴らしいが、考えられる手段となく成就はおそらく不可能だろうと言い、このような問題を多くの読者に考えさせたこと自体が大きな成果であると評価している。エリオット自身にしてもユダヤ民族への理解と同情という人道的な意図はあったにしても、シオニズム推進の意図までは恐らくなかっただろう。

しかし、現実には一八八〇年代からシオニズム運動は芽ぶき、新国家建設の夢を掲げるテオドール・ヘルツルの提唱で、一八九七年バーゼルにて第一回シオニスト会議が開かれた。そして一九四八年五月十四日、遂にパレスチナにイスラエル共和国が建設され、民族二千年の夢が実現したのである。作中モーデカイが幼いジェイコブに細々と口写しで教えたヘブライ語にしても、一八八〇年代よりヘブライ語の復活運動がエリゼール・ベン・ヤンダによって始められ、一九二三年種々の改良の末、現代口語として蘇り、後に公用語の一つとなっている。一八八〇年代より始まったシオニズム運動、ヘブライ語復活運動はともに東欧のユダヤ人を中心に広がっており、『ダニエル』が直接の原因とは即断出来ない。しかし、世界各地のユダヤ人が寄せた手紙には、『ダニエル』がユダヤ人の士気を高めるだろうとの礼状も多く、シオニズム運動に全く影響を与えなかったとは言い切れないだろう。

ヘブライズムはヘレニズムと並んで西洋文明の二大潮流とされながら、美と自由な雰囲気によって親しみやすいヘレニズムに比べると、厳しく地味で観念的なヘブライズムは現在でもなお敬遠される傾向にある。偏見と無知が支配的であり、当時の作家の誰もが避けたユダヤ民族と忘られたヘブライズムに脚光を当てたエリオットの勇気と英断を我々は評価すべきだろう。

分冊出版の魅力

初版は、『ミドルマーチ』の成功を受けて、引き続き分冊形態により、一八七六年二月から九月まで月刊で出版された。

分冊の特長は、ストーリーの中断による次号への期待感にある。一気に結末まで読了可能な単行本と違い、分冊では次号刊行までの一定期間、中断されたストーリーの進展を予想したり、内容をじっくり吟味する時間がある。特に魅力的な筋立ての人気作品の場合、当時の読者は夢中になって感想を述べ合い議論をしたという。小説が主要な娯楽であった時代の分冊方式は、ちょうど現代人にとってのテレビの人気連続番組のように生活に浸透して熱気と期待感を盛り上げ、まだ読んでいない者にも作品への興味をかきたてる波及効果があった。[14]

こういった分冊独自の魅力が最高に発揮されたのは、『ダニエル』ではないだろうか。一例を挙げれば、『ダニエル』に注ぐ一般読者の熱狂ぶりは、H・ジェイムズの書評「会話・『ダニエル・デロンダ』」に臨場感豊かに垣間見ることが出来る。これは、エリオットを熱烈に賛美するシオドラ、不満を抱くパルキリア、ジェイムズの代弁者的立場から相互の意見を調整し妥当な解説をするコンスタンシアス、の三者が感想や意見を語り合う会話形式の『ダニエル』評論だが、エリオットと『ダニエル』に批判的なパルキリアの何気ない言葉にさえ「新号が届くと、誰もが早く読みたくてたまらないため、奪い合いにならないように代表が音読して一同に聞かせる」といった状況が報告されている。作品に魅了され夢中で没頭し、文字通り作品と一体となった熱烈なファンの心酔ぶりは、シオドラの言葉に明らかだ。

　『ダニエル』のような本は生活の一部になってしまうの。読者は作品の中で一緒になって生活するようになるのよ。この八ヶ月間というもの、私はずっとこの作品の中で生きていた、と躊躇なく言えるわ。[15]

小説が如何に読者の生活に密着していたか、読者が作品の進展に一喜一憂し、人物に共感を寄せストーリーに深く感情移入していたか、が伝わってくる。

エリオットもまた、読者の熱い反応を肌で感じ、分冊独特の「期待感」を活用すべく、プロットの進展、人物造型等に於いて、配慮したのではないだろうか。例えば、先述したように、グェンドレン・プロットの前半の、予期せぬ事件や不幸が次々と降りかかり、彼女の運命を二転三転させる波乱に満ちたストーリー展開は、それまでの作品とは異色の点だが、先の見えない緊張感と不安を掻き立て、次号へと読者を引き付ける続き物（分冊）には適している。更に「他の女性のようになりたくない」と言って平凡な生き方を軽視するグェンドレン自体、危険な賭けに挑むタイプの女であり、彼女の行動には予測できない冒険的な要素が濃い。この先どうなるか分からない波乱に満ちたプロット、そして魅力的だが予測できないヒロイン像は、共にスリリングで以後の展開を期待させるという点で、極めて効果的だろう。しかし、ごく普通の人物の平凡な人生を地道に追究するリアリズムから逸脱するこの手法は、一歩間違えば低俗に堕しかねない危険をはらむが、「エリオットが書いたものの中で、最も優れた知力を表わしている。実に深く、実に真実で、まさしく完璧だ。心理的細部が実に豊かで、名手の技どころではない[16]」と称賛されるグエンドレンを始め、登場人物の綿密な心理の追究によって、その危険を見事に回避している。

グェンドレンの結婚に至る四巻までの反響は非常に好調で、第三巻出版の段階で『ミドルマーチ』以上の売れ行きを記録した。しかし、エリオットは「ユダヤ的要素には誰も満足しないだろう」(『書簡集』六巻二三八)と、第五巻から本格的に発展するユダヤ的主題の受容について懸念を洩らしている。案の定、『サタデー・レヴュー』を始め、ダニエル、モーデカイ像への不満と違和感を挙げる批評が多かったが、売り上げには響かなかった。先述したように、世界各地のユダヤ人たちから寄せられた熱い共感にもよるが、作風の急変にもかかわらず、前半のグェンドレン・プロットの強烈な魅力に引き付けられて、買い続ける読者が多かったと言われている。初版が四巻本で出版されていたら、書評によって売り上げが左右されるため、ユダヤ部分への否定的な書評は致命傷になっていただろう。その意味で、分冊形態は『ダニエル』の売り上げにも功を奏したのである。

書評、売り上げともに好評であり、同年八月末には四巻本（二ポンド二シリング）が、十二月には四巻本の廉価版（二十一シリング）が刊行され、次いで翌七七年十月には一巻本（七シリング六ペンス）が出版され好調な売り上げを記録している。また、海外でも欧米、オーストラリアで相次いで出版された。

終章

ジョージ・エリオットをめぐる人脈

エリオットが小説を世に出した一八五〇年代後半から七〇年代は、才能ある作家が活躍するには比較的幸運な時代だったのではないだろうか。彼女が文壇に登場した頃には、既に印刷技術と流通網の進歩による盛況な出版市場を背景に、ブロンテ、サッカレー、ディケンズといった文豪たちが、個性豊かな数々の作品によって市場を魅了し、小説は黄金時代にあった。出版物の低価格化によって、読者層が少数のエリートから幅広く庶民にまで拡大しただけなく、中産階級の家庭では読書と音読が習慣となり、小説は教養や娯楽のために不可欠なものとして生活に定着している。教育や思想を重視し、文明の最も高貴な産物として書物を称賛する文化風土のもとで、小説は真面目な芸術形態として、知識人層を中心に熱心な読者が多かった。このように質量ともに読者層の土壌が成熟し醸成されていた上に、彼女がデビューした五〇年代後半には、前述した先達も隆盛期を過ぎており、新鮮な作風を掲げて登場した大型新人が、出版社と一般読者の双方から待ち望まれ歓迎されたことは想像に難くない。『牧師生活』で好調なスタートを切ったエリオットが、長編第一作の『アダム』によって早くも大成功を収めた背景には、こういった文壇事情もあったのではないだろうか。

六〇年代には小説が予約購読と貸本屋の主力となり、小説出版は全盛を迎えるが、六〇年代半ばにはサッカレーもギャスケル夫人も没し、健康を害したディケンズも往年の勢いに翳りが見え始める。スター作家の希薄なこの時代に、『フロス河』、『サイラス』と確実な作品を着々と積み重ねたエリオットが人気ある実力派として主要出版社からこぞってオファーを受け、原稿料が瞬く間に高騰したことは、『ロモラ』の例でも明らかである。このように繁栄する出版文化に順応した彼女は、好調の波に乗って、後期作品では種々の新たな試みに挑み作風を拡げながら、精力的に力作を創作していく。雄大な構成と緻密な心理描写が特長の、苦悩の試練を通して愛と義務の精神へと至るという人間形成の気品ある主題によって「教養ある知的読者層」の心を掴み支持される。そして遂に『ミドルマーチ』で「現在活躍中の最も偉大な作家」として文壇の最高峰に到達し、富と名誉を勝ち得ただけでなく、最終的には「女性の歴史において並ぶものなき業績を遂げた婦人」[1]と称されるまでになった。

小説家として大成した最大の要因は、勿論エリオットの優れた才能に間違いない。身元公表の際、彼女の異端的立場が作品評価に不当な影響を与えないか、とルイスたちは懸念したが、公表直後に出版した『フロス河』では、書評・売れ行きともに好調であり、無事にハンディキャップを乗り越えている。読者は彼女の生き方ではなく作品そのものによって評価し始めており、作品の実力が時代の根強い偏見を抑えている。しかし、当時の出版界と文壇事情における恵まれた時の利が成功への追い風となったことも否めないだろう。更に、前述のように、創作の前段階の翻訳活動、続いてジャーナリズムでの編集・評論活動では、豊かな人脈に導かれ、理想的なほどスムースにキャリアへの道が開かれている。このように、エリオットの執筆活動成功の要因は、人生の要所要所で恵まれた幸運な人脈に見られるのだが、中でもルイスとジョン・ブラックウッドの寄与は大きい。この点については、それぞれの作品論でも触れてきたが、以下簡単に総括したい。

第四章「芸術か、市場か」で論じたように、ルイスは小説家エリオットの産婆役を果しており、彼の強力な後押しがなかったならば、恐らくジョージ・エリオットは誕生しなかっただろう。創作活動開始後も、出版社、批評家、一般読者との交渉を一手に引き受け、繊細な彼女を煩瑣な雑音から守ったこと、文学レベルでいろいろな示唆や提案を与えたことなど、小説家形成のプロセスでの彼の支援は計り知れない。例えば、シャーロット・ブロンテが女性に対して不等に厳しい因習的な当時の批評に単身で正面から立ち向かい、傷つきながら必死に抗議したのに対し[2]、エリオットの場合には、『書簡集』で随所に見られるように、ルイス自身が盾となって過酷な批評から守っている。完全主義のあまり弱気になり、ともすれば筆を折ろうとする彼女を励まし、創作に専念できるより良い環境つくりに力を注いだルイスの存在は、他の女流作家たちと比べて、彼女が非常に恵まれていたところである。

ルイスと生活を共にすることで、エリオットは社会通念に背《そむ》く異端者として糾弾され社会追放を受けたが、その一方で、精力的に知の冒険に生きるルイスとの生活は、単独では得られない豊かさをエリオットにもたらしたのではないだろうか。

十九世紀人の学芸における旺盛な業績には驚かされるが、中でもルイスの多芸多才の活躍は群を抜いている。文学評論を手始めに、アマチュア俳優として活躍の傍《かたわ》ら、哲学、演劇批評を書き、小説、戯曲、伝記を出版し、後半生には科学（博物学、生理学、心理学）へと関心を広げている。異分野を横断する著書を多く書き上げたルイスの特長は、多彩な才能と、対象に向かって臆せず開拓していくエネルギッシュな実行力にあるだろう。例えば、比較的初期に書かれた『伝記的哲学史』（一八四六）は、ギリシャの哲学者タレスからオーギュスト・コントまでを網羅した哲学入門書だが、アカデミックな先行研究に挑戦し、独自のアプローチで壮大な哲学の歴史を検証した。学会からは「独学の成り上がり者による書」と嘲笑されたが、この書自体は好評で、その一年で一万部を売り上げ、その後も版を重ね、マンチェスターへ哲学の講義に招聘されるなど成功している。このように伝統や権威に捕らわれず、広い視野のもとで斬新な発想を追及する積極的な姿勢が生涯を通して顕著である。

庶出であり二歳の時に父親が死亡、という変則的な家庭で不遇の少年時代を過ごしたルイスは、親からの経済援助もなく大学教育も受けず、独学で数ケ国語を獲得し、自分の腕一本でたたき上げてさまざまな分野で頭角を現わし業績を残した。当時の女子としては比較的恵まれていたとはいえ、エリオットも大学教育を受けていない。また、チャールズ・ヘネルやブレイなどコヴェントリーの友人たちも全て、独学で専門分野を研究し独創的な著書を書き上げており、この時代の中産階級に自助努力（self-help）の精神が如何に旺盛に浸透していたか、が実感される。[3] エリオットはこのような独立心に富む群像の中で切磋琢磨し、翻訳・編集・評論・創作といったキャリアを通して励んだ末、文壇の頂点へと登りつめているが、[4] 中でも野心的で右肩上がりの上昇を志向するヴィクトリア朝の時代精神を体現するようなルイスの生き方こそ、計り知れない影響を与えたと思われる。

とりわけ彼女の成長に大きく寄与したのは、ルイスと共に出かけた数多の旅による視野の拡大ではないだろうか。エリオットは一八五四年のドイツを初めとして、数え切れないほど頻繁に国内外の各地を踏破している。創作以前はルイスの取材に同行する旅であり、創作開始後は書き上げた作品への書評の煩わしさから逃れる海外への旅が主だったが、二人三脚で巡る「知の旅」により、様々な未知の人々や場と出会うチャンスが格段に増え、多くのものを学び体験し、新鮮な感動を得ている。

『書簡集』や『ジャーナル』から窺われる旅先での二人は、好奇心に溢れエネルギッシュに行動しており、興味深い。ルイスの『ゲーテの生涯と作品』取材に同行したワイマールとベルリンでは、ゲーテの身内、友人、知人へのインタヴューに励む一方で、地元の実力者のサロンで異分野の学者や芸術家との交流を享受している。暗く単調なベルリンの冬も仕事を旺盛にこなしながら、美術館・観劇・町の散策を目一杯楽しんでいる。この旅から生まれた『ゲーテの生涯と作品』は、ゲーテへの強い共感と理解を高く評価され、ルイスを支えたメアリアンも誇らしい達成感の喜びに包まれている。また、彼女自身も異国で触れた新鮮な知識と感動を、ドイツの最先端をゆく思潮と文芸の紹介としてエッセイと書評で発表し、彼女の評論の業績において、「奇跡の年」と言われるほど実り豊かな成果を結んだ。

ルイスとの旅はまた、彼女の執筆活動の歩みにおいて、重要な転機を生む契機ともなっている。例えば、第三章「イルフラクーム回想録」で見てきたように、彼の海生生物調査に同行した旅は、大自然に触れるフィールド・ワークの体験により、対象を自らの目で観察するリアリズムと科学的ヴィジョンの重要性を呼び覚ました。『ウェストミンスター』編集時代の、書籍や資料による机上の思考から解放されたイルフラクームでのひと夏の体験によって、創作への道が開かれている。

周知のとおり、一八六〇年七月のイタリア旅行は、エリオットの作風に大きな変化をもたらした。「私たちは言葉に表せないほど楽しい旅をしています——旅のお陰で新しいアイディアがひらめき、新しい興味の血潮が開かれて、人生の岐路になりそうな気がします」(『書簡集』三巻三一一)。フィレンツェの美術に触発された、歴史小説制作への情熱を語るこの文言は、同時に作品の画期的な変化の予感をも匂わせており、マーガレット・ハリスの指摘のように、初期小説と後期小説の分岐を確実に予言している。[5]『ダニエル』冒頭の印象的な賭博の場面をはじめ、旅が与えた作品の着想、素材などの例は枚挙にいとまがない。また、故郷、ウォーリックシャーのみならず、彼らが旅した国内の多くの場も作品の舞台を彩っているようだ。[6]

ルイスはエリオットにとって息の合った伴侶だった。同じく文筆に携わる身ながら、妻エリオットの創作を優先し、嫉妬やライバル意識がなかったのを、稀に見る美点と評価されている。[7]ルイスの最後の手紙は、死の九日前の一八七八年十一月二十一日に認めたブラックウッド宛てのものである。高熱と激しい頭痛の中で、束の間訪れた小康状態をとらえて、新作『テオフラストス・サッチの印象』を斡旋する。原稿を同封し、「病気でなければ一週間は早く送れたのに」と前置きし、今度の作品はストーリーではないことを明記の上、「感想を聞かせてほしい」(『書簡集』七巻七八)と依頼している。ルイスの思いは最後までエリオットの作品にあった。

ルイスの大きな功績として、ブラックウッドを出版者として選択したことが挙げられるほど、[8]

小説家エリオットにとってブラックウッドの存在は大きい。ヴィクトリア朝中期の出版業社の中では創立が古く、ビジネス一辺倒の新興出版社とは違って、昔ながらの家族経営的な名残を留め、ジェントルマン気質が残るブラックウッド社は、エリオットとは相性が良かったのではないだろうか。

ブラックウッド社の中でエリオットが最も深く関わったのは、創設者ウイリアム・ブラックウッドの六男ジョン・ブラックウッドで、一八四五年より同社の社長、『マガ』の編集長を務めている。「エイモス」以来、二十年以上に渡る彼との交流は、『書簡集』に詳しい。エディンバラに住む彼とロンドンのエリオットが交わす文通は、二巻半ばから始まり、以後、他の誰よりも頻繁にかつ密度濃く行われる。原稿の感想や提案、挿絵の出来栄え、作品の世評や売れゆきの報告など、書面から窺われるブラックウッドは、仕事熱心な出版業者であると同時に、ビジネスの利害関係を越えた、作家であり共同事業に携わる同志エリオットへの敬意と細やかな配慮に溢れている。彼らは公私にわたって親密であり、例えば、エリオットのスランプには、妻と娘の絶賛を報告して一家を挙げて応援したり、ルイスの息子の教育や就職、病気の相談など、家族同然の交流が見られる。

ブラックウッドの誠実で暖かい心情にエリオットも深い信頼を抱いているのが、書簡から見て取れる。『スペイン・ジプシー』の取材から帰宅したばかりの一八六七年三月十八日の手紙を一例に見て見よう。

「拝啓　カレーからドーヴァーを経て、土曜の夜帰宅しました……帰宅した私に微笑みかけてくれたのは、あなたの手紙です。私たちがビアリッツからの帰路で経験した夏から冬への荒々しい変化を和らげてくれ、すっかり楽しくなりました。今朝こちらは激しい雪が降りしきり、風がうなっていて――灼熱の太陽、埃、蚊のセヴィリアとは大変な違いです」

（『書簡集』四巻三四九-三五〇）

道路や交通機関・宿泊施設が整備されていない当時の旅は、楽しいことよりも苦痛の方が多く、特にこのアンダルシアの取材旅行はルイスの病もあり、難航したようである。厳しい旅路から帰還した彼女を暖かく迎え癒してくれたのは、ブラックウッドの手紙だった。二日後、ブラックウッドの返事が届く。旅の疲れをねぎらい、取材の成功を祝った上で、廉価版の表紙と挿絵の出来栄えについて報告。そして、第十章「三巻本と貸本屋に挑戦する」で引用したように貸本屋を出し抜く戦略（二八〇頁）を提案するのである。

ブラックウッドのモットーは「作者と仲良くすること」[9]であった。ビジネスにかけては抜け目のないルイスの度々の強引なやり方にも目をつぶり、不和を避けることに徹している。一八七一年八月、スコットの生誕百年の祝宴でのスピーチで、ブラックウッドは出版者と仲が悪かったスコットに言及した後、「私にとって作家は生涯にわたる最も大切な親友であり仲間である」と語り、エリオットを感激させている（『書簡集』五巻一八二-三）。より良い条件を求めて、マクローン――ベントリー――チャップマン・&・ホール――ブラッドベリー・&・エヴァンズ、と出版社を渡り歩いたディケンズ[10]をはじめ、出版者と仲の悪い作家が多い中で、エリオットとブラックウッドの二十年以上に及ぶ安定した友好関係は特筆すべきだろう。

『書簡集』はエリオットとブラックウッドの友情の象徴と言ってもよい。一八七六年十月、「昔の手紙を読み返しているうちに、どれ程あなたの恩恵にあずかっているかに思い至り、あなたがいなかったら、多くのことを成し得なかったことを、一筆書かずにはいられませんでした」と感謝するエリオットの手紙に対して、ブラックウッドは「あなたのお言葉は、私のような立場の者には最高の賛辞です。このお手紙を『お前たちの父親は若い頃、少しはお役に立てたのだぞ』と、子供たちへの記念として大切に取っておくつもりです。……あなたとの文通を楽しく誇らしく思い返しております」（『書簡集』六巻二九四-五）と応えている。

ブラックウッドの暖かい配慮に感謝するエリオット、着実に才能を開花させていく有望な作家の育成に立ち会い、時代の頂点に立つ大作家の出版に携わることを誇りとするブラックウッド、市場での成功を目指して果敢に策戦をリードするルイス。この三者は、緊密なチームワークによって文壇では稀に見る長い期間、安定した協力関係のもとにより良い創作と出版を目指し続けた。彼らのチームワークの強みは、その柔軟な補完関係にある。エリオットが市場の厳しい競争から一歩距離を置き、質の高い品位ある作品創作へと専念できた背後には、ビジネスをはじめ対外的な交渉を手際よく積極的に対処するルイスと、弱気なエリオットを暖かい応援で元気づけ、プロの目で市場の動きを鋭く察知し有利な出版へと導いたブラックウッドによる支えがあったからだろう。

以上、本書で論じたように、エリオットは翻訳・編集・評論・創作と続く執筆活動の流れの中で、友人、師、そして出版者に恵まれ、豊かな人脈のネットワークによって順調に活動の道が開かれ、夫々の分野で業績を残した。今回は論じなかったが、ベッシー・パークスやバーバラ・ボディションといった心を許した教養深い勇気ある女友達との変わらぬ友情も印象的であり、エリオットの生涯は、密度の濃い豊かな交友関係に彩られている。確かに一時期閉塞状況を余儀なくされたが、海外へも身軽に出かける行動半径の広さ、理解ある同業の伴侶を得て、活動に打ち込める自由を考える時、女性作家が芸術家として大成するための要件としてクロスが重視した「文学的視野」の形成に於いて、エリオットほど恵まれた十九世紀女性作家は他にいない。

エリオットの社会復帰は、一八六四〜七年ごろと推定される。特に『ミドルマーチ』の成功によって名誉も富もリスペクタビリティすらも獲得した。ヴィクトリア女王自ら、彼女とルイスの絆を認め、王室関係のディナーにも二人揃って招待されるほどになる。社会規範を破った者にとっては異例の待遇であり、小説家としての名声と真摯な作風が、頑ななヴィクトリア社会を征服したと言える。彼女の成功は卓越した知性、真剣な努力の賜物であることは言うまでもないが、出版界の厳しい競合と狭量な因襲の中で執筆するエリオットを導き支えた豊かな人脈の存在を銘記すべきではないだろうか。

註

序章　ジョージ・エリオットと執筆活動

1 Nigel Cross, *The Common Writer: Life in Nineteenth-Century Grub Street* (Cambridge:Cambridge UP, 1935) p.167.
2 *Ibid*., p.203.
3 Rosemarie Bodenheimer, *The Real Life of Mary Ann Evans: George Eliot, Her Letters and Fiction* (Ithaca and London: Cornell UP, 1994) p.132.
4 Daniel Pool, *Dickens' Fur Coat and Charlotte's Unanswered Letters* (New York: Harper Collins, 1997) p.146.
5 Patrick Brantlinger and William B. Thesing, eds., *A Companion to The Victorian Novel* (Oxford: Blackwell, 2002) p.21.
6 Rosemary Ashton, *George Eliot: A Life* (Harmondsworth: Penguin, 1996) p.317.

第一章　ジャーナリズムへの道

1 Cross, *The Common Writer*, p.165.
2 Kathleen Adams, *Those of Us Who Loved Her: The Men in George Eliot's Life* (Warwick: The George Eliot Fellowship, 1980) p.51.
3 Barbara Onslow, *Women of the Press in Nineteenth-Century Britain* (London: Macmillan, 2000) pp.21–2.

4 この定収入の額については、年額九〇〜百二〇ポンドまで諸説あるが、本論では伯母よりの遺産相続を考慮したラスキ説を採った。Marghanita Laski, *George Eliot and Her World* (London: Thames and Hudson,1973) p.33. 九〇ポンド説として、川本静子『ジョージ・エリオット――他者との絆を求めて』（冬樹社、一九八〇）三六頁。Kathleen Adams, *George Eliot* (The Pitkin Guide, 2002) p.9. 一〇〇ポンド説として、Frederick R. Karl, *George Eliot: A Biography* (New York: W.W. Norton, 1995) p.100がある。

5 Julia Prewitt Brown, *A Reader's Guide to the Nineteenth-Century English Novel* (New York:Macmillan, 1985) p.19.

6 Richard D.Altick, *Victorian People and Ideas: A Companion for the Modern Reader of Victorian Literature* (New York: W.W.Norton, 1973) p.66.

7 Barbara Onslow, *Women of the Press*, p.1.

8 Altick, *Victorian People and Ideas*, p.265.

9 Gordon S. Haight, *George Eliot: A Biography* (Oxford: Oxford UP, 1968) p.98.

10 Thomas Pinney, ed., *Essays of George Eliot* (London: Routledge, 1963) p.46.

11 *Essays and Tales by John Sterling*, 2 vols., Collected and edited, with a Memoir of His Life, by Julias Charles Hare (1848)

12 Ashton, *A Life*, p.92.

13 Haight, *A Biography*, p.144.

14 Ashton, *A Life*, p.81.

15 Onslow, p.200.

16 Karl, *A Biography*, p.131.

第二章　自己表白のカタルシス

1 Ashton, *A Life*, p.81.
2 Onslow, p.61.
3 ウルフの評論数については、九冊の『評論集』に収められた約二〇〇編のエッセイを含め、新聞・雑誌、その他に寄稿したものは全部で三七五編と考えられている。朱牟田房子訳 『ヴァージニア・ウルフ著作集7 評論』(みすず書房、一九八二) 二八〇頁。
4 Rosemary Ashton, ed., *George Eliot: Selected Critical Writings* (Oxford: Oxford UP, 1992) p. xxvii.
5 Ashton, *A Life*, pp.114–5.
6 Elaine Showalter, *A Literature of Their Own: British Women Novelists from Brontë to Lessing* (Princeton: Princeton UP, 1999) p.112.
7 Karl, *A Biography*, p.190.
8 Virginia Woolf, *The Death of the Moth and Other Essays* (Harmondsworth: Penguin, 1965) p.206.
9 Gordon S. Haight, ed., *The George Eliot Letters* (New Haven: Yale UP, 1954–1978) II.251.
10 A.S.Byatt and Nicholas Warren, eds., *George Eliot: Selected Essays, Poems and Other Writings* (Harmondsworth: Penguin, 1990) p.140.
11 *Ibid*., p.154.
12 Ashton, *Selected Critical Writings*, p.ix.
13 Byatt and Warren, p.380.
14 Showalter, p.33.
15 Merryn Williams, *Women in the English Novel, 1800–1900* (Hampshire: Macmillan, 1984) p.13.
16 Cross, The *Common Writer*, p.165.
17 Showalter, p.41.
18 Byatt and Warren, pp.162–3.

19 清水一嘉『イギリス近代出版の諸相――コーヒーハウスから書評まで』(世界思想社、二〇〇一) 一一六頁。

20 Michael Sadleir, *XIX Century Fiction: A Bibliographical Record Based on His Own Collection* (Cambridge: Cambridge UP, 1951) pp.84-6.

第三章 海辺の生活から生まれたもの

1 Rosemary Ashton, *G.H.Lewes: An Unconventional Victorian* (London: Pimlico, 2001) p.173.

2 George Levine, ed., *The Cambridge Companion to George Eliot* (Cambridge: Cambridge UP, 2001) p.99.

3 Karl, *A Biography*, p.214. Haight, *A Biography*, p.195.

4 例えば、W.H.Harvey, *The Sea-Side Book* (1849). David Landborough, *A Popular History of British Seaweeds* (1849). Philip H.Gosse, *A Naturalist Rambles on the Devonshire Coast* (1853). Gosse, *Tenby: A Sea-side Holiday* (1856). Charles Kingsley, *Glaucus: or the Wonders of the Shore* (1855). George Tugwell, *A Manual of the Sea-Anemones, Commonly Found on the English Coast* (1856) などがある。

5 Lynn Barber, *The Heyday of Natural History, 1820-1870* (New York: Doubleday, 1980) p.16. p.120.

6 Ashton, *G.H.Lewes*, p.174.

7 Margaret Harris and Judith Johnston, eds., *The Journals of George Eliot* (Cambridge: Cambridge UP, 1998) p.261.

8 Lynn Barber, *The Heyday*, p.294.

9 荒俣宏著『世界大博物図鑑 別巻2 水生無脊椎動物』(平凡社、一九九四) 二九一頁。

10 J.G. Wood, *Common Objects of the Country* (London, 1853) p.33.

11 Byatt and Warren, *Selected Essays*, p.127.

12 Michael Squires, *The Pastoral Novel: Studies in George Eliot, Thomas Hardy, and D.H.Lawrence* (Char-

lottesville: UP of Virginia, 1974) p.16.
13 John Rignall, ed., *Oxford Reader's Companion to George Eliot* (Oxford: Oxford UP, 2000) p.285.

第四章　芸術か、市場か

1 Rosemary Ashton, *George Eliot: A Life*, p.166.
2 *Ibid*., p.164.
3 Gordon S.Haight, ed., *The George Eliot Letters*, II. 269.
4 George Eliot, *Scenes of Clerical Life*, David Lodge, ed. (Harmondworth: Penguin, 1973) p.7.
5 A.S.Byatt and Nicholes Warren, eds., *George Eliot, Selected Essays, Poems, and other Writings* (Harmondworth: Penguin,1990) p.157.
6 Bradley Deane, *The Making of the Victorian Novelist: Anxieties of Authorship in the Mass Market* (London: Routledge, 2003) p.28.
7 Janice Carlisle, *The Sense of an Audience*(Athens: The U of Georgia P,1981) pp.1–8.
8 W.J.Harvey, *The Art of George Eliot* (London: Chatto & Windus, 1969) p.71.
9 山形和美・岡本靖正・岩元巌編『小説の語り』（朝日出版社、一九七四）二七頁。
10 David Carrol, ed., *George Eliot, The Critical Heritage* (London: Routledge, 1971) p.68.
11 Walter Allen, *George Eliot* (New York: Macmillan Company, 1964) p.96.
12 Karl, *A Biography*, p.239.
13 Walter Allen, *The English Novel* (London: Phoenix House, 1963) p.133.
14 John Rignall, *Oxford Reader's Companion to George Eliot*, p.29.
15 Karl, pp.231–2.

第五章　禁じられた恋と楽園追放

1　Harris and Johnston, *The Journals*, p.72.
2　Rignall, *Oxford Reader's Companion*, p.152.
3　Karl, *A Biography*, p.298.
4　Kathryn Hughes, *George Eliot: The Last Victorian* (New York: Cooper Square Press, 2001) p.200.
5　海老根宏「*Adam Bede*: イメージと構造」『英国小説研究』第八冊（篠崎書林、一九六七）一三四頁。
6　松村昌家『ヴィクトリア朝の文学と絵画』（世界思想社、一九九三）八六-八七頁。
7　青山吉信『世界の女性史6　イギリス1　忍従より自由へ』（評論社、一九七六）二三五-六頁。
8　Ashton, *A Life*, p.209.
9　Rosemary Bodenheimer, *The Real Life of Mary Ann Evans* (Ithaca and London: Cornell UP, 1994) p. 137.

第六章　主情の嵐の中で

1　Haight, *A Biography*, p.295.
2　Ashton, *A Life*, p.218.
3　Harris and Johnston, *The Journals*, p.77.
4　Leslie Stephen, *George Eliot* (London: Macmillan, 1902) p. 207.
5　梶谷哲男『精神科医から見た西欧作家』（毎日新聞社、一九七九）二四四頁。
6　私市保彦『城と眩暈』（国書刊行会、一九八二）　二三七頁。
7　野島秀勝『自然と自我の原風景・上』（南雲堂、一九八〇）三八八頁。
8　和知誠之助『ジョージ・エリオットの小説』（南雲堂、一九六七）二七頁。
9　Laura C. Emery, *George Eliot's Creative Conflict* (Berkeley: U of California P, 1976) p.2.

10 Laski, *George Eliot and Her World*, p.71.

11 Nina Auerbach,"The Power of Hunger: Demonism and Maggie Tulliver", *Nineteenth Century Fiction*, Vol. 30, 2 (Sep. 1975) p.154.

12 ジャン・B・ゴードン、志村正雄訳「廃墟としてのテクスト」、小池滋・志村正雄・富山太佳夫編『城と眩暈』（国書刊行会、一九八二）四一一頁。

13 Barbara Hardy, *Particularities: Readings in George Eliot* (Ohio: Ohio UP, 1982) p.73.

14 『城と眩暈』二三六‐七頁。

15 Robert Kiley, *The Romantic Novel in England* (Cambridge: Harvard UP, 1972) p.117. 252.

16 Pool, *Dickens' Fur Coat*, p.68.

17 Ashton, *A Life*, p.229.

18 *Ibid.*, p.253.

第七章　「家庭の天使」と新しい女

1 Ashton, *A Life*, p.253.

2 松村昌家『ヴィクトリア朝の文学と絵画』六五頁。

3 川本静子「清く正しく優しく——手引書の中の〈家庭の天使〉像——」松村昌家・川本静子・長島伸一・村岡健次編『女王陛下の時代（英国文化の世紀3）』（研究社、一九九六）五七‐五八頁。

4 荻野美穂「堕ちた女たち——虚像と実像」『民衆の文化誌（英国文化の世紀4）』（研究社、一九九六）一六九‐七一頁。度会好一『ヴィクトリア朝の性と結婚——性をめぐる二六の神話』（中公新書、一九九七）九頁。

5 青山吉信『忍従より自由へ』一七一頁。

6 『ヴィクトリア朝の文学と絵画』八七頁。

7 「清く正しく優しく」六一頁。

8 J.P. Brown, *A Reader's Guide*, pp.71-2.

9 栗栖美知子・出渕敬子監訳『イギリス女性運動史 一七九二-一九二八』（みすず書房、二〇〇八）四-五頁。

10 「清く正しく美しく」六四頁。

11 Williams, *Women in the English Novel*, p.6.

12 川本静子「新しい女の新しさ」川本静子・北條文緒編『ヒロインの時代』（国書刊行会、一九八九）九頁。

13 大嶋浩「*Silas Marner* 論――Southy 的ユートピアと George Eliot の二重意識」『ジョージ・エリオット研究』（日本ジョージ・エリオット協会、一九九九）創刊号、二五頁。

14 Kathleen Adams, *Those of Us Who Loved Her*, p.154.

第八章　歴史小説と絵画

1 ウィリアム・ブラックウッド（ジョン・ブラックウッドの兄、通称メージャー・ブラックウッドと呼ばれ、創設者のウィリアム、自身の息子のウィリアム［ウィリー］と区別されている）

2 John. W. Cross, *George Eliot's Life as Related in Her Letters and Journals*(Boston: Lana Estes & Company, 1898) II. 277.

3 Thomas Pinney, ed., *Essays of George Eliot* (New York and London: Routledge, 1963) pp.446-7.

4 *The George Eliot Letters*, III. 295. IV. 34, 37.

5 読売新聞 一九八五年七月二四日、水曜版（一）面

6 Pinney, *Essays of George Eliot*, p.447.

7 『ルネサンス美術 イタリア一五世紀』摩寿意善郎編（学習研究社、一九八八）一〇六頁。

8 *The George Eliot Letters*, IV. 43. John Rignall, ed., *George Eliot and Europe* (Hampshire: Ashgate, 1997)

p.10.

9 『メディチ家のフィレンツェ』（中央公論社、一九八一）一五一頁。

10 若桑みどり『薔薇のイコノロジー』（青土社、一九八四）九五頁。

11 Felicia Bonaparte, *Triptych and the Cross* (New York: New York UP, 1979) p.87.

12 Allen, *George Eliot*, p.132.

13 Rignall, *Oxford Reader's* Companion, p.391.

14 清水一嘉『イギリス近代出版の諸相』（世界思想社、二〇〇一）八七頁。

15 Harris and Johnston, *The Journals*, p.111.

16 Ashton, *A Life*, p.258.

第九章 悲劇・笑劇・幕間狂言

1 Jeannette King, *Tragedy in the Victorian Novel* (London: Cambridge UP, 1978) p.1.

2 Northrop Fry, *Anatomy of Criticism* (Princeton: Princeton UP, 1990) p.168.

3 *Ibid.*, p.175.

4 L・C・B・シーマン著 社本時子・三ツ星堅三訳『ヴィクトリア時代のロンドン』（創元社、一九八七）一七六-八頁。

5 Kerry McSweenery, *George Eliot: A Literary Life* (London: Macmillan, 1991) p.119.

6 Carlisle, *The Sense of an Audience*, pp.1-8.

第十章 三巻本と貸本屋に挑戦する

1 Reva Stamp, *Movement and Vision in George Eliot's Novels* (New York: Russell and Russell, 1959) p.7.

2 戸張正実『ドイツ教養小説の成立』（弘文堂、一九六四）四頁。

3 清水一嘉『イギリス近代出版の諸相』七四頁。
4 清水一嘉、『イギリス小説出版史』（日本エディタースクール出版部、一九九四）六六頁。
5 『イギリス近代出版の諸相』八一頁。
6 『イギリス小説出版史』八六頁。
7 『イギリス小説出版史』六八頁。
8 Ashton, *A Life*, p.315.
9 Pool, *Dickens' Fur Coat*, p.203.
10 Ashton, *A Life*, p.330.
11 George Levine, ed., *The Cambridge Companion to George Eliot* (Cambridge: Cambridge UP, 2001) p.193.
12 Graham Pollard, 'Serial Fiction', *New Paths in Book Collecting* (New York, 1967) p.263.

第十一章　新境地を拓く

1 Henry James, "*Daniel Deronda*: A Conversation", Stuart Hutchinson, ed., *George Eliot: Critical Assessments* (Mountfield: Helm Information, 1996), vol.1. p.503.
2 川本静子『G・エリオット——他者との絆を求めて』（冬樹社、一九八〇）二一八頁。
3 Laski, p.34.
4 一例として、Pool, p.195.
5 木下順二『「劇的」とは』（岩波新書、一九九五）二八-二九頁。
6 臼田昭「George Eliot と Hardy——Moral Choice の問題について」『英国小説研究』第十冊（篠崎書林、一九七六）三五-三六頁。
7 F.R.Leavis, *The Great Tradition* (Harmondsworth: Penguin, 1972) p.119.
8 "*Daniel Deronda*: A Conversation", p.503.

9 Showalter, *A Literature of Their Own*, p.180.
10 "*Daniel Deronda*: A Conversation", p.511.
11 *Ibid.*, p.509.
12 *The Great Tradition*, p.144.
13 Haight, *A Biography*, p.486.
14 Carol A. Martin, *George Eliot's Serial Fiction* (Columbus: Ohio State UP, 1994) p.260.
15 "*Daniel Deronda*: A Conversation", p.501.
16 *Ibid.*, p.510.

終章　ジョージ・エリオットをめぐる人脈

1 Haight, *A Biography*, p.549.
2 Showalter, *A Literature of Their Own*, p.96.
3 *Oxford Reader's Companion*, p.202.
4 Ashton, *A Life*, p.333. Kathryn Hughes, *The Last Victorian*, p.235.
5 Margaret Harris, "What Eliot Saw in Europe: The Evidence of her Journals", *George Eliot and Europe*, John Rignall, ed., (Hampshire: Ashgate, 1997) p.9.
6 Kathleen McCormack, *George Eliot's English Travels: Composite characters and coded communications* (New York and London: Routledge, 2005) p.2.
7 *Oxford Reader's Companion*, p.207.
8 Laski, p.54.
9 Ashton, *A Life*, p.313.
10 Pool, p.51.

参考文献

＊引用文の訳出に際しては、先行する訳を参考にさせていただいた。

I 作品

A 小説

1 *Scenes of Clerical Life*. ed. David Lodge. Harmondsworth:Penguin, 1973.
『牧師館物語』三巻、工藤好美・淀川郁子訳、新月社、一九四八。
『牧師館物語』浅野萬里子訳、あぽろん社、一九九四。

2 *Adam Bede*. ed. Robert Speaight. London: Everyman's Library, 1966.
『アダム・ビード』阿波保喬訳、開文社、一九七九。

3 *The Lifted Veil*. ed. Theodore Watts-Dunton. Oxford: Oxford UP, 1964.
「とばりの彼方」工藤好美・淀川郁子訳、世界文学大系85『ジョージ・エリオット』筑摩書房、一九六八。

4 *The Mill on the Floss*. ed. W. Robertson Nicoll. London: Everyman's Library, 1966
『フロス河の水車場』工藤好美・淀川郁子訳、世界文学大系85『ジョージ・エリオット』筑摩書房、一九六八。

5 *Silas Marner: The Weaver of Raveloe*. ed. Q D.Leavis. Harmondsworth: Penguin, 1971.
『サイラス・マーナー』土井治訳、岩波文庫、一九七一。
6 *Romola*. ed. Rudolf Dircks. London: Everyman's Library, 1968.
『ロモラ』工藤昭雄訳、世界文学全集40 集英社、一九八六。
7 *Felix Holt, The Radical*. ed. F. R. Leavis. London: Everyman's Library, 1967.
Felix Holt, The Radical. ed. Peter Coveney. Harmondsworth: Penguin, 1987.
『急進主義者フィーリクス・ホルト』二巻、冨田成子訳、日本教育研究センター、一九九一、一九九四。
8 *Middlemarch: A Study of Provincial Life*. ed. R. M. Hewitt. London: Oxford UP, 1963.
『ミドルマーチ』二巻、工藤好美・淀川郁子訳、世界文学全集31　講談社、一九七五。

『ミドルマーチ』三巻、藤井元子訳、オフィス・ユー、二〇〇三。
9 *Daniel Deronda*. ed. Emrys Jones. London: Everyman' s Library, 1969.
『ダニエル・デロンダ』四巻、竹之内明子訳、日本教育研究センター、一九八七-八八。

『ダニエル・デロンダ』三巻、淀川郁子訳、松籟社、一九九三。

B 詩

1 *The Pickering Masters: The Complete Shorter Poetry of George Eliot*. ed. Antonie Gerald van den Broek. London: Pickering & Chatto, 2005.

C 評論

1 Ashton, Rosemary. ed. *George Eliot : Selected Critical Writings*. Oxford: Oxford UP, 1992
2 Byatt,A.S., and Nicholas Warren, eds. *George Eliot: Selected Essays, Poems and Other Writings*. Harmond-

sworth: Penguin, 1990.
3 川本静子・原公章訳、『ジョージ・エリオット　評論と書評』（彩流社、二〇一〇）
4 Pinney, Thomas, ed. *Essays of George Eliot*. London: Routledge, 1963.

II 手紙、日記、伝記

1 Ashton, Rosemary. *George Eliot: A Life*. Harmondsworth: Penguin, 1997.
2 Cross, John W. *George Eliot's Life as Related in Her Letters and Journals*. Boston: Lana Estes & Company, 1898.
3 Haight, Gordon S. *George Eliot: A Biography*. Oxford: Oxford UP, 1968.
4 Haight, Gordon S., ed. *The George Eliot Letters*. 9 vols. New Haven: Yale UP, 1954-78.
5 Harris, Margaret and Judith Johnston, eds. *The Journals of George Eliot*. Cambridge: Cambridge UP, 1988.
6 Hughes, Kathryn. *George Eliot: The Last Victorian*. New York: Cooper Square Press, 2001.
7 Karl, Frederick R. *George Eliot: A Biography*. New York and London: W. W. Norton & Company, 1995.

III 研究書、評伝、論文

1 Adams, Kathleen. *Those of Us Who Loved Her: The Men in George Eliot's Life*. Warwick: The George Eliot Fellowship, 1980.
2 Allen, Walter. *The English Novel*. London: Phoenix House, 1963.
3 Allen,Walter. *George Eliot*. New York: Macmillan, 1964.
4 Altick, Richard D. *Victorian Studies in Scarlet*. New York: Norton, 1970.

村田靖子訳、『ヴィクトリア朝の緋色の研究』（国書刊行会、一九八八）
5 Altick, Richard D. *Victorian People and Ideas: A Companion for the Modern Reader of Victorian Literature*. W.W. Norton & Company, 1973.
要田圭治・大嶋浩・田中孝信訳、『ヴィクトリア朝の人と思想』（音羽書房鶴見書店、一九九八）
6 Altick, Richard D. *The English Common Reader: A Social History of the Mass Reading Public*. Columbus: Ohio State UP, 1998.
7 天野みゆき 『ジョージ・エリオットと言語・イメージ・対話』（南雲堂、二〇〇四）
8 青山吉信 『世界の女性史６　イギリス１　忍従より自由へ』（評論社、一九七六）
9 荒俣宏 『世界大博物図鑑　別巻２　水生無脊椎動物』（平凡社、一九九四）
10 Ashton, Rosemary. *G.H. Lewes: An Unconventional Victorian*. London: Pimlico, 2000.
11 Auerbach, Nina. "The Power of Hunger: Demonism and Maggie Tulliver", *Nineteenth Century Fiction*, Vol.30, 2 (Sep.1975).
12 Barber, Lynn. *The Heyday of Natural History, 1820–1870*. New York: Doubleday & Company, 1980.
高山宏訳、『博物学の黄金時代』（国書刊行会、一九九五）
13 Bodenheimer, Rosemarie. *The Real Life of Mary Ann Evans: George Eliot, Her Letters and Fiction*. Ithaca and London: Cornell UP, 1994.
14 Bonaparte, Felicia. *Triptych and the Cross*. New York: New York UP, 1979.
15 Brady, Kristin. *George Eliot*. London: Macmillan, 1992.
16 Brantlinger, Patrick and William B. Thesing. *A Companion to the Victorian Novel*. Oxford: Blackwelll Publishing, 2002.
17 Brown, Julia Prewitt. *A Reader's Guide to the Nineteenth-Century English Novel*. New York: Macmillan, 1985.

松村昌家訳、『十九世紀イギリスの小説と社会事情』（英宝社、一九八七）
18 Carlisle, Janice. *The Sense of an Audience*. Athens: The U of Georgia P, 1981.
19 Carrol, David. ed. *George Eliot, The Critical Heritage*. London: Routledge & Kegan Paul, 1971.
20 Cross, Nigel. *The Common Writer: Life in Nineteenth-Century Grub Street*. Cambridge : Cambridge UP, 1935.
松村昌家・内田憲男訳、『大英帝国の三文作家たち』（研究社、一九九二）
21 David, Deirdre. *The Cambridge Companion to the Victorian Novel*. Cambridge: Cambridge UP, 2001.
22 Deane, Bradley. *The Making of the Victorian Authorship in the Mass Market*. London: Routledge, 2003.
23 海老根宏「*Adam Bede*: イメージと構造」、『英国小説研究』第八冊（篠崎書林、一九六七）
24 海老根宏・内田能嗣共編著、『ジョージ・エリオットの時空　小説の再評価』（北星堂、二〇〇〇）
25 Emery, Laura Comer. *George Eliot's Creative Conflict; The Other Side of Silence*. U of California P, 1976.
26 Flint, Kate. *The Woman Reader: 1834-1914*. Oxford: Clarendon, 1993.
27 Fry, Northrop. *Anatomy of Criticism*. Princeton: Princeton UP, 1990.
28 藤井元子『歴史と文学 ジョージ・エリオットの小説』（近代文芸社、一九九五）
29 藤田清次『ジョージ・エリオットの小説――分析と再評価』（北星堂、一九七五）
30 福永信哲『絆と断絶』（松籟社、一九九五）
31 Garrett, Peter K. *The Victorian Multiplot Novel*. New Haven & London: Yale UP, 1980.
32 Hardy, Barbara. *Particularities: Readings in George Eliot*. Athens, Ohio: Ohio UP, 1982.
33 Hardy, Barbara. *George Eliot: A Critic's Biography*. Continuum, 2006.
34 Harvey, W.J. *The Art of George Eliot*. London: Chatto & Windus, 1969.
35 Henry, Nancy. *The Cambridge Introduction to George Eliot*. Cambridge: Cambridge UP, 2008.
36 Hutchinson, Stuart, ed. *George Eliot: Critical Assessments*. Mountfield: HELM INFORMATIN, 1996.

37 Jedrzejewski, Jan. *George Eliot*. London: Routledge, 2007.

38 Jordan, John O. and Robert L. Patten, eds. *Literature in the Marketplace*. Cambridge: Cambridge UP, 1995.

39 川本静子『G・エリオット――他者との絆を求めて』（冬樹社、一九八〇）

40 川本静子「新しい女の新しさ」川本静子・北條文緒編『ヒロインの時代』（国書刊行会、一九八九）

41 川本静子「清く正しく優しく――手引書の中の〔家庭の天使〕像――」松村昌家・川本静子・長島伸一・村岡健次編『女王陛下の時代（英国文化の世紀3）』（研究社、一九九六）

42 Kiley, Robert. *The Romantic Novel in England*. Cambridge: Harvard UP, 1972.

43 King, Jeannette. *Tragedy in the Victorian Novel*. Cambridge: Cambridge UP, 1978.

44 木下順二『〈劇的〉とは』（岩波新書、一九九五）

45 小池滋・臼田昭訳、ピエール・クースティアス著『十九世紀のイギリス小説』（南雲堂、一九八六）

46 栗栖美知子・出渕敬子監訳『イギリス女性運動史　一七九二―一九二八』（みすず書房、二〇〇八）

47 Laski, Marghanita. *George Eliot and Her World*. Thames and Hudson, 1973.

48 Leavis, F. R. *The Great Tradition*. Harmondsworth: Penguin, 1972.
長岩寛・田中順蔵訳『偉大な伝統』（英潮社、一九七二）

49 Levine, George, ed. *The Cambridge Companion to George Eliot*. Cambridge: Cambridge UP, 2001.

50 Lodge, David. *The Art of Fiction*. Secker & Warburg, 1992.

51 Martin, Carol A. *George Eliot's Serial Fiction*. Columbus: Ohio State UP, 1994.

52 松村昌家『ヴィクトリア朝の文学と絵画』（世界思想社、一九九三）

53 松村昌家『十九世紀ロンドン生活の光と影　リージェンシーからディケンズの時代へ』（世界思想社、二〇〇三）

54 McCormack, Kathleen. *George Eliot's English Travels: Composite characters and coded communications*. New York and London: Routledge, 2005.

55 McSweeney, Kerry. *George Eliot: A Literary Life*. London: Macmillan, 1991.

56 Merrill, Lynn L. *The Romance of Victorian Natural History*. Oxford: Oxford UP, 1989.
大橋洋一・照屋由佳・原田祐貨訳、『博物学のロマンス』（国文社、二〇〇四）

57 Moers, Ellen. *Literary Women*. New York: Doubleday, 1976.
青山誠子訳、『女性と文学』（研究社、一九七八）

58 荻野美穂「堕ちた女たち——虚像と実像」、松村昌家・川本静子・長島伸一・村岡健次編『民衆の文化誌（英国文化の世紀４）』（研究社、一九九六）

59 Onslow, Barbara. *Women of the Press in Nineteenth-Century Britain*. London: Macmillan, 2000.

60 大嶋浩「*Silas Marner* 論　Southy 的ユートピアと George Eliot の二重意識」『ジョージ・エリオット研究』創刊号（日本ジョージ・エリオット協会、一九九九）

61 Phegley, Jennifer. *Educating the Proper Woman Reader: Victorian Family Literary Magazines and the Cultural Health of the Nation*. Columbus:Ohio State UP, 2004.

62 Pollard, Graham. 'Serial Fiction', *New Paths in Book Collecting*. Constable, 1934.

63 Pool, Daniel. *Dickens' Fur Coat and Charlotte's Unanswered Letters*. Harper Collins Publishers, 1997.
片岡信訳、『ディケンズの毛皮のコート／シャーロットの片思いの手紙』（青土社、一九九九）

64 Rignall, John, ed. *George Eliot and Europe*. Hampshire: Ashgate, 1997.

65 Rignall, John, ed. *Oxford Reader's Companion to George Eliot*. Oxford: Oxford UP, 2000.

66 Roder-Bolton, Gerlinde. *George Eliot in Germany, 1854-55*. Hampshire: Ashgate, 2006.

67 Sabiston, Elizabeth. *Private Sphere to World Stage from Austen to Eliot*. Hampshire: Ashgate, 2008.

68 Seaman, L.C.B. *Life in Victorian London*. London: B.T. Batsford, 1973.
社本時子・三ツ星堅三訳、『ヴィクトリア時代のロンドン』（創元社、一九八七）

69 Shattock, Joanne, ed. *Women and Literature in Britain 1800-1900*. Cambridge: Cambridge UP, 2001.

70 清水一嘉『イギリス小説出版史』(日本エディタースクール出版部、一九九四)
71 清水一嘉『イギリス近代出版の諸相』(世界思想社、二〇〇一)
72 清水一嘉『挿絵画家の時代 ヴィクトリア朝の出版文化』(大修館、二〇〇一)
73 清水一嘉・小林英美編、『読者の台頭と文学者――イギリス一八世紀から一九世紀へ』(世界思想社、二〇〇八)
74 志村正雄訳、ジャン・B・ゴードン「廃墟としてのテクスト」、小池滋・志村正雄・富山太佳夫編『城と眩暈』(国書刊行会、一九八二)
75 Showalter, Elaine. *A Literature of Their Own: British Women Novelists from Brontë to Lessing*. New Jersey: Princeton UP, 1977.
川本静子・岡村直美・鷲見八重子・窪田憲子訳、『女性自身の文学』(みすず書房、一九九三)
76 朱牟田房子訳、『ヴァージニア・ウルフ著作集7 評論』(みすず書房、一九八二)
77 Spittles, Brian. *George Eliot; Godless Woman*. London: Macmillan, 1993.
78 Squires, Michael. *The Pastoral Novel: Studies in George Eliot, Thomas Hardy, and D.H.Lawrence*. Charlottesville: UP of Virginia, 1974.
79 Stamp, Reva. *Movement and Vision in George Eliot's Novels*. New York: Russell and Russell, 1959.
80 鈴木博之訳、ニコラウス・ペヴスナー著『ラスキンとヴィオレ・ル・デュク ゴシック建築評価に於ける英国性とフランス性』(中央公論美術出版、一九九〇)
81 戸張正実『ドイツ教養小説の成立』(弘文堂、一九六四)
82 内田能嗣『ジョージ・エリオットの前期の小説』(創元社、一九八九)
83 臼田昭「George Eliot と Hardy――Moral Choice の問題について」『英国小説研究』第十冊(篠崎書林、一九七六)
84 和知誠之助『ジョージ・エリオットの小説』(南雲堂、一九六七)

85 若桑みどり『薔薇のイコノロジー』（青土社、一九八四）
86 度会好一『ヴィクトリア朝の性と結婚――性をめぐる二六の神話』（中公新書、一九九七）
87 Williams, Merryn. *Women in the English Novel, 1800-1900*. Macmillan, 1984.
鮎沢乗光・原公章・大平栄子訳、『女性たちのイギリス小説』（南雲堂、二〇〇五）
88 Williams, Raymond. *The Country & the City*. London: Chatto & Windus, 1973.
89 Witemeyer, Hugh. *George Eliot and the Visual Arts*. New Haven and London: Yale UP, 1979.
90 Wood, J.G. *Common Objects of the Country*. London, 1853.
91 Woolf, Virginia. *The Death of the Moth and Other Essays*. Harmondsworth: Penguin, 1965.
92 山形和美・岡本靖正・岩元巌編、『小説の語り』（朝日出版社、一九七四）
93 山本節子『ジョージ・エリオット』（旺史社、一九九八）

IV その他

1 *Westminster Review*. vol.57-61. (Reprint: SCHMIDT PERIODICALS CMBH, D-8201,Bad Feilnbach 2/ W.-Germany,1989)

あとがき

本書はジョージ・エリオットの作品と執筆活動について、ヴィクトリア朝出版文化を背景に論じたものである。小説を主として、創作以前の翻訳・季刊誌編集・評論分野も対象に、彼女の執筆の歩みを一つの流れの中で辿ってみた。

エリオットの魅力を一言でまとめるのは至難だが、例えば、グェンドレン・プロット一つを取ってみても、「名手の技どころではない」と評される緻密な心理描写による人物造型とストーリー展開の妙には今もなお圧倒されている。延々と続く複雑な文体や深遠な思想に悩まされながら、エリオットと作品から離れられず、細々と読み続けて、気がつくと人生も第四コーナーを過ぎてしまった。

作品を読み始めた大学院生時代以来、一貫して私をとらえたのは、制約の多かったヴィクトリア朝に、この作家は一体どのようにして、数々の完成度の高い大部の作品を著し、今の世に残し得たか、という素朴な疑問である。さらに、一作ごとに脱皮し、新たな領域と作風を展開していくプロセスにも、興味を引かれた。

作品もさることながら、作者に対する関心が根底にあるので、私の書いた論文は伝記的な要素が濃い。研究に当たって、種々の伝記と『書簡集』を参照したが、特に『書簡集』はエリオットの生の声に接し、彼女をめぐる友人・知人との密度の高い魂の交流、折々の環境が臨場感豊かにうかがわれて、非常に興味深く、かつ作品理解の助けともなった。もちろん、作品と作者を短絡するのは危険だが、ヴィクトリア朝文学、特にエリオットのような作家の作品研究には、時代背景・文化事情といった精神風土を軽視できないのではないだろうか。

彼女の執筆活動を辿っていくうちに、当時の出版事情が作品成立と深く関わっていることを知り、巨大市場の中でどのように活路を見出したか、が興味深いテーマとなった。この観点から作品を眺めると、例えば、私にとってそれまで謎であった『ダニエル・デロンダ』前半の、あの振幅の激しいストーリー展開の原因の一端は、分冊出版独自の特質にあることが推察される。もとより当時の出版界の複雑な機構の詳細については浅学であり、不十分なところも多々あると思われるが、ご教示頂ければ幸いである。

本書の大半は、これまでに書いた論文をベースにしていますが、ヴィクトリア朝出版文化という全体の趣旨に合わせて修正・加筆し、統一を心がけました。

本書の完成までには多方面からのご協力を頂きました。

甲子園大学と甲子園短期大学、両図書館の司書の方々は、資料文献の参照に当たって、常に迅速に対処してくださいました。また、兵庫教育大学の大嶋浩教授には、「カバー」と「第八章」に掲載しましたフレデリック・レイトンの挿絵（『ロモラ』スミス・エルダー社、一八八〇）を提供して頂きました。厚く御礼申し上げます。

出版に際しましては、南雲堂の原信雄編集長に一方ならぬご配慮を賜りました。原稿が活字となり、綿密な校正を経て装丁され、書籍へと結実していく過程は、私にとって胸のときめくひと時でした。多くの私の依頼を理解してくださり、念願どおり美しく仕上げて頂きましたことに、心から感謝申し上げます。

二〇一一年二月

冨田成子

図版のリスト

1. チャールズ・ブレイの私邸（ローズヒル）と庭 [p.20]
Thames and Hudson Ltd. © 1973 Marghanita Laski
Permission by Thames and Hudson Ltd. through Tuttle-Mori Agency, Inc., Tokyo
2. G.H.ルイス『海辺の研究』(1858) 巻頭の口絵 [p.71]
Thames and Hudson Ltd. © 1973 Marghanita Laski
Permission by Thames and Hudson Ltd. through Tuttle-Mori Agency, Inc., Tokyo
3. ステロ版『アダム・ビード』(1867) の扉（「ホール農場」の挿絵付き） [p.118]
4. エドワード・H・コーボウルド『ポイザー夫人の酪農場でのヘティとドニソーン大尉』 [p.120]
Edward H. Corbould, *Hetty and Captain Donnithorne in Mrs. Poyser's Dairy*.
Collection of Her Majesty the Queen. Copyright reserved.
5. アービュリー・ホールのダイニング・ルーム [p.184]
RIBA 54466
Edwin Smith/RIBA Library Photographs Collection
Permission by Mr. Jonathan Makepeace through Tuttle-Mori Agency, Inc., Tokyo
6. 『マリアの誕生』(部分拡大図) [p.213 上]
7. ドメニコ・ギルランダイオ『マリアの誕生』(全図) [p.213 下]
Domenico Ghirlandaio, *Nascita di Santa Maria (Storie di Santa Maria)* (1485-90) Cappella maggiore dei Tornabuoni, Santa Maria Novella, Firenze
8. 『ロモラ』10 章「スズカケの木の下で」(フレデリック・レイトンの挿絵、1880) [p.214]
"Under the Plane-Tree" by Sir Frederick Leighton, P. R. A., from *Romola* by George Eliot.
9. フラ・アンジェリコ『聖母戴冠図』 [p.218]
Fra Angelico, *Incoronazione della Vergine*. (1435) Galleria degli Uffize, Firenze
10. ティツィアーノ『献金』 [p.306]
Titian, *The Tribute Money*. Gemäldegalerie Alte Meister, Dresden
11. ティツィアーノ『手袋をはめた青年』 [p.307]
Titian, *The Young Man with a Glove*. Musée du Louvre, Paris

初出一覧

本書の多くはこれまでに書いた論文を基にするが、ヴィクトリア朝出版文化という全体の趣旨に合わせて加筆し、統一を心がけた。

第一章　「George Eliot の修業時代」『ヴィクトリア朝文化研究』第一号（日本ヴィクトリア朝文化研究学会、二〇〇三）

第二章(二)　「"Silly Novels by Lady Novelists" に関する一考察」『ジョージ・エリオット研究』第八号（日本ジョージ・エリオット協会、二〇〇六）

第三章　「海辺の生活から生まれたもの――'Recollections of Ilfracombe 1856' 考」『ジョージ・エリオット研究』第六号（日本ジョージ・エリオット協会、二〇〇四）

第四章　「"Mr Gilfil's Love-Story" と George Eliot」『藤井治彦教授退官記念論文集』（英宝社、二〇〇〇）

第五章(2)・(3)　「George Eliot と Heroine の放浪」『Osaka Literary Review』三三号（大阪大学大学院英文学談話会、一九九四）

第六章(一)　「"The Lifted Veil" と George Eliot」『英文学研究』第六二巻第一号（日本英文学会、一九八五）

第七章　「家庭の天使と新しい女」『甲子園短期大学紀要』第二八号（甲子園短期大学、二〇一〇）

第八章　「『ロモラ』に描かれたルネサンス」『英語青年』第一三四巻第四号（研究社、一九八八）

第九章　「*Felix Holt, the Radical* に於ける喜劇性」『甲子園大学紀要』第二七号B（甲子園大学、二〇〇〇）

第十章　「感性への軌跡――G・エリオット『ミドルマーチ』」鷲見八重子・岡村直美共編著『イギリス小説の女性たち』（勁草書房、一九八三）

第十一章　「『ダニエル・デロンダ』――挑戦と飛翔」海老根宏・内田能嗣共編著『ジョージ・エリオットの時空』（北星堂、二〇〇〇）

索　引

＊50音順に配列した。作品はそれぞれの作家の後に表記し、登場人物はその作品のあとにまとめた。

I　人名・作品名

ア行

アウェルバッハ　Nina Auerbach　174
『アシニーアム』*Athenaeum*　25, 139, 288
アシュトン　Rosemary Ashton　36, 59, 88
アリアドネ　Ariadne　217, 220-1
アリストテレス　Aristotle　239, 295
　『詩学』*The Poetics*　239-40, 295
アレン　Walter Allen　99
アンジェリコ　Fra Angelico　211, 218
　『キリスト磔刑』*Crocifissione*　211
　『聖母戴冠図』*Incoronazione della Vergine*　218-9, 221
ウッド　J.G.Wood　77-8
ウルフ　Virginia Woolf　41, 43, 50
『エディンバラ』*Edinburgh Review*　25, 35
エメリ　Laura Comer Emery　163
エリオット　George Eliot (Mary Anne Evans)
　『アダム・ビード』*Adam Bede*　115-40, 183, 185
　　アーウィン牧師　123
　　アーサー　123-5
　　アダム　117, 125
　　ダイナ　123
　　ヘティ　117, 122-5, 132-7
　　ポイザー夫人　118-9, 122
　「イルフラクーム回想録」"Recollections of Ilfracombe"　68-86, 321
　「エイモス・バートン師の悲運」"The Sad Fortunes of the Reverend Amos Barton"　85-9, 91, 94, 99-102, 107-8, 110
　　エイモス　99-100
　　ミリー　96, 102
　『急進主義者フィーリクス・ホルト』*Felix Holt, the Radical*　237-61
　　トランサム夫人　238, 240, 243-6, 248
　　フィーリクス　256
　　ホルト夫人　244, 246-8
　「ギルフィル氏の恋物語」"Mr Gilfil's Love-Story"　94-6, 98-108, 270
　　アシャー嬢　103-7
　　カテリナ　103-7
　　ギルフィル　95, 102
　　ワイブラウ　103-7
　『サイラス・マーナー』*Silas Marner*　188-207
　　エアロン　201-3
　　エピー　189, 199-203
　　ゴッドフリー　189, 191-2, 201

カ行

Sterling 30-3
カール Frederic R. Karl 26, 49
『ジョージ・エリオット伝』*George Eliot : A Biography* 26
キーネ Edgar Quinet, 41, 48
『キリスト教の諸相』*Christianity in Its Various Aspects* 41
ギャスケル夫人 Mrs. Gaskell 128
『ルース』*Ruth* 34, 128
ギルランダイオ Domenico Ghirlandaio 212, 215, 227
『マリアおよび洗礼者ヨハネの生涯』*Storie di san Giovanni Battista e Maria* 212-5
クーム George Combe 19, 34, 49
『クォータリー・レヴュー』*Quarterly Review* 25, 35, 303
グレッグ Willian R. Greg 62
クロス Nigel Cross 8, 18, 39, 65, 84
『大英帝国の三文作家たち』*The Common Writer — Life in Nineteenth Century Grub Street* 8, 65
ケンピス Thomas à Kempis 174-5
『キリストに倣いて』*The Imitation of Christ* 174
『ケンブリッジ版イギリス文学書誌』*Cambridge Bibliography of English Literature* 7
『高貴なる麗人』*Rank and Beauty* 53, 58
コジモ Piero di Cosimo 208, 217
ゴス Philip Henry Gosse 71, 75

サ行

『サタデー・レヴュー』*Saturday Review* 98, 314
サッカレー William Makepeace Thackeray 92, 234, 316-7
サドラー Michael Sadleir 53
『十九世紀小説：私有蔵書書誌目録』*XIX Century Fiction : A Bibliographical Record Based on His Own Collection* 53
ジェイムズ Henry James 284, 302, 312.
「会話：『ダニエル・デロンダ』」"*Daniel Dronda*: A Conversation" 284, 312-4
塩野七生 211
シュトラウス David Friedrich Strauss 8-9, 22, 302
『イエスの生涯』*The Life of Jesus, Critically Examined* 9, 21-3
ショウォールター Elaine Showalter 45, 53, 62
『女性自身の文学』*Literature of Their Own* 53
スコット、ウォルター Walter Scott 280, 325
「ウェイヴァリー小説」 280
スコット、リディア Lydia Scott 53
『古さびた教会』*The Old Grey Church* 53, 59, 90-1
スティーブン Leslie Stephen 107
ストウ Harriet Beecher Stowe 60, 304
『ドレッド』*Dred* 60
ストリックランド Jane Margaret Strickland 53
『アドニジャー』*Adonijah* 53, 60-1
スペンサー Herbert Spencer 19, 68, 181
スミス George Smith 234, 260-1
『コーンヒル・マガジン』*Cornhill Magazine* 15, 234-5

ソフォクレス　Sophocles　240, 295
『オイディプス』*Oedipus Tyrannus*　240, 295

タ行

『タイムズ』*The Times*　114, 182
タグウェル　George Tugwell　71, 73, 81-2
ダンテ　Dante Alighieri　245
『神曲』*La Divina Commedia*　245
チャタートン　Henrietta Georgiana Chatterton　53-4, 65
『償い』*Compensation*　52-4, 57
チャップマン　John Chapman　10, 23, 25, 27, 29, 34, 36, 45, 52
『ウェストミンスター・レヴュー』*Westminster Review*　8-10, 23-39, 42-9, 67-9, 237
ディケンズ　Charles Dickens　13-4, 91, 185-6, 246, 325
『オール・ザ・イア・ラウンド』*All the Year Round*　186
『オリヴァー・トゥイスト』*Oliver Twist*　126, 304
『デイヴィッド・コパフィールド』*David Copperfield*　126
ティツィアーノ　Titian　306-7
『献金』*The Tribute Money*　306
『手袋をはめた青年』*The Young Man with a Glove*　307

ナ行

『謎』*The Enigma*　53, 58-9

ハ行

ハックスリー　Thomas Henry Huxley　37, 70, 72, 75
パークス、ベッシー　Elizabeth (Bessie) Parkes　43, 48, 131
『イングリッシュ・ウーマンズ・ジャーナル』*English Woman's Journal*　43, 131
パークス、ジョゼフ　Joseph Parkes　21-2
ハーディ、トマス　Thomas Hardy　131
『ダーバヴィル家のテス』*Tess of the d'Urbervilles*　128-31
ハーディ、バーバラ　Barbara Hardy　177
バーバー　Lynn Barber　71
『博物学の黄金時代』*The Heyday of Natural History, 1820-1870*　71
ハリス　Margaret Harris　322
ピニー　Thomas Pinney　41
『ジョージ・エリオット随筆集』*Essays of George Eliot*　41
フォーシット　Helen Faucit　238
『フォートナイトリー・レビュー』*Fortnightly Review*　43, 49, 240, 242
ブラックウッド、ウィリアム　William Blackwood　209
ブラックウッド、ジョン　John Blackwood　9, 14, 89, 101-3, 110, 113-4, 139, 145, 162, 181-6, 235-6, 238, 259-61, 280-3, 285-6, 323-6
『ブラックウッズ・エディンバラ・マガジン』(『マガ』) *Blackwood's Edinburgh Magazine* (*Maga*)　15, 101, 113-4, 145, 184-5
ブレイ、カーラ　Caroline(Cara) Hennell Bray　21, 49
ブレイ、チャールズ　Charles Bray　19-23, 181-2, 320
『ヘラルド・アンド・オブザーバ

ー』*Herald and Observer* 11, 19-20, 32, 41, 43
『必然の哲理』*The Philosophy of Necessity* 21
ブロンテ Charlotte Brontë 87, 92, 289, 318
『ジェイン・エア』*Jane Eyre* 126, 128-9, 131
ヘネル、セアラ Sara Hennell 21, 49
ヘネル、チャールズ Charles Hennell 21, 320
『キリスト教の起源に関する研究』*An Inquiry Concerning the Origin of Christianity* 21
ヘネル、ルーファ Rufa(Elizabeth Rebecca Brabant) Hennell 21-2
ボッティチェリ Sandro Botticelli 219, 227
ボディション Barbara Leigh Smith Bodichon 81, 131, 151, 198

マ行

マッカイ Robert William Mackay 44
『知性の進歩』*Progress of the Intellect* 44
マーティノウ Harriet Martineau 19, 87
ミシュレ Jules Michelet 41, 48
『キリスト教の諸相』*Christianity in Its Various Aspects* 41

ラ行

リギンズ Joseph Liggins 142, 163, 180, 182
『リーダー』*Leader* 42-3, 46, 88
リットン Edward Bulwer Lytton 164
リーヴィス F.R.Leavis 302
リール Wilhelm Heinrich von Riehl 46, 68, 78-9, 85
『市民社会』*Die Burgerliche Gesellschaft* 68
『土地と人々』*Land und Leute* 68
リントン Eliza Lynn Linton 24
リンネ Carl von Linne 54-5
ルイス、サラ Sarah Lewis 191
『女性の使命』*Woman's Mission* 191
ルイス、ジョージ・ヘンリー George Henry Lewes 9, 14, 35, 45-6, 62-3, 87-90, 114, 116, 181, 204-5, 234, 240, 242, 260, 282-6, 318-26
『伝記的哲学史』*Biographical History of Philosophy* 319
『ゲーテの生涯と作品』*The Life and Works of Goethe* 45, 70, 321
「海辺の研究」"Sea-side Studies" 72, 74, 83
ルイス、チャールズ Charles Lewes 203-6
レイトン Frederic Leighton 214-5, 235
レキィ William Lecky 242
『ヨーロッパ合理主義精神の起源と影響の歴史』*History of the Rise and Influence of the Spirit of Rationalism in Europe* 242
『ローラ・ゲイ』*Laura Gay* 53, 57

ワ行

ワーズワス William Wordsworth 205
「マイケル」"Michael" 205

II　事項

マ行

ヤ行

ラ行

著者について

冨田成子（とみた・しげこ）

津田塾大学英文学科卒業、大阪大学大学院文学研究科博士課程後期単位取得退学。

甲子園大学教授を経て、現在、甲子園短期大学特任教授。

（訳書）ジョージ・エリオット原作『急進主義者フィーリクス・ホルト』（日本教育研究センター上・下巻一九九一、一九九四）

ジョージ・エリオットと出版文化

二〇一一年三月二十八日　第一刷発行

著　者　冨田成子
発行者　南雲一範
装幀者　岡孝治
発行所　株式会社南雲堂
　東京都新宿区山吹町三六一　郵便番号一六二-〇八〇一
　電話東京（〇三）｛三二六八-二三八四（営業部）／三二六八-二三八七（編集部）
　振替口座　東京　〇〇一六〇-〇-四六八六三
　ファクシミリ　（〇三）三二六〇-五四二五

印刷所　壮光舎
製本所　長山製本

乱丁・落丁は、小社通販係宛御送付下さい。

送料小社負担にて御取替えいたします。

検印廃止〈IB-318〉

Printed in Japan

ISBN978-4-523-29318-7 C3098

ジョージ・エリオットと言語・イメージ・対話　天野みゆき

作家のイメージ創出の背後にひそむ言語観、言語に託された願望、対話的空間の拡がりを論究。

5880円

物・語りの『ユリシーズ』ナラトロジカル・アプローチ　道木一弘

語りとコンテクストの関係を分析し、『ユリシーズ』のテーマを明らかにする。

3675円

魂と風景のイギリス小説　岡田愛子

イギリス近代文学から日本古典文学まで比較文学者の眼が輝く論考12編。

6825円

＊定価は税込価格です。